KB260937

이 유 식 편저
(청다한민족문학연구소)

*My Work, My Memorable Phrase*

# 나의 作品 나의 名句

자선 명구 · 자작 해설

시 · 수필 180인선

# 나의 作品 나의 名句

## My Work, My Memorable Phrase

자선 명구 · 자작 해설

이 유 식 편저

한누리
미디어

# 머리말

　작년 2월 말에 본인은 대학에서 정년퇴임을 했다. 그 후 미력이나마 우리문학과 문인들을 위해 봉사나 헌신할 수 있는 일이 무엇인가를 생각하다 '청다한민족문학연구소'를 열고, 동시에 자매단체 '청다문학회'도 발족시켜 보았다.

　이번에 그 기념 기획출판의 일환으로 시와 수필에만 한하여 《나의 작품, 나의 명구》를 내보기로 하고 각 필자들에게 스스로 명구를 뽑고 거기에다 자작 해설이나 설명을 붙이도록 청탁을 했다. 우선 청탁에 기꺼이 응해 주신 모든 분들께 고마움을 표한다.

　사실 명구란 비유적으로 말해 작품 속에 들어 있는 금맥이요, 은맥이다. 그래서 인구에 회자될 수 있는 상대평가의 명구를 남길 수만 있다면 크게 말해 그것만으로도 일단 성공한 문학인생이 되었다 해도 결코 빗나간 말은 아니리라 본다.

　물론 이 책에 수록된 명구는 상대평가에서 뽑은 객관평가가 아니라 각 필자 나름의 주관적 절대평가에서 나온 것이기에 더러는 필요충분조건에 못 미치는 경우도 없지는 않을 것이다.

　그렇지만 본 기획이 문단 출판사상 처음의 시도라는 데 그 뜻을 두고 일단 독자들이나 시인과 수필가들에게 명구에 대한 관심을 촉발시킬 수 있는 계기가 될 수만 있다면 그것을 곧 '출간의 변'으로 삼고자 한다.

처음의 시도라 물론 부족한 점이 많으리라 본다. '첫술에 배부르랴' 라는 말을 자위로 삼으면서 두 번째 낼 때에는 더욱 알찬 내용이 되도록 노력할 것을 약속드린다. 그리고 수록 필자들도 전 문단적으로 폭을 넓힘과 동시에 해외 한민족 동포 문인들에게도 기회를 드릴 생각이다.

아무쪼록 글쓰기에 관심을 가지신 분들이나 문학공부를 하시는 분들, 그리고 일선에서 창작 지도를 하시는 분들에게 도움이 될 수만 있다면 그것을 조그마한 보람으로 여기겠다.

끝으로 원고 배열순서는 편집상의 편의를 위해 가나다순으로 했음을 양해해 주시길 바란다.


2005년 2월
봄이 오는 길목에서


편저자 이 유 식 글 남기다

머리말

# 나의 시 나의 명구

겸손의 미덕 • 강기옥 | 22

무심과 순리 • 강우식 | 24

비유와 암시로 점철된 탈 주정 • 강해근 | 26

시적 만연체의 미학 추구 • 고진숙 | 28

마음 비움 그리고 삶의 회한 • 구상회 | 30

산(山)의 내면적 형상화(形象化) • 권용태 | 32

시인의 사랑법, 그 생명의 언어 • 김경수 | 34

어느 시공(時空)의 모퉁이에서 • 김광회 | 36

내어주는 삶의 아름다움 • 김남웅 | 38

사랑의 놀라운 힘 • 김년균 | 40

모성애의 무한성 그리고 가을 사랑 • 김대규 | 42

어둠은 출발의 역설 • 김동수 | 44

삶이라는 이 쓸쓸한 흔적 • 김석규 | 46

인간의 존재상황과 인간관계의 한계성 • 김영은 | 48

어머니는 영원한 안식처 • 김윤호 | 50

신서정적 메타포 처리기법 • 김을나 | 52

빛에 대한 그리움 • 김재흔 | 54

이미지 시(詩)의 참신한 언어구사 • 김지향 | 56

자아 탐색의 존재론적 확인 • 김창근 | 58

시감(詩感)의 색채적 비유어 • 김철기 | 60

회자정리의 역설적 행복 • 도경원 | 62

꽃씨를 통해 본 우주의 섭리 • 문병란 | 64

상상적 세계의 이미지화 • 문효치 | 66

# 차 례


자연과 나의 데포르마숑 • 민영희 | 68

존재탐구, 그 실상의 발견 • 박명용 | 70

씀바귀의 인생론적 은유성 • 박영만 | 72

무속시에 나타난 귀신의 변 • 박재릉 | 74

자연의 이치와 순리의 아포리즘 • 박종해 | 76

나비의 원수는 날개 그리고 하늘 • 박찬일 | 78

내 고장의 자연풍광 • 박현순 | 80

무지개의 아름다움, 삶의 아름다움 • 백우선 | 82

홍수 진 흙탕물을 무엇이 걸러내나 • 서 벌 | 84

바람소리의 득음(得音) 그리고 시공(時空)의 진리 • 서정남 | 86

자연에 순응하는 인간정신 희구 • 서지월 | 88

해탈의 경지를 꿈꾸어 보며 • 소한진 | 90

모정의 세월과 진정한 사랑의 본질 • 손계숙 | 92

물질만능주의의 비정한 세태 고발 • 송랑해 | 94

한(恨)의 문법과 곡즉전(曲卽全)의 삶 • 송수권 | 96

의인화와 자기 동일시 • 신장련 | 98

숙명적 인생의 또 다른 포부 • 신호현 | 100

독창적 발성법에 이미지 접목 • 안연춘 | 102

존재의 상대성에 대한 명상 • 양윤덕 | 104

자연에 접근하고 싶은 경외심 • 여해룡 | 106

나라사랑 · 한글사랑 • 오동춘 | 108

마음의 눈으로 본 세상 • 유경환 | 110

부정의 역설은 긍정의 패러독스 • 윤영림 | 112

역점을 둔 이미지즘 표현기법 • 윤용란 | 114

경전을 읽는 두 가지 방법 • 윤향기 | 116

부자(富者)와 침묵에 대한 역설 • 이 경 | 118

인간애와 절제의 미학 • 이기철 | 120

비유의 바다와 중년의 불안의식 • 이상옥 | 122

나를 다스리는 화두 • 이성남 | 124

이순(耳順)에 깨달은 진실 • 이수화 | 126

울음 같은 물음 • 이숙희 | 128

은유와 상징기법 • 이시은 | 130

삶의 체험에서 오는 시어(詩語)들 • 이인평 | 132

기존 관념에 대한 타파 • 이일기 | 134

순수 서정시의 모더니즘 • 이지영 | 136

소녀의 이미지를 통해 본 조국 • 이창환 | 138

해암(海岩)의 존재론적 암유 • 이충섭 | 140

원초적인 인간의 탐구와 그 언어 • 이한용 | 142

낙엽수의 겸허성 • 이향아 | 144

변증의 사유(思惟)와 단상(斷想) • 이혜너 | 146

화해의 해법 • 이희선 | 148

스스로 타 오르는 불꽃은 그림자가 없다 • 임솔내 | 150

풀꽃으로 비유해 본 삶 • 전원범 | 152

겸허한 마음 상태의 은유 • 정공채 | 154

생(生)의 순수가치, 이미지즘으로의 승화 • 정광수 | 156

비유법을 통한 미적 감동의 이미지화 • 정영남 | 158

은유로 비유해 본 삶의 열정 • 정찬우 | 160

행 불언지교(行 不言之敎)의 내력 • 정태모 | 162

리리시즘에 바탕을 둔 민족정기 발굴 • 정해태 | 164

색채론적 가설의 상상 • 조병무 | 166

순수와 투명 그리고 아름다운 사랑 • 조성아 | 168

밤의 평등성과 사랑의 위대성 • 지은경 | 170

이미지즘의 수사기법 • 진을주 | 172

하늘에 대한 로고스적 사유 • 진헌성 | 174

# 차 례


해금강의 숨소리 • 차한수 | 176

현대적 첨단 용어와 그 유추 상상 • 최금녀 | 178

신과 인간 존재의 시적 해명 • 최진연 | 180

자신의 정체성을 찾아가는 길 찾기 • 하옥이 | 182

허정(虛靜), 무욕, 선(禪)의 표현 • 하한송 | 184

사랑의 본질과 기하학적 구도 • 함동선 | 186

깨달으며 살아가는 인생의 본질 해명 • 허만길 | 188

세상을 살아가기 위한 생명정신 • 허형만 | 190

단풍의 역동적 이미지와 산의 저항의지 • 홍윤기 | 192

고난을 통한 인격완성과 절대사랑 • 황송문 | 194


## 나의 수필 나의 명구


단풍은 자기 완성, 양보의 향연 • 강석호 | 198

고향은 서정의 호수 • 강천형 | 200

낚시에서 얻은 생각 • 고동주 | 202

못생긴 것이 돋보일 때도 있어 • 국승윤 | 204

나팔꽃과 강인한 생명력에서 얻은 교훈 • 권희자 | 206

왜 사랑하는가를 안다면 • 김가영 | 208

자연의 섭리와 범사에 감사 • 김규련 | 210

공통된 추억의 가치와 아버지 • 김기동 | 212

공중전화 앞의 애환 그리고 기타 • 김녹희 | 214

사랑은 그것을 아는 자만의 특권 • 김달호 | 216

감사와 인연의 소중함 • 김만봉 | 218

생태학적 발상과 화려체의 표현기법 • 김문원 | 220

두려움에 대한 상념 • 김미숙 | 222

가요는 한 편의 서정시 • 기타 • 김미자 | 224

자신과의 싸움에서 느낀 뿌듯함 • 김민섭 | 226

눈물의 의미와 그 메타포 • 김상희 | 228

환경윤리학적 문학사상의 구상화(具象化) • 김시원 | 230

요지경 세상과 내 신심(信心)의 무게 • 김영탁 | 232

삶이란 죽음 앞의 예고된 이별연습 • 김  원 | 234

첨언 논어의 명구 그리고 치마폭의 모정 • 김일두 | 236

사랑의 속성 그리고 별들의 노래 • 김장호 | 238

진정한 행복이란 • 김종선 | 240

동병상련 그리고 죽음의 정사 • 김중위 | 242

인생길과 현재적 삶의 중요성 • 김진수 | 244

희망과 좌절의 명암 • 김진식 | 246

우산과 의료보험에서 얻은 깨달음 • 김  학 | 248

직선과 곡선의 어울림과 조화 • 김현규 | 250

가슴의 진정한 의미 그리고 치열한 예술혼 • 김혜식 | 252

본능의 유혹 그리고 소나무의 교훈 • 김홍은 | 254

한 번뿐인 인생과 새로운 시작 • 남기욱 | 256

공생의 원리에 순응하는 자연의 세계 • 류상훈 | 258

순간의 깨달음과 순간의 감동 • 류인혜 | 260

늙어가는 인생 그리고 배려하는 마음 • 문부자 | 262

매력의 마력성과 봄의 흥취 • 민  혜 | 264

지적 오만과 열등 의식 • 박광정 | 266

빛깔들의 얼굴 그리고 나의 음악사랑 • 박성태 | 268

봄의 환희, 그리고 가마골의 가을 • 박영희 | 270

우정 그리고 사랑의 순수성 • 박재식 | 272

어울림과 산책의 행복 • 박종길 | 274

꽃의 속성 그리고 끽다의 도(道) • 박종숙 | 276

생명존중과 자연사랑 • 박종철 | 278

# 차 례


삶의 진정성과 가변차선 • 반숙자 | 280

감탄해야 할 창조주의 조화 • 배기훈 | 282

진정한 인간 승리 • 배대균 | 284

곡선의 한국미 그리고 자연미의 정수 • 배석권 | 286

사랑의 두 얼굴 그리고 역설의 세태 • 배지은 | 288

고향의 의미와 팽이의 교훈 • 변해명 | 290

생불여사 그리고 눈(雪)에 대한 정념 • 서명언 | 292

이성 친구의 그리움 • 송남석 | 294

인간 본위 지양, 그리고 자중자애 • 신길우 | 296

또 하나의 둥지에서 찾은 보편적 진리 • 신일수 | 298

목탁의 철학 • 안명수 | 300

인간의 육신도 바람, 구름처럼 가벼워져야 • 안성호 | 302

바람의 생리 그리고 여자의 굴레 홍살문 • 안　숙 | 304

종교와 인생 그리고 나그네의 노정 • 안윤자 | 306

행복을 찾는 사람들 • 양태석 | 308

아내의 소중함 그리고 사랑의 진정성 • 오원성 | 310

한 번은 소망하고 싶은 사랑 • 오차숙 | 312

그리움과 꿈의 대합실 • 유혜자 | 314

어린이의 순진성과 어른의 비도덕성 • 윤덕근 | 316

인생 역정(歷程) 그리고 탈속(脫俗)의 무아지경 • 윤범식 | 318

가능성은 언제나 내 삶의 주체자 • 윤재천 | 320

자녀교육 그리고 생명의 존엄성 • 이강수 | 322

바람의 향연과 산의 정서 • 이당재 | 324

건강과 독서, 내 노후 행복조건 • 이방수 | 326

책의 소중함과 나무의 교훈 • 이병수 | 328

사소한 행복과 고향 그리움 • 이영숙 | 330

아름다움과 향기의 미학 • 이영애 | 332

다리의 속성 그리고 샛길의 사랑 • 이유식 | 334

찻물 끓는 소리 그리고 허(虛) • 이일헌 | 336

모시옷의 미학과 철늦은 깨달음 • 이자야 | 338

어머니의 한(恨)과 사랑 • 이창옥 | 340

영원한 아름다움과 일시적 아름다움 • 이철호 | 342

다듬이 소리에 실린 모정 • 장정식 | 344

삶 속 깨달음의 발견 • 정목일 | 346

어두움의 찬미 • 정복문 | 348

잘려 나가는 머리카락의 인생 은유 • 정봉환 | 350

인간, 그 영원한 순수 • 정주환 | 352

삶의 빛깔 • 조재은 | 354

태움과 비움의 역설 • 조정제 | 356

아버지의 체취(體臭) 그리고 조강지처(糟糠之妻) • 최영종 | 358

어머니 그리고 그리움 • 최원현 | 360

찔레꽃 내음 나는 삶 • 최은정 | 362

자연 속에 느끼는 환희 • 최홍길 | 364

거듭나기와 상상 속의 불 • 탁현수 | 366

우주혼 그리고 의식의 흐름 • 하길남 | 368

쌀밥과 같은 인상, 그리고 꿈의 신비경 • 하재준 | 370

새롭게 태어나고자 하는 의지 • 한상렬 | 372

자연의 신비와 감동 • 한석근 | 374

사물의 실존과 생명의 근원성 • 한영자 | 376

꽃을 보는 감동 그리고 예술혼 • 허정자 | 378

인연의 세월 그리고 오늘의 나 • 허학수 | 380

신호등의 교훈과 내 인생 가꾸기 • 홍미숙 | 382

나의 詩 나의 名句

# 겸손의 미덕

## 강기옥

낮아져야 한다.
겸손한 자세로
가장 낮게 가야 한다.

밟히고 휘적이는 아픔이
온 몸을 들쑤실지라도
더 낮게
더 겸손히 흘러가야 한다.


모양도 없이 흘러들어
남상거리며
수런수런 가야 한다.
개울 따라
속절없이 흘러야 한다.

가장 빈 마음에
도담도담 정이 모이고
가장 낮은 모습에
더 큰 힘이 실리나니
가장 겸손하고
가장 낮게 흘러야 한다.
　　　　　　　—〈물·1〉 전문

**강기옥**(姜基玉)

한국문인협회, 국제펜클럽 한국본부 회원. 한국시문학회, 강남문인협회 이사. 국사편찬위원회 사료조사위원. 시집 《빈 자리에 맴도는 그리움으로》, 《하늘빛 사랑》, 《오늘 같은 날에는》 등이 있다. 서울문예상, 한국자유시문학상, 탐미문학상, 한국계관시인상 등 수상.

## 시인의 말

　우리 주변에는 강한 사람이 있는가 하면 약한 사람도 있고, 능동적인 사람이 있는가 하면 소극적인 사람도 있다. 그런가 하면 의외로 강하면서도 소극적인 사람도 있고 약하면서도 적극적이고 강한 사람이 있다. 그래서 우리가 사는 이 사회는 서로 다른 가치관들이 모여 사는 공동체일 수밖에 없다.

　그런데 문제는 그 다양한 가치관들이 서로 어울리지 못하는 데서 오는 부조화다. 어차피 개성에 의해 좌우되는 것이 가치관이라면 내 가치관이 중요하듯 남의 가치관도 중요하다는 것을 인정하여 서로가 조화를 이룰 수 있는 원만한 인격이 필요하다. 그러나 오늘의 현실은 갈수록 개성과 독특한 가치관들의 돌출행위가 두드러져 전통적인 미덕이 사라지고 있다. 그 시대적 현실을 극복해 보기 위해서 미미하지만 그 대안을 제시해 본 시가 〈물·1〉이다.

　시인은 사회의 문제를 해결할 수는 없으나 그 해결의 대안은 제시할 수 있어야 한다. 그래서 나는 노자의 도덕경에 나오는 상선약수(上善若水)를 오늘의 현실에 던져보고 싶었다.

　上善若水 水善利萬物而不爭 處衆人之所惡 故幾於道.
　지극히 착한 것은 물과 같다. 물은 만물을 이롭게 하면서도 다투지 아니하고,
　많은 사람들이 싫어하는 (낮은)곳에 처하니, 그런 까닭으로 도에 가깝다.

　이 얼마나 겸허하고 아름다운 삶의 모습인가. 약한 것 같지만 강한 내면을 지니고 있으며 모양이 없으나 다양한 모양을 취할 수 있는 물, 그것은 강하고 여유 있는 자만이 취할 수 있는 유유자적이다. 누구나 겸양의 미덕을 지닌 물처럼 산다면 이 사회는 참으로 아름다운 사회가 될 것이라는 믿음에 나는 〈물·1〉의 명구를 4연의 1～4행으로 꼽는다. "가장 빈 마음에/ 도담도담 정이 모이고/ 가장 낮은 모습에/ 더 큰 힘이 실리나니." 이 시는 이 사회에 던진 삶의 방법이며 내 스스로의 다짐이기도 하다.

# 무심과 순리

## 강우식

> 바람의 순리대로 쏠리는 풀잎이듯
> 잠결에도 아내 곁으로 돌아눕는다.
> 無心으로 하는 이 하찮은 일들이
> 오늘은 내 미처 몰랐던 사랑이 된다.
> — 〈사행시초〉에서

### 강우식(姜禹植)

시인. 성균관대 교수. 1941년 강원도 주문진 출생. 한양대 국문학과, 성균관대 대학원 졸(문학박사). 1966년 『현대문학』 추천으로 문단에 등단. 시집 《사행시초》, 《고려의 눈보라》, 《시인이여 시여》, 《바보 산수》 외 10여권과 《한국현대시의 존재성 연구》, 《한국현대시의 상징성 연구》 외 다수의 저서 상재. 현대문학상, 한국시인협회상, 펜문학상 등 수상. 『문학예술』 주간 역임.

## 시인의 말

　사랑에 대한 명언과 명구들은 수없이 많다. 하지만 아직도 모자라다는 것이 나의 생각이다.

　왜냐하면 태어난 생명체로서의 인간은 누구나 나름대로 소중한 사랑의 의미를 가지고 있어야 하기 때문이다. 이 시는 그런 의미에서 나의 사랑관을 읊은 작품이다. 의미 내용은 간단하다. 사랑이란 무슨 거창하고 대단한 것이 아니라 우리가 하찮게 생각하며 사는 일상 속의 잡다한 일들에 대한 소중함을 깨닫거나 끌어안기이다. 사랑이란 늘 큰 것보다는 작은 것을 끌어안기이고 중요한 것보다는 사소한 것에 대한 존재여야 한다는 시이다.

　이 시의 첫 구절 '바람의 순리대로 쓰리는 풀잎이듯/ 잠결에도 아내 곁으로 돌아눕는다' 는 위에서 말한 모든 것이 다 들어 있다고 본다. 부부가 매일매일 잠자리를 같이 하면서 왜 잠들어서도 상대를 보며 돌아누워 자는 경우가 많은가. 그 행동은 아주 하찮은 것이고 사소한 것이고 습관처럼 해오는 행동일지라도 그 바람처럼 천연한 순리가 바로 다른 것이 아니라 '사랑' 이라는 깨달음이 우리 삶에 얼마나 신선함을 주는가를 깨닫는 마음이 중요하다고 본다. 그와 더불어 이 시에 나오는 '하찮다', '무심', '순리' 등이 가지는 詩語들이 우리 인생에 주는 의미를 생각해 주었으면 한다.

# 비유와 암시로 점철된 탈 주정

강해근

🌳 그리움을 붓 끝으로 휘두른
바람의 연서

고독 끝에 피어나는
사랑의 초서(草書)

끝없는 그리움은
난향으로 피어

나의 영혼을
흔들고 있다.
— 〈난향〉 전문

🌳 버드나무 봄빛으로 물오르더니,/ 강물로 넘치는 소리.// 뙤약볕
에 한들한들/ 法油 내음 풍기는 합죽선의 바람
— 〈오작교〉에서

**강해근**
시인. 『앞선문학』 신인상 시 당선으로 문단에 등단. 한국문인협회, 한국민족문학회, 자유시인협회 회원. 『지구문학』 편집위원. 시집으로 《들풀》, 《눈 내리는 지리산》 등 이 있으며, 문학21문학상, 한국민족문학상 등 수상.

　앞에 예시한 〈蘭香〉은 4연으로 되어 있는 시다.

　그 시 중에서 나름대로 名句라고 말하고 싶은 표현이 2연인 '고독 끝에 피어나는/ 사랑의 草書' 이다. '蘭香' 에 대한 은유법 처리를 '사랑의 草書' 로 표현해 본 것이다.

　나는 난을 좋아하여 기르고 있다. 아침에 자고 일어날 때 스며 오는 '蘭香' 은 나의 사랑인 것이다. 그 사랑스런 香을 草書로 떠올려 본 것이다.

　두 번째 예시한 시 〈오작교〉는 6연으로 되어 있다.

　그 시 중에서 역점을 두고 표현한 句節이 4연의 '法油 내음 풍기는 합죽선의 바람' 이다.

　이러한 표현은 오작교를 거닐던 이도령의 모습을 암유법으로 처리한 것이다. 즉, 합죽선을 흔들 때 풍기는 法油 내음을 떠올린 것이다.

　나의 시는 탈 主情에서 현실적, 객관적으로 표현하고 있다.

# 시적 만연체의 미학 추구

고진숙

🌳 언제나 멀리서 바라보기를 즐겨 살기 때문에 학은 깊은 예지를 그의 천성으로 받았으나 온약(溫弱)한 폐구를 가누며 눈살을 찌푸려 이런 방에서 그를 생각하는 것은 또렷한 의식으로 충분히 구성된 후발죄(後發罪)의 대가를 아직 수형치 않은 불안한 실체의 단면이다.

— 〈학〉 전문

🌳 훗날에 할 말을 미리 다 하지 못하는 것은, 그것이 얼마만큼이나 진실인지 지금은 자신을 믿을 수 없기도 하려니와, 또는 사람 앞에서 하던 대로라면 얼마든지 멋을 부릴지도 모를 일이니, 혼자만의 기록을 더욱 값있게 여길 줄 아는 자중함과 배포가 채 옹글지 못한 탓에 아직 난 죽을 수가 없기 때문임을, 발걸음 멈춘 이 자리에서 이를 읊조려 봄.

— 〈실비명(失碑銘)〉 전문

**고진숙**

시인. 1934년 황해도 사리원시 출생. 1960년 『자유문학』(모윤숙, 김광섭 추천)으로 문단에 등단. 예총 마산지부 부회장(1963) 역임, 「마산일보」 객원문화 논설위원(1965). 저서 《교양 음악백과》. 시집 《꿈에서 깬 내 이야기》 등 10여권 상재. 가곡 작시 〈그리움〉(조두남 작곡, 1958), 〈산에서 부르는 소리〉(김희조 작곡, 1987), 〈꽃〉(김동진 작곡, 2002) 등 120여 작품.

## 시인의 말

〈학〉은 습작기가 갓 지났을 무렵에 쓴 작품이다. 시작에 있어 문체에 대하여 고민을 좀 해 보았다. 시가 좀 별스럽더라도 돋보이게 할 수도 있지 않을까 하는 젊음의 객쩍은 생각이었음에 틀림이 없다. 내용도 내용이려니와 포맷에 변화를 주어 보자는 생각을 했는데 그게 기껏 1행시를 쓰게 된 것이다. 그것은, 간결체만이 시가 되는 것이 아닐진대, 만연체에 관심을 돌려보자는 다소 엉뚱한 생각을 하게 되었다. 어떤 이는 이 시를 읽으니까 숨이 차다고 했다. 그도 그럴 것이 1행으로서는 다소 길게 느껴질 만큼 종지했다가 이어진 데가 없기 때문이었을 것이다.

지금에 와서 들쳐보니 뭐 별로 새롭다거나 뭐라 할 것도 없다. 생경한 시어들을 동원한 것은 또 무언가. 이것은 비판을 받기에 충분했다고 생각한다. 시작 당초의 의도대로 하려니까 한자의 조어 사용도 겁 없이 시도했다. "후발죄가 뭐냐"고 하기에 그 답은 간단했다. "원죄의 반댓말이다." 또 "온약의 뜻은?" "그건 나도 몰라"라고 말해 버렸다. 학을 직접 관찰 묘사한 것이 아니고 나 자신을 고고하다는 학에다 넌지시 빗대어 본 느낌을 자조적(自嘲的)으로 읊었다.

〈실비명〉은 산행을 하다가 얻어진 시상이다. 이른바 명당이 많다는 용인 지구의 산행에서였다. 길가 묘 앞에 섰다. 뭐라고 비명이 새겨 있었으나 풍화의 탓인지 알아볼 수 없었다. 살아 생전에 무슨 훌륭한 일을 많이 했길래 묘비명을 새겨 놨을까 생각하니 죽음이란 것이 떠올랐다. 나도 글을 남긴다면 자랑거리가 많으면 모르되, 속으로 가식임을 꺼리면서까지 비명을 쓸 바에는 아예 아무 돌도 세우지 않는 게 낫다 하며 돌아왔다. 돌아오자마자 쓴 게 이것인데, 이 또한 1행시가 되어 버렸다. 묘비명을 쓰는 기분으로 짧게 쓴다는 게 잔소리가 붙다 보니 간결체가 아닌, 내가 좋아하는 '만연체'가 돼 버린 것이다. 이는 내가 최근 들어 '시적 만연체의 미학'을 캐 보려 한 시도에 접근한 것이기에 다행이라 여기며 회심의 미소가 절로 나왔다. 죽음은 나에게는 멀다고 여겨 오던 젊은날은 다 가고 이에 대해 생각을 가다듬는 시간을 내고 있는 스스로를 보면, 어지간히 늙은 몸이 되어 있는 것이다. 묘비명을 생각할 정도로 세월을 보낸 것이다. 그러나 죽기 싫어서가 아니라 그럴 듯한 진실한 글을 남길 만한 일을 아직 해놓지 못한 때문에 당장 죽을 수가 없다. 죽음을 성스럽게 받아들이는 나의 여생이 되게 하기 위해 아직 죽을 수 없다는 말이다.

# 마음 비움 그리고 삶의 회한

구상회

🌳 계절이 지나가듯/ 어느덧 내 삶의 봄 여름은/ 어제의 아쉬운 추억으로 남아/ 단풍잎에 꿈으로 새겨 놓고,// 내 앞에 오솔길만/ 외로운 발치에 다 있으니/ 지난날의 회한에 목이 메어/ 흐느끼는 나의 영혼이여.// 그리움만 가슴 속 밀물로/ 소리 없이 밀려 오는 자리에/ 우리네 삶이여 설움이여/ 나의 사랑 꿈이여

— 〈꿈으로 새긴 잎〉에서

🌳 그 사이 부질없이
몸과 마음 기울여서
챙겨온 그 알량한 명예와
때묻은 돈, 치욕에 젖은 권세들
모두 다 초개처럼 버리고
걸림 없는 발걸음에 살다가
떠나갈 수 있을까.

— 〈목숨 하나〉에서

**구상회**(具湘會)

시인. 성균관대학교 국문학과 졸업. 1959년 『호서문학』 4집에 〈연〉으로 작품활동 시작. 현재 한국문인협회 상벌제도위원. 국제펜클럽 한국본부 회원. 한국불교문인협회 부회장. 한국현대시인협회 중앙위원. 시집으로 《그래도 꿈꾸기》 외 6권 상재.

## 시인의 말

　이 세상에 태어난 사람은 누구나 그 목숨이 하나뿐인 것을, 온 세상을 다 준다 해도 목숨과는 바꿀 수가 없는 것이다. 그렇게 목숨이 귀중한 것이지만 언젠가는 돌아가야 한다.

　사람의 일생이란 어쩌면 나뭇잎 그것과도 같은 것. 봄이면 눈이 터 꽃피우고, 여름에는 짙푸른 생기로 무성하다. 가을이면 지난 계절 내내 익혀온 제 꿈을 형형색색으로 새겨 후련하게 품어내다 겨울엔 제 목숨의 뿌리로 돌아가지 않는가.

　그렇게 계절이 지나가듯 내 인생도 봄날의 눈터나던 생기와 여름날의 무성하게 성장하던 활기는 어느덧 지나가고, 돌아보면 아쉬운 추억만 울긋불긋 꿈의 껍데기로 새겨놓은 듯하지 않는가.

　이제 오솔길만 내 발치에 닿아 있으니 지난날의 회한에 목이 메어 흐느끼는 내 영혼을 어찌하랴. 그립고 아쉬움만 가슴 속 밀물로 밀려오는 자리에 바로 우리 삶의 애환이 서려 있어, 그래 나는 거기 사랑하는 꿈을 꾸기 마련인가 보다.

# 산(山)의 내면적 형상화(形象化)

권용태

 풀잎사귀 살포시 산등을 타고 오르면
山은 그예 참아온 몸부림을 마음껏 헤쳐 보고픈 마음
그것은 끝내 솟아오르고야 말 噴水의 그런 窒息 같은 것이라고나 할까.

脈脈히 이어간 山의 姿勢는 어쩌면 꼭 어릴 때
풀섶한 내 오매의 품 같기도 한데,
아, 어디메쯤 긴 메아리는 달려오고 있을까.

구름이 야단스레 흘러간 자욱을 따라 아예 돌아갈
생각일랑 말고 이렇게 悠悠이 서 있는 山의 姿勢는
어쩌면 꼭 우악스러운 짐승 같다고나 할까.

— 〈山〉에서

---

**권용태(權龍太)**

1958년 『자유문학』 추천과 「경향신문」 신춘문예 당선으로 문단에 등단. 한국예술종합학교 교수. 국제펜클럽 한국본부 이사, 한국문인협회 이사, 한국현대시인협회 이사. 서라벌예대, 중앙대, 서울여대, 경주대 강사 및 교수 역임. 시집으로 《아침의 반가》, 《남풍에게》, 《북풍에게》 등이 있다.

## 시인의 말

　우리에게 주는 생명의 始源과 치열한 자기 성찰을 통한 연원적인 의미를 생각해 본 작품이다.

　山을 통해서 인생에 대한 경건한 자세, 구도적인 의식의 내면세계를 형상화 시켜 보려고 했다.

　山의 허리를 의인화시킨 메타포로 산의 등줄기를 어머니의 풀섶이라든지, 동물의 형상으로 서 있는 산의 모습을 우악스런 짐승으로 표현해 본 것이다.

　또 산은 언젠가는 생명력 있고 역동적으로 일어설 것 같은 噴水에 비유한 것은 산이 주는 의연한 자연미와 생명력의 발견이라고 할까.

　자연이라는 산이 주는 아름다운 생명력을 인간사와 동일시함으로써 생명에 대한 美感과 인간의 畏敬을 통한 자연의 섭리를 시적 구도로 형상화했다.

# 시인의 사랑법, 그 생명의 언어

김경수

🌳 나 아닌 다른 새로운 사람을 만나
예전의 내 모습보다
한 차원 나은 모습으로 변한다면

그대로 인해 나로 인해
우리들 삶이 더 밝아지고
주위가 행복해질 수 있다면
이보다 더 좋은 일은 없겠지요.
— 〈만남〉에서

🌳 명예와 인기의 기억을 내던지며/ 자신의 욕망을 달구고/ 물에 식
히며 쇠망치로 두들겨/ 미완의 몸을 닦아야 할// 詩人이란 미를
추구하는 장인정신으로/ 현실을 깊이 있게 투시하며/ 날카롭게
해부하는 메스와 / 미학이 깔려 있는/ 위대한 업(業)을 말한다.
— 〈시인의 사랑〉에서

### 김경수

시인. 문학평론가. 1980년 '두레' 시동인으로 작품활동 시작. 현재 국제펜클럽 한국
본부 문화정책위원. 한국문인협회 남북문학교류위원. 코스모스문예 부회장. 한국
공무원문학협회 이사. 한국시인협회 회원. 한국글사랑문학 시분과위원장. 한국글
사랑문학상, 한국농민문학상 등 수상.

## 시인의 말

앞의 인용한 시는 《느림의 미학》 연작시 중 〈만남〉이란 작품에서 중심적 연이라고 생각하는 제1, 3연이다. 새로운 사람과의 만남 속에서 예전의 내 모습보다 한 차원 나은 모습으로 변하고, 4연의 그 만남으로 인해 주위가 행복해지고 삶이 과거보다 더 밝아진다라면, 이보다 더 큰 만남의 행복이 없지 않느냐 하는 것이다. 가치관이 혼란하고 정신문화의 정체성이 상실되는 현실에 좀 더 맑고 밝으면서 어렵지 않은 시어를 통해 넉넉한 사랑과 만남의 여유로운 의식으로의 접근방식을 표현했다. 그것은 고독한 자를 위하고, 가난하고 버거웠던 삶에 대하여 서로를 위로하고, 슬픔과 외로움을 떨쳐 버리기 위해 여유로운 마음으로 다스릴 수 있는 고향의 어머님 마음으로 더욱 견고하게 다져지는 그런 만남의 의미이다.

두 번째 인용한 시는 〈시인의 사랑〉 중 6연, 7연이다. 치열한 순수성과 삶의 긍정성을 한 몸으로 느끼며 의도적인 창작을 하였다.

시가 생활에서 나오고 사색에서 나오며 생활과 경험, 생각과 깨달음, 상상력과 동경의 결합체요, 자기를 찾는 방법이며, 반성과 사색의 방법이기에 '쇠망치로 두들겨/ 미완의 몸을 닦' 듯이 시는 의미를 지녀야 하지만 그 의미는 화려한 어휘에 있는 것이 아니라 신선한 감각에 있다는 것을 이야기하고자 했다. 날카롭게 해부하는 메스와 미학이 깔려 있는 업을 통해, 시인은 살되 그냥 존재의 이유로 생존하는 것이 아니라 인간을 깊이깊이 사랑하기 때문에 존재한다는 의식을 불어넣어 주기 위한 작가에 대한 메시지이다.

# 어느 시공(時空)의 모퉁이에서

김광회

 시간과 공간은
천생 연분
한 집 살림
— 〈섭리〉의 3연중 제1연

## 김광회

시인. 1965년 『현대문학』 추천으로 문단에 등단. 한국문인협회 회원. 국제펜클럽 한국본부 자문위원. 한국현대시인협회 이사. 《청마평전》과 시집 5권 상재. 문학21 문학상 본상, 충청문학상 본상, 지구문학상 등 수상.

## 시인의 말

　근년 들어 나는 나보다 남을, 근경보다 원경(遠景)을 더 눈여겨 보는데, 작품 〈섭리〉는 그런 걸음에서 얻은 근작이다.

　제1연에서는, 먼저 우주의 기본 조건을 생각해 봤다. 그것은 바로 '시간과 공간'이었다. 시간과 공간은 의미가 상반되는 낱말이지만, 그들은 탄생 때부터 끈끈한 인연으로 한 몸이 되어 있다. 그들의 만남은 하늘이 베푼 천생 연분이요, 한 집 살림을 하는 운명적인 식구들이다. 시간은 영원 무궁하고, 공간은 광대 무변하다고 한다. 시간과 공간은 역시 우주를 이룬 기본 조건이라고 할 수 있을 것이다.

　위의 작품(전문)은 작품명 〈섭리〉가 말해 주듯이, 우리를 두렵게 하는 저 영원한 침묵인 우주, 그 테두리 안의 지구라는 작은 공간에 존재하는 소중한 우리 인간과 뭇 생명들의 근본을 짚어 본 것이다.

　우주 안 어느 시공에선가, 잠시 목숨에 불을 지피던 인간과 만물들은 모두 흙으로 돌아간다. 하지만 그 흙은 소멸하는 잿가루가 아닌 탄생의 모체인 기름진 공간이기도 하다. 이 공간은 고맙게도 시간과 더불어 영생한다. 이것이 우리가 따라야 하는 우주의 심오한 이치가 아닐까 싶다.

# 내어주는 삶의 아름다움

김남웅

    나는 보잘 것 없는 한 새우젓 장수
    새우젓 장수를 몇 년 하다가 내가 배운 것은
    오로지 덤을 주는 일이다 한 사발을 사도
    한 공기를 사도 좀더 주고 싶은 마음
               — 〈어느 새우젓 장수의 일기〉에서

**김남웅(金南雄)**

경기도 평택에서 출생(1943~　). 호 심석(心夕). 동국대학교 국문학과 졸업. 감신대 및 경기대
학교 대학원 수료. 『현대문학』에 시 〈국화〉(1963), 〈입춘〉(1965), 〈종소리〉(1972)가 추천 완료
되어 문단에 등단. 시집 《희망 동산》(1961), 《수풀》(1965), 《잿더미》(1972), 《내 영혼의 눈을
들어》(1979), 《내 잔이 넘치나이다》(1992), 《죽는 게 죽는 건 아니다》(2001) 등이 있다.

## 시인의 말

　앞의 시는 〈어느 새우젓 장수의 일기〉라는 내 시의 첫 연이다. 어린 시절 늙수구레한 새우젓 장수가 새우젓통을 지게에 지고 온 동네를 누비며 '새우젓 사려!'를 외치면 우리의 가난한 어머니들은 한 공기 한 사발을 사면서도 국물이라도 좀 더 달라 떼를 쓰던 모습이 눈에 선하다.

　그렇다. 살다 보면 우리는 때로 다 늙은 새우젓 장수와 가난한 어머니의 관계다. 솔직히 그 때 이후 나의 삶은 '어머니'로 보다는 덤 주기를 좋아하는 한 '가난한 새우젓 장수'이기를 원했다.

　그래 그 끝(結句)에 가 나는 "나보다 나 뵈는 사람/ 훨씬 더 나 뵈는 사람/ 그러면 그럴수록 좀더 주고 싶은 마음/ 누가 이런 후한 사발이 될 것인가/ 평생에 내가 아직 더 할 일은 오로지 이 후한 사발이 되는 일이다/ 아무에게라도 선뜻 후히 나를 되어주는 일이다/ 후히 나를 내어주는 일이다"라 끝맺는다. 부끄럽지만 이 시는 내 신앙적 고백이기도 하다.

　바라건대 우리는 모두 이런 새우젓 장수가 되었음 한다. 너무도 각박한 세상에 조용히 나를 내어주는 삶이야말로 이 얼마나 숭고하고 아름다운 일인가. 아아, 나는 한 가난한 새우젓 장수! 죽기까지 꼭 이대로만 살고 싶으다! 그래서 감히 여기에 내 시의 '명구'라 내세워 본다.

# 사랑의 놀라운 힘

## 김년균

사람은 누구나 가슴에 나무를 심지만
사랑에 눈뜬 사람은 더욱 흔들리는 나무를 심어,
한갓진 개울에 가거나
억새풀 우거진 오솔길 또는
어둠들이 쌓이는 산이나 바다
어디에 가든
그곳은 사랑의 마음을 아는 듯
어제의 생각을 눕히고
흔들린다, 바람이 불지 않아도
허공에 떠 있는 구름처럼 흔들린다.
그렇다, 사랑에 눈뜬 사람은
가슴에 한 그루의 나무를 심어도
바람을 일으킨다.
산천이 흔들린다.

— 〈나무〉 전문

**김년균**(金年均)

시인 겸 수필가. 1972년 『현대문학』에 수필 〈한(恨)〉이 발표되고, 월간 『풀과 별』 신인상에 시 〈출항〉, 〈작업〉 등이 추천되어 문단에 등단. 월간 『한국문학』 편집장, (주)지학사 편집국장, (주)『문학사상』 편집인 겸 전무이사, 한국문인협회 사무국장, 『월간문학』 편집국장, 한국현대시인협회 부회장 등을 역임. 현재 한국문인협회 부이사장.

## 시인의 말

　삶이란, 어쩌면 버스나 기차가 한 정거장을 지나는 일에 다름 아니다. 그 '짧음'의 중심엔 항상 '사랑'이 자리잡고 있다. 황홀한 꽃송이로, 또는 뜨거운 불덩이로.

　"사랑을 하다가 죽을 뻔했습니다. 몸에는 열이 매일 50도는 오르고, 눈앞엔 아무 것도 보이는 것이 없고, 산목숨이 아니었지요."

　'사랑'에 지쳐 눕던 친구의 말이다. '사랑'은 무엇인가. 그리움만 기르는 꽃대궁인가. 가난한 자의 황량한 가슴에 상처만 몰아치는 돌개바람인가. 아는 자여, 말하라.

　'사랑'은 '나무'와도 같다. '나무'가 어디서든 자라듯 '사랑'은 어디서든 움 돋고 꽃을 피운다. 나에게는 '처마 밑에 낙숫물만 떨어져도' 가슴을 출렁이게 하고, '흔들리는 나뭇가지만 보아도' 맘을 졸이게 하던 '사랑'의 경험이 있다.

　〈나무〉는 이러한 경험에서 우러난 시로 1982년『한국문학』에 발표된 작품이다. '경험'의 무게만큼 욕심부려서 좀더 큰 것으로 형상화 시키지 못하고, 단순히 '정의'만 내린 셈이 되었지만, 경험의 실상에 짓눌려 마음조차 굽어져 버린 탓이었을까, 나로서는 더 이상 자신이 없었다. 당시, 이 시를 이해한 서울대 김현 교수(작고)는, 이 시에 대해 다음과 같이 썼다.

　"김년균은 〈나무〉에서 놀랍게도 사랑을 노래하고 있다. 바람에 흔들리는 나무는, 사랑 때문에 흔들리는 나무이다. 뿌리를 깊이 내리어, 결코 넘어지거나 꺾이지 않고, 스스로 바람에 일으키는 나무는, 사랑에 취한 마음의 이미지이다. 시인은 '사람은 누구나 가슴에 나무를 심지만'이라고 노래하고 있으나, 마음 속에 사랑의 나무를 몇 그루 키워 본 사람은, 나무 키우기의 어려움 때문에 쉽게 나무 심기에 매달리지 않으리라고 믿는다. 그러나 어쩌랴. '사랑에 눈뜬 사람'이 심는 나무는 그 누구도 말릴 수 없는 것을."

# 모성애의 무한성 그리고 가을 사랑

김대규


어머니!
어머니.
어머니
어머ㄴ
어머
어ㅁ
어
ㅇ

— 〈소멸(消滅)〉 전문


사람이 보고 싶어지면 가을이다.
편지를 부치러 나갔다가
집에 돌아와 보니
주머니에 그대로 있으면 가을이다.

— 〈가을의 노래〉에서

## 김대규

시인. 1942년 안양 출생. 연세대 국문과, 경희대 대학원 국문과 졸업. 1960년 시집 《靈의 流刑》을 상재하며 문단에 등단. 예총 안양지부장, 한국문인협회 경기도지회장 등 역임. 시집 《이 어둠 속에서의 指向》, 《흙의 사상》, 《하느님의 출석부》, 《사랑의 팡세》 외 다수. 흙의문예상, 경기도문화상, 경기도 예술대상, 편운문학상 등 수상. 현재 안양시민신문 발행인.

## 시인의 말

〈소멸〉은 사랑과 헌신의 원형인 '어머니'의 일생을, 그 문자에서 한 음소(音素)씩 떼어내는 형식으로 상징·시각화시켜 본 작품이다.

몸 마음 다 바쳐, 모든 것 다 내어주고 'O', 즉 '무(無)'에 이르는 모성애의 지극함을 어찌 말의 설명으로 감당하랴.

〈가을의 노래〉는 나의 작품들 가운데서 가장 애송되는 시인데, 내 자신이 좋아하는 대목을 여기 옮겨 보았다.

사계절의 감성을 한 마디 감탄사로 표현한다면, 봄은 '오!', 여름은 '우!', 겨울은 '으!'라 할 수 있겠는데, 가을은 역시 '아!'가 적격이다. '아, 가을이다.' 그 가을에 심취해, 편지 부치는 일을 잊지 못한다면, 그건 가을 사랑이 아니다. 사랑은 그렇듯 맹목(盲目)이어야, 가을 사랑은 더 눈이 멀어야 한다.

나는 인생의 가을을 맞아, 휠덜린이 어째서 젊은 나이에 가을을 한 번만 더 달라고 절규했는지, 그 영혼의 기도에 대해 다시 생각해 보곤 한다.

# 어둠은 출발의 역설

김동수

 어둠은 출발이다
깊은 나락에서
즈믄 밤을 뒤척이다가도
끝내 홀로 일어서야 하는
침묵
그것은 안으로 안으로 덮쳐오는
어둠을 살라 먹고
산처럼 다가오는
아픔을 살라 먹고
때가 되면/ 밖으로 튀어나오는
신선한 빛살의 물결
어둠은 결코 어둠이 아니다
길고 긴 인고의 세월 끝에
쌓이고 모인/ 말씀과 말씀들이
이렇게 두 손 털고 일어서는
생명의 숲이다
찬란한 탄생의 눈부심이다

— 〈어둠의 역설〉 전문

**김동수**

전북 남원 출생. 1982년 월간 『시문학』 추천으로 문단에 등단. 시집 《하나의 창을 위하여》, 《겨울운동장》. 평론집 《한국현대시의 생성미학》 등이 있다. 현재 백제예술 대학 영상문예과 교수.

## 시인의 말

　나는 만해(卍海)를 좋아한다. 그의 지사적 풍모도 풍모려니와 시의 역설적 구조가 막혔다 풀리고 풀렸다 막히면서 끊임없이 새로운 세계를 열어가고 있기 때문이다. 3·1운동마저 실패로 돌아가자 모두들 좌절의 늪에 빠져 민족의 비원(悲願)과는 멀어져 가고 있었다. 이 때 그가 〈님의 沈默〉을 들고 메시아처럼 일어나 외쳤다. 유생어무(有生於無)라, 그러기에 '이별은 만남의 시작'이라고…….

　〈어둠의 逆說〉도 1980년대 말 어둠 속에서 태어났다. 감당키 어려운 절망과 실의의 허방에서 몇 날 며칠이고 잠 못 이루다 어느 날 문득 '이별은 이별이 아니다'라고 만해가 외치듯, 나 또한 '어둠은 결코 어둠이 아니다'라는 싯구를 탄생시키면서 가까스로 자리에서 일어설 수가 있었다. 일체(一切)가 유심조(唯心造)라, 그러기에 패배라는 객관적 사실보다 오히려 그것을 어떻게 받아들이고 있느냐 하는 주관적 자세가 더 중요하지 않겠는가? 패배를 승리의 출발점으로 역전시킨 이 선언적 아포리즘. 어쨌든 나는 이런 고투의 과정 속에서 건져낸 말씀을 통해 당시 어둠의 늪에서 소생할 수가 있었던 것이다.

# 삶이라는 이 쓸쓸한 흔적

김석규

폐허가 다 되어 버린 황량한 추억의 빗물자국
숙취 부석부석한 아침을 헤집어서
젓가락도 대지 않고 들러마시는 성주탕 한 그릇 아니 두 그릇
살아남은 자가 먼저 간 이에게 보여줄 수 있는 것은 눈물뿐
새들이 오고 꽃이 핀들 무슨 소용이랴
누군가가 봄을 조금이라도 붙들고 있어 준다면
당신의 마지막 모습을 아끼고 싶다.

— 〈눈물 봉헌〉에서

**김석규**

시인. 1967년 『현대문학』 추천으로 문단에 등단(청마 유치환 추천). 시집으로 《풀잎》, 《먼 그대에게》, 《섬》, 《적빈을 위하여》, 《훈풍에게》 외 다수. 현대문학상 수상. 부산시인협회 회장 역임.

## 시인의 말

졸작 〈눈물 봉헌〉은 1999년에 간행한 나의 스물한 번째 시집인 《섬》에 수록되어 있다. 자치동갑의 시들이 어깨동무하고 있는 이 시집의 무늬는 문득 살아 있다는 것이 아득해지던 날들의 나부낌이었음을 고백하고 싶다.

지상에서의 영원한 이별처럼 슬픈 것이 또 있을까?

새들이 노래하고 꽃들이 다투어 피는 춘삼월 호시절의 해후도, 어느 가을 낙엽이 흩어져 날리는 거리의 봉별도 이제는 더 이상 가망이 없음을 알아차렸을 때의 그 끝없는 공허와 허무감은 누구도 겪어 보지 않고서는 모를 것이다.

일찍이 더불어 애환을 함께 했던 일상의 나날로부터 유리 이탈되어 아무런 기약도 다짐도 없는 추억의 빗물자국으로 이제는 황량한 폐허가 되어 버린 다만 삶이라는 이 쓸쓸한 흔적 앞에서 무엇을 또 바라고 기대할 수 있을 것인가.

이미 떠난 사람은 떠났고 그 마지막 소중한 모습은 홀로 가슴에 묻을 수밖에 없다.

날로 희미해져 가는 세월의 그림자를 탓해 보지만 슬프게 살아남은 자가 먼저 간 이에게 보여줄 수 있는 것이란 눈물뿐이다.

눈물은 이 세상에서 가장 정갈한 영혼의 언어이며 두 줄기 슬픈 강물이 되어 구천에까지 가 닿을 수 있는 불멸의 문자이기 때문이다.

# 인간의 존재상황과 인간관계의 한계성

## 김영은

🌳 젖은 하늘
한 귀퉁이에서 흔들리는 나뭇잎으로
존재가 흔들린다
검게 휘갈겨 쓴 어떤 문자 모양으로, 저물녘
건너 아파트에 불은 하나 둘 켜지고
바람도 숨을 삼키고 읽어보는 사연
검은 잎새 손 끝에서 싸락별처럼 흩어지는
…?!
— 〈존재가 흔들린다〉에서

🌳 세상은 유리 속
건너편 네게 이르는 길 역시 유리다
네게 손 뻗치면
허공에 두 손 찔려 낭자하게 피 흐른다
— 〈유리 감옥〉에서

**김영은**

『월간문학』 신인문학상 시 당선으로 문단에 등단. 『한국소설』 신인상 당선. 국제펜클럽 한국본부 이사. 한국시인협회 중앙위원. 한국여성문학인회, 가톨릭문인회 회원. 제9회 윤동주 문학상 수상. 시집 《가시풀 옷》, 《목선 하나 뜨지 않는 강》, 《이름을 가진 낙엽》, 《중심은 시선 뒤에 있다》 등이 있다.

## 시인의 말

첫 번째 인용시는 일상에서 우연히 떠오른 시상이다.

저무는 시간, 창 밖을 우두커니 내다보고 있을 때 바람에 미친 듯 흔들리는 나무 한 그루가 시야에 잡혔다. 잎새와 가지를 마구 흔들어대며 마치 어떤 기막힌 사연을 하소연하는 것 같았다. 그것을 해독하려 오래 바라보며, 우리도 나뭇잎처럼 가지 끝에 매달려 위태롭게 흔들리는 존재는 아닐까, 하는 생각을 시로 써 본 것이다.

두 번째 인용 부분은 세상과의 소통에 관한 나름대로의 견해를 시로 써 본 것이다.

속이 투명하게 보일 듯해 쉽게 손 내밀었다가는 이내 상처받고 피 흘리는 인간 관계.

우리는 몇 겹의 유리벽으로 된 감옥에 갇혀 사는 건 아닐까?

# 어머니는 영원한 안식처

김윤호

 빈 나무 가지마다
눈꽃이 피어날 때
머리에 수건 쓴 어머니가 보인다

싸리문을 조금 열고 마당을 지나
흰 발자국을 따라가면
내 유년의 검정 고무신이
아직도 당신의 품안에 놓여 있다

그 날 나는 연을 띄웠다
낯선 곳으로 떠가는
내 시선의 끝을
언제나 잡아 주시던 어머니

한 잔 소주에 비틀거리는
타향의 꿈 속에
오늘은 나를 업은 연이 되어
굽어보시는 어머니
— 〈어머니〉 전문

**김윤호**

시인, 수필가. 1991년 『현대문학』 추천으로 문단에 등단. 성균관대 법학과, 연세대 행정대학원(행정학 석사), 외국어대 행정대학원 박사과정 수료, 서울도시철도공사 교수 역임. 한국제일무역(주) 대표이사. 백두산문인협회 회장. 『백두산문학』 발행인. 노원문인협회 회장.

## 시인의 말

　어머니는 누구에게나 눈물나는 이름이다.

　사람의 뿌리가 피와 흙이라고 볼 때, 어머니는 피와 흙으로 우리의 생명을 있게 한 근원이다. 모든 생명의 영원한 안식처이다.

　들녘에는 나락들이 풋풋하게 여물어 가는 초가을이다. 온 산하를 물들이고 있는 저토록 푸른 나뭇잎들이 곧 단풍이 되고, 낙엽이 되어 뿌리로 돌아갈 것이다(歸根). 우리들도 철이 들수록, 나이가 들수록 우리들의 뿌리인 어머니를 간절히 생각하고, 머지 않아 어머니가 계시는 흙으로 돌아가리라.

　이 시는 사랑과 희생의 화신, 대보살이신 나의 어머니께 바치는 헌시이다. 지금도 구십세 노모님이 내 고향 영광에서 콩을 심고 깨를 심어서 6남매 자녀들에게 나누어 주면서 살고 계신다.

　늦가을 벼를 베어낸 논바닥에 빈 껍데기만 남은 어미 우렁이처럼 늙어 가신 어머님께 오체투지하여 눈물로 참회하고 축복을 올릴 뿐이다.

# 신서정적 메타포 처리기법

김을나


🌳 짙은 푸르름으로 내게 들어온 너
바늘 같은 잎은 내 마음을
찔러 보기 위해서였으리
가까이 다가서면
네가 터뜨리는 향기에 미쳐 버리겠다
— 〈소나무〉에서


🌳 사랑은 언제나 갈림길
부딪히는 것이
없다면
바람은 소리 없는 것
너를 보내려고
내 마음엔 그렇게
소리 없는 바람이 불고 있었나 보다
— 〈무늬를 지우며〉에서

**김을나(金乙娜)**

본명 김수경. 군포시여성기예경진대회 시부문 최우수상(2003). 경기도여성기예경진대회 시부문 장려상(2004). 2003년 『지구문학』 신인상 시 당선으로 문단에 등단. 지구문학작가회의 사무국장. 산본여성문학회 회원. 산본문학동인. 청다문학회 회원.

## 시인의 말

앞에 예시한 〈소나무〉 시는 4연으로 되어 있다.

이 시에서 名句라고 말한다면, 1연 '짙은 푸르름으로 내게 드러온 너'라고 말하고 싶다.

이 시는 문학지에 발표된 시로서 소나무에 대한 貞節과 그 기상을 높이 사서 미적 감동을 표현한 것이다. 내가 쓰고 싶은 시의 내용과 표현도 이 소나무처럼 아름다움을 닮고 싶은 것이다. 어쩌면 〈소나무〉가 自畵像이 될 수는 없는 것인지 소망해 보는 의도도 숨어 있는 것이다. 나의 시적 형식은 신서정적 메타포 처리에 역점을 두고 있다.

두 번째 인용한 시는 〈무늬를 지우며〉의 일부분이다. 이 시는 총 4연으로 되어 있다.

이 시에서 역점을 둔 절구는 2연 '사랑은 언제나 갈림길'이라고 보고 싶다. 이 시는 사랑을 소재로 한 시로서 영원 불멸의 사랑이 아니라, 사랑은 변한다는 사상을 향기로 풍기게 한 것이다. 인간의 생명과 마찬가지로 사랑도 소멸한다는 점을 부각시킨 것이다. 사랑에 대한 철학적 본질을 생각케 한 표현이라고 말하고 싶은 것이다.

# 빛에 대한 그리움

김재흔

 나는 아무도 없는
빈 뜰에 앉아
바람을 불러 모은다.
잊어버린 낙법으로
잉태한 새벽을 풀기 위해
애절한 그리움을 칭얼대면서—.
불러 모은 바람이 후줄근하게
멍이 든 손가락을 깨물며
발자국에 고여 오는 어둠을 털고
포도시 알몸으로 빠져나간 뒤,
뜨거운 사랑의 손을 내리고
눈물처럼 솟아오르는 햇살을
쑥순 같은 울음으로 다스리면서—.
인고의 아픔이 안쓰러워
안타까이 서성이던 별들도
깃발을 그림자로 잠재우고

구름의 무게로 허물어져 내릴 때,
나는 어쩌다 오는
부활의 아침을
무슨 몸짓으로 흔들릴거나.

— 〈부활의 아침〉 전문

---

**김재흔**

시인. 단국대학교 대학원 국문학과 졸업. 『현대문학』 추천으로 문단에 등단. 명예시
문학박사. 한국문인협회, 국제펜클럽 한국본부 회원. 세계계관시인학술원 회원. 시
집으로《잃어버린 풍경》외 8권 상재. 전남도문화상, 전남문학상, 노산문학상, 이육
사문학상, 박재삼문학상 등 수상.

## 시인의 말

　나의 빛에 대한 그리움은 대단한 집념이었다. 그것은 죽을 고비를 몇 차례 넘기면서부터였다. 죽음에 이르렀을 때의 절망감이란 당해 보지 않고서는 그 어둡고 깜깜한 마음을 알지 못한다. 거기다가 시대 상황마저 더욱 나를 어둡고 답답하게 만들었다. 당시의 분위기나 상황이 너무나 어두우니 갈 길이 보이질 않았다. 참으로 막막한 시절의 이야기다. 인간의 자유와 질서가 무시되고 인간의 소중한 양심마저 잃어가던 때의 억압된 절망과 박탈감이란 정말로 헤어나기 어려운 암흑 그것이었다. 어떤 철학자는 시인이 괴로워하는 시대는 병들어 있는 사회라고 하지 않았던가.

　아침은 출발과 깨끗함을 나타낸다. 어둠을 물리치고 깨어나는 빛은 신선함도 의미한다. 그리고 경건함과 엄숙함은 우리 양심까지도 순환의 원리를 깨달아 새롭게 하는 것이다. 삶과 죽음에 대한 무서운 반성을 통하여 새 역사가 이루어지는 것이라면 빛으로 되살아나 활동을 개시하는 아침은 모든 것들을 포용하고도 남는 넘침이 아닌가. 빛으로 벅차 오는 생명력이야말로 삶의 본질이요 징표라 할 것이다. 어둠을 물리치고 찾아낸 빛 이것이 바로 아침이 아니겠는가. 나는 새로운 날 빛이 찬란한 아침 속에서 오직 밝고 고운 사랑이 넘치는 빛의 언어를 찾아내고 싶어서 아침과 빛을 치환해 본 것이다.

# 이미지 시(詩)의 참신한 언어구사

## 김지향

멀리 다림질이 잘된 빌딩머리에
홍시 같은 햇덩이가 오늘도 어김없이
몸이 뭉개지고 있다
빌딩 목으로 넘어가는 다리 짧은 시간이
원추형으로 으깨진 핏덩이 몸을 끌어간다
— 〈리모콘과 풍경〉에서

젖은 바람을 밟고 통통 불은 몸 끌고 가는/ 뒤축이 부어 오른 교
외선/ 창마다 널브러진 모자들이 내다보고 있다// 깊은 줄 모르
고 호수에 발 빠뜨린/ 햇빛이 얼떨떨 물 젖은 수염을 건져 들고/
달아나고 있는// 굴곡이 험한 산줄기 아래/ 양철지붕 몇 개 뒷짐
지고 돌아서 있다
— 〈들판에 걸려 있는 그림 한 장〉에서

**김지향**

시인. 1956년 시집 《병실》을 상재하며 문단에 등단. 한양여대 문창과 교수와 한국크리스천문
인협회 회장 및 한국여성문학인회 부회장 역임. 현재 한국시인협회 자문위원. 한국음악저작
권협회 평의원. 시집 《빛과 어둠 사이》, 《사랑 만들기》, 《세상을 쏘다》, 《비온 뒤 풀밭》 등 23
권을 상재하였으며, 대한민국문학상, 시문학상, 박인환문학상, 윤동주문학상 등 수상.

　앞의 〈리모콘과 풍경〉은 제23시집 《리모콘과 풍경》의 타이틀 시로서 모두 9연으로 짜여진 시인데 거기서 내 나름대로 수사적 기교가 참신하다고 생각되는 연이 바로 이 4연이다. 심심한 휴일 저녁 때 창가에서 강변북로를 내다보는 것으로 장면 설정을 해보았다. 그때 바로 해가 지는 시간이었다. 해가 넘어가는 장면을 카메라가 잡았다. 문득 빌딩 꼭지에 앉아있는 커다란 홍시 한 덩이는 흔치 않은 장관이었다. 그러나 그 시간도 잠깐 뒤엔 빌딩 뒤로 사라지고 말았다. 그때의 그 황홀경을 감각적으로 묘사하려 했다. 사람의 임종도 저럴까 생각해 보면서 죽음 앞에 마지막 삶을 태우는 절정의 순간을 비유한 장면으로 읽어주기 바란다.

　두 번째 인용부분은 서경시로서 제22시집 《때로는 나도 증발되고 싶다》에서 뽑은 〈들판에 걸려 있는 그림 한 장〉의 8연중 2연에서 4연까지의 발췌다. 가을날 들판에서 멀리 그림처럼 지나가는 교외선의 인상이다. 흔히 있는 산기슭 밑의 호수와 몇 채 안 되는 양철 지붕 집들을 배경으로 상추객(賞秋客)들을 태우고 달리는 교외선의 낭만적 분위기를 캔버스에 담아보았다. 이러한 분위기는 흔히 볼 수 있는 그림이지만 여기서는 묘사의 참신성에 역점을 두었다. 바로 호수를 비추고 있는 햇빛을 '호수에 발 빠뜨린/ 햇빛'으로 여기에 연관지어 햇살을 '물 젖은 수염'으로 그리고 호수 옆으로 가는 교외선을 '물 젖은 바람을 밟고 통통 불은 몸 끌고 가는'으로 천천히 가는 교외선을 '뒤축이 부어 오른 교외선'으로 각각 언어의 참신성을 살리려 했다. 이미지시는 무엇보다 언어의 참신성(투명성 명료성)이 생명이라고 생각한다

# 자아 탐색의 존재론적 확인

김창근

🌳 땀에 젖은 나의 추억이
떨어져 나간 난간 위에 놓이고
어머니는 때때로 영혼의 질긴 올실로
나의 계절에 색감 고운
수를 놓으셨지.

— 〈단추를 달면서〉에서

🌳 갇힌 바다
동물원 우리
결국
내가 보았던 것은
인디안 추장의 초점 없는 눈동자
그 속에서만
가버린 바다가 눈을 뜬다는 사실이다.

— 〈사자의 눈〉에서

**김창근**

시인. 1970년 「조선일보」 신춘문예에 당선되며 문단에 등단. 시집 《미납편지》 (1975) 등 4권이 있다. 동의대학교 인문대학장 및 교육대학원장 역임. 부산시인협회 회장을 거쳐 '詩와 自由' 동인으로 활동. 현재 동의대학교 한국어문학부 문예창작학과 주임교수.

## 시인의 말

  앞의 시 〈단추를 달면서〉는 1970년 필자의 「조선일보」 신춘문예 당선작으로 시집 《미납편지》에 수록되어 있다. 인용구는 전 7연 중 2연에 해당하는 것인데, 아내의 단추 다는 모습을 통하여 어머니를 연상하고, 이 이중노출을 얼개로 추억과 일상, 어른과 어린이, 꿈과 현실을 대비시킴으로써 고독한 실존의 타자성을 내면화하고 있다. 궁극적으로 인간은 떨어져나간 누구의 단추도 달아줄 수가 없고, 자신이 자신의 단추를 스스로 달 수조차 없는 곳에 원초적 고독이 있다. 아내와 어머니와 내가 연출하는 대화적 상상력의 시간과 공간을 인용구는 상징하고 있다.

  두 번째의 인용구는 시집 《사자의 눈》에 실린 표제시의 일부분으로, 전 5연으로 된 이 시의 마지막 5연 전문이면서 결구에 해당되는 부분이다. 이 시의 시적 자아는 순수와 야성을 상실해 가는 현실을 '동물원 우리에 가두어진 사자'로 변용시켜, 그 사자의 눈 속에서 '순수한 야성의 바다'를 보려는, 일부러 왜곡된 현실과 역설적 진실을 대비함으로써, 어떤 변증법적 합일점을 존재론적으로 끌어내려는 의도를 내포하고 있다 할 것이다. 이는 자아 탐색의 존재론적 확인을 시적 근저로 하여, 기억의 서정적 재구성, 시간과 공간의 현상학적 형상화, 존재와 언어의 역설적 이중결합 등의 방법론을 통하여 새로운 시학의 길을 찾고자 하는 노력으로 보고 있다.

# 시감(詩感)의 색채적 비유어

김철기


어렴풋하고 아득도 해서
남의 전설(傳說)인가 싶은
울 밑 숫돌에 낫 갈던
굴피색 연민(憐憫)의 손
— 〈손〉에서


먹물 푼 하늘에
은색 씨줄
내 그리움의
날줄을 부추겨
땅 가득
사랑의 비단 필로
젖는 가슴 두르는데
— 〈밤비를 명상함〉에서

**김철기**(金哲起)

시인. 아주대 산업대학원 졸업. 1991년 『文藝思潮』 신인상 시 당선으로 문단에 등단. 시집 〈한 점 꽃, 꽃의 사다리〉, 〈밤나무골의 햇살〉, 〈소리에 색동옷 입혀〉, 〈빛 한 줌〉, 〈날 사랑하는 나의 記〉, 〈내일, 그 내일도 생생할〉, 〈빈 칸의 꿈〉, 〈불켜기〉, 〈실타래촌〉 등이 있다. 현재 국제펜클럽 한국본부, 한국문인협회 회원. 한국자유시인협회. 한국현대시인협회 이사. 예총 부천지부 이사. 한국자유시인협회상, 탐미문학상 본상, 경기도문학상 본상, 미술대전 외 다수 수상.

## 시인의 말

  앞의 〈손〉은 5연으로 된 시인데 나름대로 시대의 정치 풍자와 황금만능을 추종하는 여러 형태 손들의 행위를 시공 초월의 해학적인 자성과 훈교의 빛으로 표출하려 했다. 추억의 손 중에 '뽀얀 분필가루 묻은 채 해밝은 흑판 위…'의 스승의 손이나 '굴피색 연민의 손'은 굴참나무 껍질의 검고 거치른 빛의 고된 아버지의 손을 통한 색채적 비유로 짧게 함축시켜 표현해 보았다.

  두 번째 〈밤비를 명상함〉 역시 지극히 말을 아끼는 가운데 밤비의 현상을 '먹물 푼 하늘'과 빗줄기를 '은색 씨줄'로 '내 그리움의/ 날줄을 부추겨'라고 내면을 표현하여 가슴 속 무한한 그리움의 빛깔을 더 생생하게 연상시키려 했다. 끝 부분의 '사랑의 비단 필로/ 젖는 가슴 두르는데'는 은유로써 자유로운 색감의 상상력을 한껏 유도해 봄이다.

  이밖에도 여기 예시하지는 않았으나 또 다른 시 〈불켜기〉의 '여러번 헛손질로 돌려야 어렵사리/ 몰골도 허술한 램프 심지이거나/ 촛대에 꽃불 세우던 나날/ 굳은 살 두터워지는 불켜기였고'에서도 주지적 색채감이 내재되어 있으며, 또 〈실타래촌〉 중 '아예 검정인제 색은 특색이고/ 베이지색 실더러/ 확실하게 희던가 노랑던가/ 묻은 때 덜 닦은 얼굴빛이라나'에서는 주지적, 상징적, 감각적 비유의 수법으로 직·간접적인 색채감이 짙게 배어있다고 하겠다.

# 회자정리의 역설적 행복

도경원

굳이
만남이 없으면 어떠랴
혼자로는
아무런 의미도 없는 것
내가 있어 네가 있듯이
네가 없으면
나조차 없는 것을

만남이 없으면 어떠랴
만남은 결국
이별을 안겨 주는 것

처음
시작하는 순간부터
더는 갈 수 없는 그곳까지
한 번의 포옹마저

없으면 또 어떠랴
나는 네 곁에
너는 내 곁에
늘 같이 있다는
그것만으로 행복한 것을.

— 〈철길〉 전문

**도경원**
시인. 시낭송가. 경남 거창 출생. 한국문인협회 회원. 강동문인협회 이사. 재능시낭송가협회 회원.

## 시인의 말

　자작시 중에서 명구(名句)를 찾아 보내라 하여 살펴보았으나 명구는 고사하고 잡글들만 무성한지라 명구를 찾는다는 것은 그야말로 잔디밭에서 바늘을 찾는 것보다 더 어려울 것 같은데 그렇다고 안 할 수도 없어서 졸작이나마 내가 좋아하는 시 한 편을 옮겨 보았다.

　이 시를 쓰게 된 배경은 귀한 손님을 기차역에 배웅을 하면서 입장권을 구입해 타는 곳까지 동행을 했을 때다. 손님을 실은 열차는 야속하게도 멀어져 가버리고 남겨진 여운에 휩싸여 있는데 보이지 않는 곳까지 평행선을 이루며 놓여 있는 철로가 눈에 들어왔다.

　그때 뇌리를 스치는 한 생각, 동행을 한다는 것은 얼마나 아름다운 것인가! 더러는 취향이 달라서 또는 마음에 들지 않는 사람이어서 같이 가는 것을 꺼려 하는 경우도 있겠지만 같이 있기에 완전한 모습이 되는 것, 자기 자리를 지킴으로써 공존할 수 있는 것들이 참으로 많이 있다. 가장 가까운 사이라 할 수 있는 부부간에도 그렇고 부모 형제 등 인간사에서는 물론, 동식물에 이르기까지 저마다 본래의 위치에서 묵묵히 자리를 지킴으로써 공존할 수 있는 진리를 터득한 듯함을 볼 수 있다. 유독 사람만이 더 가까워지려 하고 내 것으로 만들려는 욕심을 자제 못하는 것은 아닐는지?

　회자정리(會者定離), 만남이 있는 것은 필연적으로 헤어짐이 따르기 마련인 것을! 모든 것이 순간이고 그 뒤에 오는 사무침이 만나는 순간의 희열을 다 지우고도 남음이 있건만 눈 앞에 있는 낮은 산에 가려서 그 뒤에 있는 높은 산을 보지 못하는 것이다.

　그렇다고 모든 일에 욕망을 갖지 말자는 것은 아니다. 다만 순리에 따라 행하고 따로 떨어져 있음으로써 더 잘 어울리고 아름다운 모습을 볼 수 있고 거기에서 묻어나는 묘향을 느꼈으면 싶다.

# 꽃씨를 통해 본 우주의 섭리

문병란

 가을날
빈 손에 받아 든 작은 꽃씨 한 알!

그 숱한 잎이며 꽃이며
찬란한 빛깔이 사라진 다음
오직 한 알의 작은 꽃씨 속에 모여든 가을.

빛나는 여름의 오후,
핏빛 꽃들의 몸부림이며
뜨거운 노을의 입김이 여물어
하나의 무게로 만져지는 것일까.

비애의 껍질을 모아 불태워 버리면
갑자기 뜰이 넓어가는 가을날
내 마음 어느 깊이에서도
고이 여물어가는 빛나는 외로움!

오늘은 한 알의 꽃씨를 골라
기인 기다림의 창변에
화려한 어젯날의 대화를 묻는다.
— 〈꽃씨〉 전문

**문병란**

시인. 1935년 전남 화순 출생. 1963년 『현대문학』 추천으로 문단에 등단. 조선대학교 인문대 교수 역임. 시집 《죽순 밭에서》, 《땅의 연가》, 《직녀에게》 등 다수 상재. 현재 민족문학작가회의 자문위원.

## 시인의 말

　〈꽃씨〉의 제4연이 이 시의 절정이다. 수많은 역경을 극복하고 꽃씨를 맺은 가을, 껍질들을 다 태워 버리고 순수 알맹이만 갈무리하는 그 가을에 내 마음 속에서도 고이 여물어 가는 빛나는 외로움이 있는 것이다. 모순어법과 은유를 통해서 가장 작은 꽃씨 한 알 속에서 우주의 섭리와 생명의 생성 그 순수를 표현하려 한 것이다.

# 상상적 세계의 이미지화

문효치

🌳 새는 날아가 노을이 된다.
명상의 숲이 우거진
내 머리에 앉아
한동안 새끼를 기르던
새떼, 새까만 새떼는
하늘로 날아올라
주홍빛 물감으로 채색을 하며
허무의 저녁을 태우는
노을이 된다.

— 〈저녁놀〉에서

🌳 산은 자락 아래에 하나 둘 絃을 내어/ 파란 하늘에 젖은 아기새
날아와/ 그의 가장 슬픈 노래를 켜게 하네.// 골짜기 섶 섶에 현
이 울릴 적마다/ 꽃망울 터져 그 진한 빛깔 뿜어내/ 새 꽃으로 짜
여가는 하늘

— 〈산에서 부른 노래〉에서

**문효치**

1966년 「서울신문」, 「한국일보」 신춘문예 당선으로 문단에 등단. 시집 《무령왕의
나무새》, 《남내리 엽서》 등 10권. 현재 국제펜클럽 한국본부 심의위원장, 주성대 겸
임교수.

## 시인의 말

시는 불가시적 사물이나 정서, 관념 등을 가시적 사물 감각적 사물로 치환하는 이미지화 작업이라는 생각을 오래 전부터 하고 있었다.

여기 인용된 시구들도 그러한 작업 중에 얻어진 것들이다.

앞의 것은 〈저녁놀〉이란 시의 전반부로 저녁놀을 보면서 발생되어진 정서와 거기에서 파생되는 상상적 세계의 신비함을 나름대로 이미지화 한 것이고, 뒤의 것은 고향 또는 자연에 대한 향수에서 얻어진 정서의 물화라고 할 수 있다.

산은 하나의 거대한 현악기로, 새는 그 악기를 타는 연주자로 파악하고 그 음악의 울림을 '새꽃'으로 가시화 했다. 이러한 것들은 내 상상력에 의해 새롭게 태어나는 경험들로써 내가 독자들에게 제공하는 신세계인 것이기도 하다.

# 자연과 나의 데포르마숑

민영희

🌳 빛이 빛을 포개어
푸르러진 바다

그 깊이를 탐색하는
직사광선의
노동이 눈부시다.

풀어 헤친 노을을 밟고 가는
맨발의 소나기
그리움으로 채운
빗줄기 틈새에 끼어
비명도 없이 지고 있는
백일홍 꽃잎 하나.

나는 눈을 뜬 채
꽃잎을 따라가고 있다.

— 〈극점〉 전문

**민영희**

1998년 『문학21』 신인상 시 당선으로 문단에 등단. 한국문인협회 회원. 국제펜클럽 한국본부 회원. 한국시인협회 회원. 시정 동인. 한국예술징검다리 회원. 아침산문학 회원.

## 시인의 말

　2004년 3월에 출판한 나의 제2 시집 《거미의 집》 제1부 24쪽에 실려 있는 시이다.

　시인의 눈을 렌즈로 가시성의 거리를 무한대로 연장하여 바다의 깊은 비밀을 뒤진다. 시인이 바라보는 바다는 자연 이상(以上)의 풍경이다. 자연은 포에지의 권한을 양도한다. 여기에 자연을 위해서는 초자연이 필요하고 인간을 위해서는 초인(超人)이 필요하다.

　빛이 빛을 포개는 직사광선의 노동이 눈부신 바다는 초자연이며 바다를 바라보는 시인은 초인의 시력으로 탐사한다.

　풀어헤친 노을을 밟고 가는 맨발의 소나기로 나의 오늘날의 심정을, 시인의 절명한 사랑을 표현했다.

　여기서 나는 소나기는 하늘에서 내리는 비는 부명 아닌 나의 오브제로 언어의 소낙비로 쏟아내며 모방도 수식도 없는 나만의 경이적 언어를 표출하려고 애썼다. 순수의 언어로 환상적 나의 노을을 조형하여 한층 높은 차원으로 간절한 사랑의 이마주를 다각형으로 시인의 속을 쉽게 드러내지 않는 착란을 표현했다.

　여기에 꽃잎은 나의 절실한 사랑만을 고집하는 가엾은 영혼이다.

　앞으로 이 꽃잎은 시를 사랑하는 시를 쓰고자 하는 영혼으로 승화될 것이다.

# 존재탐구, 그 실상의 발견

박명용


🌳 목숨이란 이런 것이라고
툭, 하며
몸으로 보여주는
또 하나의 사과

오, 집착이 무슨 소용이랴

— 〈과수원집 상가에서〉 중에서


🌳 마지막 생명을 불살라
차거운 세상
뜨겁게 달구려는가
성숙한 몸으로
세상을 기다린다
제 몸 불태워
생의 극치를 이루려는
숯은
세계의 종교다

— 〈숯 · 2〉에서

**박명용**

시인. 1976년 『현대문학』 추천으로 문단에 등단. 시집 《낯선 만년필로 글을 쓰다 가》, 《강물에 손을 담그다가》, 《뒤돌아 보기 · 강》, 《바람과 날개》 등 다수. 저서로 《상상의 언어와 질서》, 《한국시의 구도와 비평》, 《현대시 창작법》 등 다수. 한국문 학상, 한성기문학상, 천상병시문학상 등 수상. 현재 대전대 문예창작학과 교수.

## 시인의 말

앞의 〈과수원집 상가에서〉는 3연으로 된 시인데 존재라는 추상적 관념을 떨어지는 사과를 통해 구체적으로 형상화했다. 목숨과 죽음이란 무거운 단어를 '툭'이라는 의성어로 환치시키면서 생(生)과 사(死)의 순간적 전환을 감각적으로 들려주고자 시도한 것이다. 다 익으면 한시도 더 머물지 않고 저절로 떨어지는 사과와 같은 것이거늘! "오, 집착이 무슨 소용이랴" 한 행으로 한 연을 이룬 3연은 시 전체를 압축하면서 동시에 목숨 전체를 관통하는 존재의 실상을 경구의 모습으로 표현해 보았다.

두 번째 인용은 〈숯 · 2〉인데 여기에서는 숯을 통해 존재의 진리를 탐구해 보았다. 이 시에서의 핵심은 "제 몸 불태워/ 생의 극치를 이루려는/ 숯은/ 세계의 종교다"인데 여기에서 숯은 존재가 지닌 역설적 진리를 현현해서 보여준 사물이다. 나중 된 자가 처음 되고 처음 된 자가 나중 된다는 진리나 색(色)은 공(空)이고 공(空)은 색(色)이라는 존재의 역설적 진리가 모두 종교의 언어인 것을 생각하면 "숯은/ 세계의 종교"인 것이다.

죽음 속에 내포되어 있는 생의 극치, 미완(未完) 속에 내포되어 있는 완성의 아름다움을 보기 위해 '숯'의 존재를 '성숙한 몸'으로 인식하고 '제 몸'이 불태워져 생의 극치를 이룬다는 모순 속에서 존재의 참된 아름다움을 발견하고자 했다. 이런 모순 속에서 탄생된 진리야말로 '세계의 종교'가 될 것이라는 의도가 이 시의 핵심이다.

# 씀바귀의 인생론적 은유성

박영만

논두렁에서 자란 벋음씀바귀
할아버지만 보면 왜 활짝 웃을까
쓴맛 단맛 다 본 그 어른만이
씀바귀 마음을 알아주기 때문이다

동네 아이들만 보면 언짢아 하는
잡풀 속에서 핀 씀바귀의 꽃이
달면 삼키고 쓰면 뱉어 버리는
요즘 아이들한테 질렸나 보다

쓰디쓴 맛이 단맛 되어진다고
땅 위 아래로 줄기 길게 벋으며
조그만 꿈 조각 바람에 날리며
잡초에게 살며시 알려주려나.

— 〈씀바귀〉 전문

**박영만**

시인 겸 평론가. 1989년 『우리문학』 추천으로 문단에 등단. 문학비평가협회 감사.
한국문인협회 회원. 한국가곡작사가협회 이사. 연성문화협의회 회장.

## 시인의 말

봄이 오면 싱그러운 대지는 아름다운 전설과 보석처럼 빛나는 교훈을 꽃피운다. 우리는 이른 봄에 들판이나 밭둑에서 여린 새싹을 돋우는 씀바귀를 볼 수 있다. 이 나물을 많이 먹으면 여름철 더위를 타지 않는다는 말이 있다. 아낙네들은 바구니를 들고 종달새의 지저귐 속에 씀바귀를 캐어와 나물로 상에 올린다. 그러나 아이들은 물론 어른 중에도 쓴맛을 내는 이 나물을 좋아하지 않는 사람이 많다. 당장 입맛에 맞는 음식과 편안한 생활에 젖어 있기 때문이리라.

씀바귀를 볼 때면 와신상담(臥薪嘗膽)이란 고사(故事)가 떠오른다. 큰일을 하려 하면 눈앞의 괴롭고 어려운 일을 참고 견뎌야 하지 않을까. 자라나는 세대에게도 일깨워 주어야 하리라 싶다.

# 무속시에 나타난 귀신의 변

박재릉


🌳 지금 잠들면 무서워
지금 꿈 속은 평원동 근철 거야
댕기 딴 시악시들이 불 켜 들고 나올 거야.

아직 안 간 머언 오매가 머리 풀고 웃는구나
오매한테 붙은 그 놈이
이젠 오매한테서 뜨려고 해
— 〈지금 잠들면〉에서


🌳 뒷 울 밑으로 선 서녀 개의 장신
돌담 잎새 사이사이로 오락가락하는 머리카락.

히히 덤빌 거야, 입맞추러 덤빌 거야
지금 잠들면 무서워
지금 잠들면 무서워
— 〈지금 잠들면〉에서

**박재릉**

시인. 1961년 『자유문학』 추천으로 문단에 등단. 정일학원 교수실장 역임. 현재 한국현대시인협회 회장.

## 시인의 말

앞 부분의 시는 총 6연 중 1, 2연. 이 시의 내용이 집약된 부분으로 귀신이 인간에게 침입하기 직전의 전율과 공포를 묘사해 봤다. '지금 잠들면 무서워/ 지금 꿈 속은 평원동 근철 거야' 가 명구이다. 귀신의 침입 시기는 꿈꿀 때이며 꿈 속에서 침입하는 댕기 딴 시악시는 은유적 표현으로 처녀 귀신인 손각시를 말한다. 오매(처녀를 뜻함)는 그놈이 붙어 미쳐 있다. 그놈은 은유적 표현으로 총각 귀신을 말하는 바 오매와 살다 뜨면 오매는 죽음만이 남는다. 무속적 저변의 처절한 실태를 드러내 봤다.

뒷 부분의 시는 총 6연 중 5, 6연이다. '히히 덤빌 거야, 입맞추러 덤빌 거야' 가 매혹적인 공포를 드러낸 명구이다. 오락가락하는 머리카락과 서너 개의 장신은 유희를 즐기는 암수 도깨비로 수사법상 은유에 해당한다. 입맞춤으로 희롱하고 달려드는 도깨비의 속성을 나타냈지만 꿈 속에선 침입하는 공포의 대상이 아닐 수 없다. 꿈 속의 평원동은 젊었을 때 무속을 체험하며 자라던 원주시에 있는 지명이다. 가장 고유한 우리의 전통적인 밑바닥의 소재를 발굴하고 이를 시로써 형상화 하는 데 목적이 있다.

# 자연의 이치와 순리의 아포리즘

박종해


🌳 산에 들면 내가 산이요
강에 들면 내가 강이다.
도둑 소굴에 들면 내가 도둑이요
禪僧의 방에 들면 내가 善人이다.
나비는 꽃에 앉고
새는 나뭇가지에 앉는다.
나는 지금
어디에 앉아 있나.

— 〈자리〉 전문


🌳 슬픔을 딛고 가는 사람은
기쁨의 나라에 닿는다.
고통을 밟고 가는 사람은
즐거움의 나라에 닿는다.
나무는 눈보라치는 겨울을 지나
무성한 잎과 꽃을 거느린
봄나라에 이른다.

— 〈겨울나무〉 전문

**박종해**(朴宗海)

1980년 『세계의 문학』 시 발표로 문단에 등단. 울산문인협회 회장 역임. 한국시인
협회 중앙위원. 국제펜클럽 한국본부 이사. 제1회 울산광역시 문화상 수상(문학부
문). 제2회 엘트웰펜문학상(2004. 10. 15). 대구시인협회상 수상(2004. 12. 27).
시집 《이 강산 녹음방초》(민음사) 외 8권, 시와 산문선집 1권 출간.

## 시인의 말

시의 여러 기능 중에는 자연의 이치를 깨닫고, 인생에 대한 자기 성찰에서 빚어지는 교훈적 잠언도 있을 것이다. 자연의 이치를 궁구하고 그 순리에 따르며 살아가는 생활철학은 우리 선인들이 이미 밝혀 놓은 길이다.

나는 어린 시절부터 나의 선친께서 '하늘의 뜻에 순응하는 자는 흥하고, 거역하는 자는 망한다. 그러하니 순리대로 행하고 분수를 지키며 살아라' 고 하신 말씀을 좌우명으로 삼고 있다.

앞서 나의 두 편의 졸시는 시 전체가 이러한 전언(메시지)을 내포한 하나의 아포리즘이다.

첫 번째 시의 제3행과 제4행이 내 나름대로의 명구라고 생각한다.

두 번째 시는 겨울나무가 눈보라치는 겨울날을 견뎌내고 봄이 되어 무성한 잎과 꽃을 피우듯이, 슬픔과 고통을 묵묵히 감내한 자, 즉 자연에 순응하는 자만이 흥한다는 진리를 시로 형상화 한 것이다. 1행에서 4행까지가 모두 명구라고 보면 좋겠다.

이 두 편의 시는 군자의 처신과 順天思想을 나타낸 것이긴 하지만, 이 시대에 시인이 처해야 할 위상과, 뼈를 깎는 고통을 감내하는 자만이 좋은 시를 얻을 수 있다는 아포리즘의 詩法이기도 하다

# 나비의 원수는 날개 그리고 하늘

박찬일

허리가 휘어서
코가 땅에 닿을 듯하다
이삭 줍는 아낙처럼.

하늘만 보던 사람인데
늙어서야 땅을 본다.
— 〈수녀원장〉 전문


하늘하늘 날아다니다가/ 하늘 바깥을 궁금해 하다가/ 평생을 다 보낸 자// 하늘 아래 것을 다 놓친 자// 물구덩이에 빠졌다/ 물구덩이에 하늘이 비치고 있다// 나비의 원수는 날개/ 나비의 원수는 하늘
— 〈나비를 보는 고통 · 4〉 전문

**박찬일**

춘천 출생. 1993년 『현대시사상』에 시 〈무거움〉, 〈갈릴레오〉 등을 발표하며 문단에 등단. 시집 《화장실에서 욕하는 자들》, 《나비를 보는 고통》, 《나는 푸른 트럭을 탔다》, 평론집 《해석은 발명이다》, 연구서로 《브레히트 시의 이해》 등이 있다.

## 시인의 말

두 편 다 현세주의 편의 시이다. 현실주의 편의 시이다. '편'은 편드는 것이다. 현세주의는 내세주의의 반대이다. 현실주의는 이상주의의 반대이다.

〈수녀원장〉은 누구인가. 평생 하늘만 본 사람 아닌가. 평생 하늘의 '옥좌'만 바라본 사람 아닌가. (허리가 휘어) "늙어서야 땅을 본다"고 하는 것은 사실 반어(反語)이다. 수녀원장이 늙었다고 땅을 보겠는가. 신체는 땅을 보고 있지만 마음은 여전히 하늘을 우러르지 않겠는가. 반어는 '시적 화자'의 반어로써 그랬으면 좋겠다고 한 것이다. 수녀원장이 땅을 좀 보았으면 좋겠다고 한 것이다. '땅의 목소리'(혹은 육체의 목소리)에도 귀 기울였으면 좋겠다고 한 것이다.

문제는 〈나비를 보는 고통 · 4〉의 '나비'이다. 나비는 '하늘하늘' 날므로 '하늘'을 좇는 나비라고 한 것이다(편pun!). 수녀원장과 다른 것은 확신이 없는 것. 천국에 대한 확신이 없는 것. 천국이 있는지 없는지 "궁금해 하다가/ 평생을 다 보낸" 것. 수녀원장과 같은 것은 "하늘 아래 것을 다 놓친" 것.

"물구덩이에 하늘이 비치고 있"었다. 나비는 물구덩이의 하늘이 '진짜 하늘'인 줄 알고 하늘하늘 날아가다가 '물구덩이에 빠졌다'. '나비의 원수는' 그러므로 '날개', '나비의 원수는' 그러므로 '하늘'. 날개는 자유의지를 표상하고 하늘은 '본질'을 표상한다. 본질을 의식하지 않았더라면, 천국을 의식하지 않았더라면, 나비는 하늘 아래 것을 놓치지 않았을 것이다. 결혼해서 자식들을 한 다스쯤 낳고 잘 살았을 것이다.

# 내 고장의 자연풍광

박현순


🌳 황태자랑 놀이터엔 그 고을 특산으로
팔도산천 아우르는 오만잡색 너울너울

매바위 밧줄 타고 용오름 등을 타는
쳐다보는 이쪽에는 간담이 서늘한데

굼뱅이 허리재듯 기어붙인 그네 솜씨
천하통일 해낸 양 심통이 환하리라
— 〈매바위 밧줄 타는〉 전문

### 박현순

시인. 아호 덕촌. 『문예한국』 시부문 추천 발표. 월간 『순수문학』 신인상 당선. 『지구문학』 시조부문 당선으로 문단에 등단. 징검다리 동인. 청다문학회 명예회원. 시조집으로 《칠성령으로 가는 꿈》 등이 있다.

## 시인의 말

　반갑지 않은 병마(중풍)로 나의 건강이 여의치 못해서 절필을 하려 했으나 청다문학으로부터 생각지 않은 원고청탁을 해 옴으로써 용기 백배로 다시금 붓을 들게 되었다.

　본 원고 내용은 평이하고 보편적으로 기술해 논 듯하나 굳이 딱한 군데라도 짚어보라면 옛노래 가락에 운율을 맞췄으며 게다가 전체를 아우르는 순수시조조로 서술해 놓았지 않나 싶다.

　인용된 시는 내가 지금 살고 있는 곳에서 대략 60리쯤 떨어진 곳에 왼쪽으로는 매바위가 위치해 있고 다리를 막 건너서는 미시령 방향으로 황태 축제장 풍광이 펼쳐진 곳이 있는데 거기에는 인공적으로 물을 쏴 올려 빙벽을 만들어 놓은 매바위에 산악인들이 오르내리는 광경을 연상하게 되었고, 또한 정상을 정복하게 되면 그저 짜릿한 쾌감이 더했으리란 점을 엮어낸 문맥으로 본다.

# 무지개의 아름다움, 삶의 아름다움

백우선

 우리는 평상시
물방울의 비밀을 묻지 않는다
햇살의 아름다움을 묻지 않는다

하늘의 너른 잎새와
어버이의 이마와
이웃의 눈빛에 스며들지 않는다

무지개 서는 날
우리는 비로소 옷섶을 여미며
물과 해의 아름다운 비밀을 만난다

하늘의 잎새와
어버이의 이마와
이웃의 눈빛에 어린 무지개를 만난다
— 〈무지개〉 전문

**백우선**
1981년 『현대시학』 추천으로 문단에 등단. 1995년 「한국일보」 신춘문예 동시 당선. 시집 《미술관에서 사랑하기》 등이 있다.

## 시인의 말

　무지개는 아름답다. 무지개는 물방울과 햇살이 만드는 빛의 스펙트럼이다. 물방울과 햇살은 언제 어디서나 흔하게 볼 수 있으나, 그 속에 들어 있는 무지개의 요소를 우리는 늘 놓치며 살아간다. 겉으로 보이지 않을 때는 못 보다가 실제의 무지개로 보일 때에서야 그 아름다움에 놀라게 된다.

　하늘의 초월적이고 무한한 가호도 무지개다. 부모님의 헌신적인 사랑도 무지개다. 어떻게든 나와 인연이 닿아 있는, 사람을 비롯한 모든 존재로서의 이웃의 도움도 또한 무지개다. 이들이 없이는 내가 존재할 수 없다. 이들은 항상 존재하고 있지만, 특별한 경우가 아니고는 그 고마움을 느끼지 못하고 살아갈 뿐이다.

　무지개를 보는 마음으로 물방울과 햇살, 하늘과 어버이와 이웃을 대한다면 이 세상은 더없이 아름답지 않겠는가. 모든 존재의 아름다움을 보아내려는 노력이야말로 이 세상을 아름답게 하는 원동력이 될 것이다.

　'하늘의 너른 잎새, 어버이의 이마, 이웃의 눈빛'의 비유와 상징을 통해 '무지개'에서 비롯된 삶의 아름다움에 대한 나의 각성을 쉽고도 친근한 목소리로 들려 드리고 싶었다.

# 홍수 진 흙탕물을 무엇이 걸러내나

## 서 벌

어쩌자 나는 자꾸
깎고 썰며 다듬는가
톱밥 대패밥이 쌓아가는 적자 더미
결국은
곧은 뼈 하나
버려지듯 누웠네.
— 〈어떤 경영 · 1〉의 제2수

판소리 명창이 된 상수리 숲 보셔요, 좀.

초록 폭포들이
연
신
연
신
쏟아져요.

바람은 명창 소리 돋우는 북 장단이 되구요.
— 〈바람 촬영〉의 제5수

### 서 벌

시조시인. 1964년 『시조문학』 추천으로 문단에 등단. 시조집 · 사설시조집 · 시조
이론서 · 경로효친 시조 해설서 등 저서 다수. 한국시조시인협회 회장 역임.

## 시인의 말

〈어떤 경영·1〉의 경우, "목수가 밀고 있는/ 속살이/ 환한 각목.// 어느 고전의 숲에 호젓이 서 있었나.// 드러난/ 생애의 무늬/ 물 젖는 듯 선명하네."(제1수)에 이어진 제2수의 시조다. 사람이 사람답게 사는 일을 목수와 나무에다 결부시켜 다룬 실존적 언술(discourse) 체계이며, 중핵성을 '곧은 뼈'에다 두었다. '각목'과 '곧은 뼈'는 말만 다를 뿐 같은 실체다. 홍수진 흙탕물을 무엇이 걸러 내나. 맑은 물 아니겠나. '곧은 뼈'야말로 더러운 사회를 자정(自淨)해 내는 원질이다. 우리의 역사도 곧은 뼈들이 밝히면서 맑히면서 이어왔다. 그래서 곧은 뼈들이 기둥이 되고 들보가 되어야 한다.

〈바람 촬영〉의 경우, 'IMF 극복 비유'라는 부제가 붙은 전 5수 중의 마지막 수이다. 이 시조 전체적인 의도는 작중 화자가 카메라 되어 바람을 찍어 한 장면씩 화면에 실린다는 데에 있다. 그렇게 찍으니까, 상수리 숲은 판소리의 명창이었다.

명창의 소리들은 초록 폭포로 쏟아지고, 바람은 명창 소리 돋우는 고수였다. 자연은 이처럼 언제나 제 할 일을 어김없이 다한다는 진리 그 자체였다. 절망의 벽돌을 때려쳐 부수는 '초록 폭포'는 희망을 위한 격파술이다. 바람은 그 기운을 돋우는 북장단을 친다는 데서 카메라 된 작중 화자의 언술도 휘갑치게 된 것. 기실 연상감각과 상상력 발휘의 도움이 없었다면 가능한 일이었을까. 나는 IMF 즈음을 그것으로 극복하고 싶었었다.

나의 시조엔 특별한 명구는 없다. 그리고, 나는 늘 시조 1장을 자유시의 1연으로 삼고서 시조 쓰는 사람이다.

# 바람소리의 득음(得音) 그리고 시공(時空)의 진리

## 서정남

주린 배 채운 하늘
타는 목 채운 별빛

가난도 지난 후면
추억 한 줌 되는 것을―

솔바람 말도 없이
장공을 지나가는데

태풍에 찢긴 날개
호숫가에 잠들리.

― 〈추억〉 전문

흑암을 반추하면/ 은백색 부활은 잉태하는 것이어늘/ 무언가 오늘 다시/ 암울한 혼돈으로 반전하는 것은// 새벽이 열리는 창가에/ 귀를 기울이면/ 마지막 그날 밤 닭울음소리…/ 웬 일로 이 새벽/ 소쩍새는 저리 목이 메이고/ 유성은 산 너머로 지는가

― 〈새벽이 열리는 창가〉에서

**서정남**

1934년 전북 부안 출생. 경기대학교 영문과, 강남대학교 신학과 등 졸업. 한국문인협회, 한국현대시인협회 회원, 서초문인협회 회장. 청다문학회 회장. 시집 7권 상재. 목사, 법무사, 시인, 심리상담사, 유전자정보상담사 등.

## 시인의 말

　〈추억〉의 경우, 3일 굶어 월담하지 않을 사람이 얼마나 있을까. 그러나 주려 죽을지언정 하늘의 뜻이 아니면 먹지 않겠다는, 목이 타들어가는 갈증에도 수정처럼 청렴한 義가 아니면 마시지 않겠다는 마음을 노래한 것이다. 뼈저린 가난의 刻印이 아름다운 추억으로 변하면서 直觀을 통하여 영원과 무한을 포착한, 그래서 자기 자체를 잊고 자연과 하나가 되어 노는 氣를 발산하는 '遊乎天地之一氣'를 체득했던 것으로, 지금도 나름대로 어려운 때마다 애송하는 詩이다. 비유 또한 잠깐 사이에 古今을 살피고 눈 깜박할 사이에 四海를 두르며, 천지를 안에 넣고 만물을 붓끝으로 꺾는다던 '陸機의 詩論'(觀古今於須臾 撫四海於一瞬 籠天地於形內挫萬物於筆端)에 이어져 있음을 본다. 울창한 송림의 장공을 스쳐가는 바람소리를 듣노라면 그 어떤 경전과도 비교할 수 없는 世事의 無常과 嚴威한 宇宙秩序가 일순에 지각되는 것을 노래한 것이다. 차떼기 뇌물을 주고 받는 물신의 노예들에게 이 짧은 詩句는 得音의 名句와 교훈적 잠언이 될 수도 있으리라.

　〈새벽이 열리는 창가〉의 경우, 인류 역사를 한 마디로 요약한다면 흑암과 광명의 변증법적 질서로 표현할 수 있을 것이다. 밤과 낮이 반복하면서 생성되는 게 인류문명이요 역사가 아닌가? 인용한 詩 〈새벽이 열리는 창가〉에서, 흑암과 은백색의 대립적 이미지 속에서 부활이 잉태한다는 것은, 구약성서의 천지창조 과정을 은유적 배경으로 하면서, 時空-自然界-이 세상에서의 善과 惡이 공존하는 만고불변의 현실을 관조한 것이다. 正 反이 合으로 다시 변전하는 과정에서 끊임없이 혼돈을 겪어야만 새로운 패러다임이 생성되는 것은 우리가 살아가는 현실적 실존적 모순 갈등을 대가로 치르면서 새벽을 만나는 것처럼 광명을 만나는 것이 아닌가? 이러한 빛의 세계는 창(眼孔=知覺을 통한 理解性)을 통하여 우리가 깨닫게 되는 것인 바, 그 窓가에서 새벽을 기다리는 心象을 형상화 한 것이다. '나'와 '세상' 곧 自我愛와 世俗愛에 집착한 窓은 黑暗이요 混沌이요 이를 뛰어넘으면 '너'와 '來世'―더 큰 우리의 드높은 세계 ―낙원이 잉태되는 것이다. 이러한 깨달음과 실천 없이 양보라든가 相生의 소리는 공염불이 되는 것이거든, 무슨 말장난이 그리도 심하단 말인가? 자고나면 이기와 집착에 기인한 싸움질밖에(오늘 다시 암울한 혼돈으로 반전) 없는 비극에 울고 있는 것이다. 풀 한 포기 벌레 한 마리일지라도 모두 자존의 권리가 천부되어 있는 생명질서를 파괴한다면 그들도 살아남지 못할 것을… 流星이 지는 새벽 창가에 목이 메는 소쩍새의 울음 그건 다름 아닌 詩人의 고뇌이고 이러한 고뇌가 공감대를 확장하는 자리에 비로소 부활은 축복으로 도래하리라 본다.

# 자연에 순응하는 인간정신 희구

서지월

🌳 한 세상 살아가는 법
그대는 아는가.
물빛, 참회가 이룩한
몇 小節의 바람
옷가지 두고 떠나는 법을
아는가.

— 〈꽃잎이여〉에서

🌳 늘 말하듯이, 혼탁한 세상이더라도 깨어 있는 꽃이 아름답듯 그
렇게 마주하고 산다면 생활의 주위에 널려 있는 모든 것들은 참
으로 아름답게 보일 일인 것이다.

— 〈고귀한 사랑〉에서

**서지월**

시인, 아동문학가. 1985년 『심상』 신인상 및 『한국문학』 신인작품상에 각각 시 당
선으로 문단에 등단. 대구시인학교 지도시인.

## 시인의 말

앞쪽의 시는 감히 나의 출세작이라 할 수 있는 〈꽃잎이여〉의 제1연이다. 내가 시인으로 등단하기 바로 전 '전국교원학예술상' 문예부문 大賞 당선작으로 당시 문교부장관상을 수상했다.

이전에 대학시절 문학강연차 대구에 오신 고려대 김종길 선생님으로부터 이 시를 쓴 학생을 불러달라 만나고 싶다고까지 했을 뿐만 아니라, 박재삼 선생님에 의해 이 시가 당선되어 세상에 알려졌을 때 '60대 정도 된 시인이 쓴 줄 알았더니만 새파란 젊은 시인이 쓴 시이네' 라는 당시 서울의 어느 중견시인이 말했다고 전해 받기도 했던 것이다.

인용된 문구가 바로 한 세상을 살아간다는 것이 바람도 '옷가지 두고' 떠나는 것인데 하물며 꽃잎이나 인간도 그와 다를 바가 있겠는가, 라는 무소유를 노래한 것이다. 아마 27세때 쓴 시로 기억된다.

다음의 문구는 시 〈고귀한 사랑〉의 후반부 구절인데, 세상이 아무리 혼탁하고 매말라 간다 해도 보라, '깨어 있는 꽃' 즉 피어 있는 꽃은 자연이 만들어 낸 순수 그대로 아름다운 자태를 뽐내고 있는 것이다. 그처럼 꽃을 대하듯 살아간다면 우리 주위의 모든 일에도 인간다운 향훈이 가득 넘쳐나지 않겠는가 그 말이다.

어떻게 보면 두 편 모두 자연을 대상으로 하여 관조하며 자연의 섭리에 순응해 나가는 참회의 인간정신을 희구하는 작품이라 할 수 있을 것으로 보는 나의 견해인 것이다.

# 해탈의 경지를 꿈꾸어 보며

소한진

 찻잔 속에 찻잔이 없다
찻잔이 사라져 간
白瓷 찻잔
안에서
나는 茶를 끓인다
찻잎은 달이고 달여져
나를 끓이고
　　　나는 葉茶를 우려내고 우려내고……
찻잔만이 남는다
나는 없다

—〈茶〉 전문


**소한진**(蘇漢震)

시인·평론가. 사화집 《오후》(1962), 《오후에의 입상》(1963) 등으로 모더니즘 운동을 하면서 문단활동 시작. 시화집 《비영상의 미학》(1964), 시집 《아이》(1974) 등 8권. 한국문예장협회상, 한국문학비평가협회상 등 수상. 현 『문예한국』 대표. 한국문학비평가협회 이사.

## 시인의 말

古人이 물었다. 도를 닦는 데 빠르고 더딤이 있을 수 있습니까? 답, 마음 그 자체가 도인 사람은 당연히 빠르다. 또 물었다. 마음 그 자체가 도라 함은 무슨 뜻입니까? 답, 마음은 木石과 다름없다는 말이다. 마음이 본래 空寂이라는 걸 깨닫고, 마음이 物이 아님을 안다면 마음은 아무 것에도 지배되지 않는다. 物은 마음이 현출시킨 것이다.

若悟心從本己來空寂, 知心非色, 心卽不屬
色非是色, 自心化作
但知不實, 卽得解說

— 〈二入行論〉에서

心如木石의 경지에서는 물질이 보일 리 없다. 관심 밖의 일일 테니까. 관심이라는 말 자체도 존재할 필요가 없을 테지만⋯⋯.

그러나 위의 시에서는 '찻잔'이라는 말이 '뜬 세상'을 의미하건 '나 자신의 마음의 어느 일면'을 의미하건 간에 나타나 있다. 찻잔이 없는데 찻잔 속의 찻잔이 등장할 리가 없다. 茶 역시 그렇다. 葉茶를 우려내는 일 또한 마찬가지다. 다시 말하면 物은 마음이 현출시킨다고 하지 않았던가. 결국 그 모두는 마음이 空寂이라는 걸 깨닫지 못한 나 자신이 현출한 物에 불과하다고 하지 않는가?

최종 행 역시 결과적으로는 '나는 없다'라고 말하는 나는 남아 있다는 말이 된다. 그 점 無涯道人 重光의 말처럼 나의 시엔 아직 개념이 남아 있는 모양이다. 당연히 남아 있을 수밖에⋯⋯.

아, 멀고도 가까운 解說의 감감함이여!

# 모정의 세월과 진정한 사랑의 본질

손계숙

세모시 올처럼
하늘빛이 열리는 아침
패인 세월의
두께를 헤집고
숨쉬고 있는/ 흑백사진 한 장

희로애락의 성상(星霜)을
등 뒤에 감춘 채
인내가 다림질 된 행주치마 두르고
준열한 삶을 털어내셨던
어머니

— 〈기억 · 1〉(어머니)에서

유순한 눈빛으로/ 체온을 데우리/ 라일락 향이 흐르는/ 온기 가
득 담아// 그대와/ 촛불의 인내를 배우며/ 젖과 꿀이 흐르는/ 은
밀한 숲을 가꾸리

— 〈데자뷰 · 2〉(이불연가)에서

**손계숙**
시인. 『문예운동』 신인상 시 당선으로 문단에 등단. 강남문인협회 회원. 청하문학
회 · 詩亭 동인. 시집 《사랑초(抄)》 등이 있다.

## 시인의 말

세모시 올처럼 청아한 얼굴로 모습을 드러내는 여름날 아침에, 안방 벽에 걸려 있는 누우렇게 바랜 어머니 사진들을 보고 인용된 시 〈어머니〉를 썼다.

당신의 전부를 주고 떠나가신 어머니 사랑을 되새겨 본다. 항상 삶의 그늘에 서서 당신을 희생하며 한도 끝도 없던 시부모님 모시기, 남편과 자식들의 뒷바라지에 평생을 바치셨던 내 어머니. 당신의 희로애락을 누가 볼까 봐 등뒤에 감추시고, 삶의 질곡을 오래 참고 견디시며 슬픔을 인내의 꽃으로 승화시킨 사랑하는 어머니! 어머니!

'인내가 다림질 된' 행주치마 두르고 서 계신 당신은 딸의 중심에 항상 머물고 계신 마음 속의 별이십니다.

〈데자뷰 · 2〉에서는 진정한 사랑의 본성을 말하고자 했다. 사랑이 타는 눈빛은 이글이글거린다. 눈빛은 불길이 되는 까닭이리라. 사랑하는 사람의 눈빛은 윤기가 있고 촉촉하게 젖어 있다. 그리고 불에 타듯 뜨겁다.

그 뜨거운 눈빛으로 체온을 덥힌 사랑은 불길처럼 전도되었으리라. 뜨거운 체온으로 달아오른 사랑의 향기는 라일락 꽃처럼 향기롭고 신선하다.

라일락 향기! 오월의 하늘에 노을처럼 피어나는 그 향기에 취하고, 사랑에 취하여 '그대'와 함께 제 몸을 태워 빛을 발하는 '촛불의 희생과 사랑을 인내하며'를 배울 때, 사랑다운 사랑으로 승화되지 않을까? 많은 인내의 농축 속에서 아름다운 세기의 사랑은 만들어지기 때문이다.

# 물질만능주의의 비정한 세태 고발

송랑해


🌳 서울은 거대한 쥐똥나무
다닥다닥 붙은 核果
10월의 햇살을 받기 위해
서로 부딪치는 까맣게 여문 얼굴들.
— 〈서울의 肖像〉에서


🌳 푸른 하늘에서 내리는
눈소리.

무슨 뜻이 있어
푸른 하늘이 온통
우레소린가.

하늘에서 내리는 脫俗
始原이 열리는 혁명의 아침이다.
— 〈삭발〉에서

**송랑해(宋浪海)**

시인. 수필가. 1963년 전북 고창 출생. 한국방송대학교 국문학과 졸업. 2001년 『문학과 의식』 신인상 시 당선으로 문단에 등단. 『지구문학』 신인상 수필 당선. 한국문인협회 회원. 시집으로 《나의 바다에게》, 《쥐구멍으로 하늘보기》 등이 있다.

## 시인의 말

　앞의 〈서울의 肖像〉은 3연으로 된 詩이다. 내 나름대로 명구가 들어있다고 생각하는 연이 바로 1연에 있는 1행과 2행이다.

　서울의 인구는 과밀하다. 서울의 폭발적인 인구를 '서울은 거대한 쥐똥나무/ 다닥다닥 붙은 核果'로 메타포 처리한 것이다. 서울의 비정한 인심, 인간 경시와 물질만능주의 사이에서 몸부림치는 모습을 이미지화 한 것이다.

　두 번째 인용한 〈삭발〉은 3연으로 되어 있다. 그 중 2연과 3연 중에서 종장인 3연을 名句로 보고 싶다. 불교적 경향으로써 겨울을 배경으로 한 성불의 美를 추구하고 있다. 名句의 意味를 세속과 인연을 끊는 苦行의 미를 추구하는 데 두었다. 푸른 하늘은 自由이며 理想이다. 그러나 '눈의 소리'는 이상을 접고 苦行의 길에 동참하려는 뜻이 부각된 名句로 보고 싶다.

# 한(恨)의 문법과 곡즉전(曲卽全)의 삶

송수권

🌳 누이야/ 가을산 그리메에 빠진 눈썹 두어 낱을 / 지금도 살아서 보는가/ 정정(淨淨)한 눈물 돌로 눌러 죽이고/ 그 눈물 끝을 따라 가면/ 즈믄 밤의 강이 일어서던 것을/ 그 강물 깊이깊이 가라앉은 고뇌의 말씀들/ 돌로 살아서 반짝여 오던 것을/ 더러는 물 속에서 튀는 물고기같이/ 살아오던 것을

— 〈山門에 기대어〉에서

🌳 자전거 짐받이에서 술통들이 뛰고 있다/ 풀 비린내가 바퀴살을 돌린다/ 바퀴살이 술을 튀긴다/ 자갈들이 한 치씩 뛰어 술통을 넘는다/ 술통을 넘어 풀밭에 떨어진다/ 시골길이 술을 마신다/ 비틀거린다/ 저 주막집까지 뛰는 술통들의 즐거움/ 주모가 나와 섰다/ 술통들이 뛰어내린다/ 길이 치마 속으로 들어가 죽는다.

— 〈시골길 또 술통〉 전문

**송수권**

1940년 전남 고흥 출생. 서라벌 예술대학 문예창작과 졸업. 1975년 『문학사상』 신인상 당선으로 문단에 등단. 시집 《山門에 기대어》, 《꿈꾸는 섬》, 《아도(啞陶)》, 《수저통에 비치는 저녁 노을》, 《파천무》 등과 다수의 시선집 상재. 소월시문학상, 정지용문학상, 제1회 영랑시문학상(2003) 등 수상. 현재 순천대학교 문예창작학과 교수.

## 시인의 말

　앞의 〈山門에 기대어〉는 3연으로 된 시인데 서두 부분인 제1연이다. 山門은 이승과 저승을 가르는 경계의 문이다. 그 門에 시인은 기대어 이승과 저승의 경계를 허물며 불교의 연기관으로 새로운 삶의 환생의지를 부활시킨다. 생체험으로는 동생(누이)의 죽음 위에 정정한 눈물(恨)을 돌로 눌러 죽이고 즈믄 밤의 강물을 만나 새로운 돌로 반짝이거나 물 속에서 튀는 물고기같이 살아오는 생명을 만난다. 인연은 업(業, 카르마)에서 생겨나는 바, 동생 또한 이 업에 의해 몸을 바꿔 탄생하는 법열의 환희를 본다. 삶과 죽음은 둘이 아닌 하나라는 불이(不二)의 진리를 말하고 있는 셈이다.

　두 번째의 〈시골길 또 술통〉은 직선에 대비되는 곡선(曲線)의 상법(想法)이다. 곡선 속에 희망이 있고, 슬픔이 있고, 추억이 있고, 호흡의 리듬이 있다. 직선은 악마가 만든 선이지만 곡선은 신(자연)이 만든 선이다. 이 삶이 곧 도덕경 코드인 곡즉전(曲卽全)의 삶이다.

　술은 포도를 재배하는 디오니소스 신의 생산이며 주모는 바로 그 디오니소스 신이다. 신화적 또는 원형적 코드에 의한 시다.

# 의인화와 자기 동일시

신장련

🌳 작달막한 몸이
보도 블록을 들척인다
뿌리가 힘껏 땅을 그러안고
실랑이 치면
노랑 꽃바퀴에 끌려 나오는 봄
어디 수줍기만 한가
뼈대 있는 가문의
종부처럼 당당하다.

— 〈민들레〉 전문

**신장련**

거제도 출생, 부산에서 성장. 『한국시』 추천으로 문단에 등단. 한국문인협회, 안양 문인협회 회원. 거경문학, 화요문학 동인.

## 시인의 말

　'신화란 자연의 상징적인 의인화다. 자연의 상형문자적인 조물주의 의도는 헤아릴 수 없다. 그래서 자신의 모습을 자연계에 투영하고 이에서 정서적인 보상을 받는다. 의인화의 심리적 배경이다' 라고 이 시에 대한 평을 하면서 김대규 시인이 적은 바 있다.

　그렇다. 이 시에 나타난 비유적 기법이 동시적인 발상에서 비롯되듯, 의인화의 저변에도 동화적 심성이 깔려 있다.

　그러나 〈민들레〉와 같은 의인화의 작품을 통해 나는 물질을 극복하는 생명력의 개선에 그 시적 효율성을 두고 있다.

# 숙명적 인생의 또 다른 포부

신호현

🌳 언제나 그 만큼의 숙명
애달파 더 가까이 갈 수 없는
안타까운 그리움의 거리

구석에서 보이지 않을 만큼
제 모습을 부끄러이 비추이고
당신 오시기만 초조히 기다리는데
— 〈가로등 연가(戀歌)〉에서

🌳 아무도 가지 않은/ 새로운 길 위에/ 조심스레 찍히는 발자욱// 때론 모래 위에/ 때론 진흙탕 위에/ 고통의 발자욱을 찍네// 내가 아는/ 위대한 이들의/ 발자욱이 그러했듯이/ 나도 나만의 길 위에/ 내 발자욱을 찍으려 하네
— 〈내 발자욱〉에서

### 신호현

시인. 교사. 1999년 『교단문학』 신인상 시 당선으로 문단에 등단. 한국문인협회 회원. 교단시집 《너희가 머물다 떠난 곳에 남겨진 그리움》(2000년). 지하철시집 《지하철 연가(戀歌)》(2002년). 육아시집 《아가야 사랑해!》(2003년) 출간. 현재, 서울 배화여자중학교 교사.

숙명적 인생의 또 다른 포부

## 시인의 말

돌아보면, 인생은 숙명의 카테고리(Kategorie, 範疇) 속에서 자신만의 역사를 가꾸어가는 것이다. 그 많은 사물 중에 교사로서, 시인으로서의 내 인생을 비유할 수 있는 '사물 속에 나'는 가로등이다.

이 시는 인간과 인간 사이의 거리를 가로등에 비유했다. 가로등과 가로등의 수평적 거리, 가로등과 행인 사이의 수직적 거리는 더 가까이 갈 수 없는 일정한 거리를 유지한다. 스승과 학생들 사이에 거리, 부모와 자식간의 거리, 부부간의 거리라도. 사랑을 주는 자와 사랑을 받는 자와의 거리, 이끄는 자와 따르는 자의 거리가 인생의 숙명이다.

여기서 가로등은 시인의 자아이다. 길가 구석에서 시인이 존재하는 영역에 고개를 최대한 수그리고 서서 시인이 가진 것만큼만 비출 수 있는 거리, 그 거리의 빛은 무한대의 영원한 빛이 아닌 유한(有限)의 거리이다. 일정한 거리를 비출 수 있는 거리에서 한껏 비추고 싶었는데 한 번도 올려보지 않고 어디론가 떠나가는 행인의 발자취를 바라보며 떠나보내는 더 이상 가까워질 수도 멀어질 수도 없는 역설적 거리 아쉬워하고 있는 것이다.

두 번째 인용 부분은 프로스트(R. Frost)의 〈가지 않는 길〉을 연상시키는 시이지만 프로스트는 인생의 선택의 중요성을 읊었다면 〈내 발자욱〉은 인생의 새로움을 추구하겠다는 의지의 표명이다.

평범한 사람들은 남과 같은 것을 추구하지만 남과 같은 것보다는 남과 다른 인생을 소중히 여기는 마음이 예술가의 본능이 아닐까. 그리고 그것이 '진정한 나'이다. 하루하루 소중한 인생을 값지고 보람있게 살아가겠다는 포부이다.

# 독창적 발성법에 이미지 접목

안연춘

> 🌳 동박새 날아드는
> 오동도 섬 하나 가슴에 품고
> 뜨거운 심장이 뛸 때마다
> 붉은 동백꽃 피고 지고
>
> — 〈丹心〉에서

> 🌳 어떤 말이든 한 마디라도 하고 싶은데
> 아무 말도 할 수가 없다
> 맨발을 겨우 옮겨 놓으며
> 조심조심 움직여 보지만
> 어제도 오늘도 지금도
> 꿈인지 생신지 구별하지도 못하고
>
> — 〈설악-雲霧〉에서

**안연춘**

시인. 1991년 『시와 시인』 신인상 시 당선으로 문단에 등단. 한국문인협회, 한국시인협회, 자유시인협회 회원. 광명문학상, 문예사조문학상 등 수상. 시집으로 《마로니에 봄을 만나러 가는 날은》 등이 있다.

## 시인의 말

앞에 예시한 시 〈丹心〉은 5연으로 되어 있다.

이 시에서 본인이 생각하기에는 3연의 '동박새 날아드는/ 오동도 섬 하나 가슴에 품고'가 좋다고 보고 있다. 나는 해마다 동백이 피는 계절이 오면 한 차례 심한 몸살을 앓는다. 그리움을 견디다 못해 미친 듯이 동백이 피는 곳으로 무작정 가야 한다.

2001년도에 몇몇 친구들과 여수 오동도 동백을 보러 갔었다.

집집마다, 가로수 길마다, 좁은 골목길까지도 붉은 동백꽃으로 묻히는 여수, 특히 비에 젖어 오동도 섬 절벽으로 뚝뚝 떨어지는 동백꽃은 여수만이 가질 수 있는 사랑의 전설이었다. 짧은 여행이었지만 이틀 동안 내게 그 절절한 사랑을 가슴에 품게 해주었던 여수에서 그냥 여수 여자가 되어 평생 살고 싶다는 생각뿐이었다.

나는 오동도 동백꽃에 대한 미적 감동의 메타포 처리를 오동도 여인으로 접목시켰다. 오동도 동백꽃은 여수 여인이요, 여수 여인은 오동도 동백꽃으로 보았던 것이다.

두 번째 예시한 시는 〈설악〉이다.

처음도, 그 두 번째도 내가 찾아간 설악산은 늘 雲霧로 가득했다. 마음을 다해 죽을 힘을 다해 오른 설악에서 하룻밤이라는 짧은 시간을 보내고 돌아서 와야 하는 나는 이별이라는 것을 도저히 허락할 수가 없었다. 나도 설악도 짙은 안개가 되어 서로를 놓아주질 못했다. 단 한 발짝도 옮겨 놓을 수 없도록 서로의 얼굴을 비비며 오래 가슴을 적시었다.

'어떤 말이든 한 마디라도 하고 싶은데/ 아무 말도 할 수가 없다'는 절절함은 몸과 마음까지 마비가 되어 움직여지지가 않았다. 맨발을 겨우 옮겨 놓으며 조심조심 일어서 보았지만 어제도 오늘도 지금도 꿈인지 생시인지 구별하지 못할 정도로 몸과 마음이 빨려 들어가는 내 안의 사무침, 그 몸부림의 표현이다.

# 존재의 상대성에 대한 명상

양윤덕

 창이 나를 가두고
나도 창을 가둔다
한낮의 습기 찬 기후처럼
낯익은 모습으로 가두고 있다
서로를 서로의 미궁 속으로 흡입하고 있다
서로의 안에서 더디게 이동한다
서로에게 껴 있다
아, 투명한 용납
나는 배가 고팠다
내가 창문 속에서
산더미 같은 어둠, 빛, 어른거리는 그림자를
날카로운 심장으로 우두둑 우두둑 마구 뜯어 먹는다
창도 내 안에 새겨진 얼굴을 통째로 삼킨다
서로에게 저물어 가고 있다
— 〈창문 그리고 나〉에서

**양윤덕**

1994년 문단에 등단. 한국문인협회 회원. 안양 '화요문학' 동인.

## 시인의 말

어느 날 문득 거실 유리문 앞에 서 있었다. 그 속에서 나를 보았다. 그 때 문득, 초현실주의적 시작법으로 말한다면 자동기술적으로 연상이 되어서 써 내려간 시다.

이 시는 23행으로 된 연 구분 없는 시인데 부족하지만 내 나름대로 명구가 들어있다고 생각하는 연이 후반부이다.

무심코 창문 앞에 서 있는데 그 안에 내가 비춰졌다

그때 창이 나를 가두고 서 있는 것처럼 상상을 해보았다. 그리고 내가 창에 갇혔지만 갇혀 있는 나도 창을 가두고 있다고 생각했다.

그리고 서로에게 갇힌다는 것은 서로의 미궁 속으로 흡입하는 것이라는 생각이 들었다.

유리가 하나의 객체로서 나를 바라보고 있다고 생각하니 더욱 훤하게 보였고, 내가 유리를 바라보는 입장에서 보니까 역시 훤히 비춰졌는데 이것을 나는 '상생의 투명한 용납'이라고 생각해 본다.

수사론적 용어로 보면 은유적이다. 이 은유를 통해 시의 독자는 각자 나름대로 연상을 할 것이다.

사람과 사람 사이의 관심이건 연인과 연인 사이건 그 상상은 자유다.

# 자연에 접근하고 싶은 경외심

여해룡

🌳 인적 끊긴 보리밭 두렁에
제철마다 찾아오던
까마귀 떼 사라진 지 오래고
누구 한 사람 눈여김 없어도
태양은 빛살을 마구 퍼붓고
해원(海原)에 반사되는 눈부심으로
자리를 정돈하더니
깍지낀 팔짱을 푼다.
— 〈태양은 나뭇잎을 통해 비춴다〉에서

🌳 아사달의 선남선녀가
멱감던 계류는
운무를 피우는 옹달샘의 시원으로
태양을 품고 달빛을 배태하자
바람이 흩뜨리고 간다.
— 〈溪流之深山〉에서

**여해룡**
아호 石人. 시인. 2004년 『지구문학』 신인상 시 당선으로 문단에 등단. 서울장신대 교수 역임. 우취(郵趣 · 우표수집) 칼럼니스트.

## 시인의 말

　〈태양은 나뭇잎을 통해 비췬다〉에 나온 '태양' 그것은 자연의 본체이다. 그럼에도 그 열기에 대한 고마운 마음을 갖기는커녕 짜증을 부릴 때가 더 많다. 자연에 대한 경외심은 생명에 대한 환희요, 신에 대한 찬양이다. 햇빛은 질서 정연한 나뭇잎을 통해 비로소 태양을 느끼게 한다. 가끔은 구도(求道)자의 자세로 임하고 싶다.

　〈계류지심산〉은 태고의 신비를 간직해 온 생명이자 신비이다. 창조주의 의지와 섭리가 움직이고 있는 시원(始原)이다. 굳이 범신론이 아니더라도 무소부재한 그는, 오늘을 사는 우리들이 감지를 못할 뿐이다.

　'계류'는 인기척만 없어도 때때로 시간을 멈추게 하고 스스로 소리를 죽인다. 그러다가 엇박자의 함성을 화음하여 스스로 연주할 따름이다. 물론 원시림 속의 계류가 아니더라도 그러하다.

# 나라사랑 · 한글사랑

오동춘

🌳 가시밭 천리만리
내겐 먼 길 아닙니다

당신밖엔 모른 내 몸
뼛가루 날리도록

바쳐서 빛 된 당신을
길이 보고지이다
— 〈나라〉에서

🌳 천하 글 다 보아도 한글만은 못하여라!
쉽고도 바른 이치 어느 글이 따라 오랴!
눈부신 번개 시대에 한글 없이 어찌 살랴!
— 〈한글 찬가〉에서

**오동춘**

시조시인 겸 수필가 · 한글운동가. 1972년 시조집 《짚신 사랑》을 상재하며 문단에 등단. 연세대, 한양대 사회교육원 교수 및 국제펜클럽 한국본부 이사 역임. 현재 짚신문학회 회장. 한국시조시인협회 부회장. 한글학회 감사.

## 시인의 말

　나의 시조 〈나라〉는 3수로 된 연시조이다. 그 첫째 수인 위 시조에서 '당신밖엔 모른 내 몸/ 뼛가루 날리도록'의 은유적 표현에서 우리는 정몽주의 〈단심가〉나 성삼문의 〈충의가〉 시조를 연상하게 된다. 포은 정몽주나 매죽헌 성삼문은 일편단심과 독야청청의 나라사랑으로 순국한 선비요, 시인이다.

　현대의 이육사나 윤동주도 일제에 저항한 민족시인으로 옥중에서 숨진 나라사랑의 순국 시인이다. 시인은 그 시대의 등불이다. 시인은 누구나 몸과 마음을 다 바쳐 나라 겨레를 사랑하며 순국 정신의 시정신으로 차원 높은 예술적인 시를 창작해야 할 것이다. 시사랑 곧 나라사랑인 것이다.

　〈한글찬가〉는 우리 말, 우리 글, 우리 얼을 사랑하자는 이미지가 깊게 깔린 3수의 연시조 중에 둘째 수인 것이다. 우리 한국 땅에서 우리 한국 말을 우리 글인 한글로 적는 것은 너무도 당연한 일이다. 그런데 전에는 어려운 한자 쓰자는 소리가 기승을 부리더니 지금은 영어 식민지 시대로 전락해 가고 있다. 바야흐로 우리 말과 글이 뼈대를 잃어 가고 있다. 유네스코에서 세계 문화유산으로 지정된 우리 한글로 한글문화 꽃피우며 한글의 민주 자주정신을 세계에 크게 빛내야 할 것이다. 한글사랑은 바로 나라사랑인 것이다.

# 마음의 눈으로 본 세상

유경환

세상에
큰 저울 있어

저 못에 담긴
고요
달 수 있을까

산 하나 담긴
무게
달 수 있을까

달 수 있는
하늘 저울
마음일 뿐.

— 〈낙산사 가는 길 · 3〉에서

**유경환**

시인. 1958년 『현대문학』 추천으로 문단에 등단. 월간 『사상계』 편집부장, 조선일보 논설위원, 문화일보 논설실장 역임. 연세대학교 사회과학대학 신문방송학과 강사, 한국아동문학교육원 원장.

유경환 · 마음의 눈으로 본 세상

## 시인의 말

낙산사 가는 길은, 흙길에 있지 않고 마음길에 있다. 마음길에선
바람에 날리는 나비눈으로 보고, 햇볕에 조는 나비눈으로 본다.

# 부정의 역설은 긍정의 패러독스

윤영림

원래는 한 쌍이었는데 한 쌍 중에서
하나가 먼저 죽더니만
혼자 남은 새는 날마다 소리도 낼 줄 모르더니만
금방 따라서 죽을 것 같더니만
가을과 겨울동안 나름대로 기운을 차리는 것 같더니만
봄이 되면서 밥이 떨어지면 소리도 낼 줄 안다
봄볕 속에 새도 나도 졸고 있는 것 같지만
그게 아니다, 새와 나만 아는 명상법에 빠진 것이다
— 〈명상을 즐기는 새와〉 전문

**윤영림**

충남 부여 출생. 2000년 『심상』 신인상 시 당선으로 문단에 등단. 현재 인터넷 '문학의 즐거움' 활동.

## 시인의 말

　〈명상을 즐기는 새와〉는 연 구분 없이 8행으로만 된 시이다. 굳이 시적 명구 찾아본다면, 7행과 8행에 있다. 이른 봄날, 봄볕 속에 새가 졸고 있고, 시인도 졸고 있다. 그러나 나는 그게 아니라는 역설법을 써서 굳이 부인을 했다. 그래서 공간이동이 전혀 없는 이 시는 사실적인 묘사를 강하게 한 번 부정해 줌으로써, 지극히 단조로운 이미지를 가까스로 벗어나려 했던 것이다.

　이 시를 쓰게 된 동기는 일상의 지루함과 고루함이 낯선 질료들과 섞이고, 그 섞인 질료 속의 혼미함을 표현하고자 한 것이다. 그래서 나는 결국 그 어떤 해결책도 없이 명상에 빠질 수밖에 없었던 나의 한계에 이 시의 초점을 맞추었다. 이 역설의 아이러니가 이 시의 완성도가 아닌가 하여 감히 적고 싶었다.

# 역점을 둔 이미지즘 표현기법

윤용란

 촛불은 출렁대는 바닷나비
어두움을 사위고

나비는 촛불 되어
불의를 사른다

나도 한 마리
나비가 되어 슬픈 은하수를 넘는다
— 〈나비와 촛불 시위〉 전문


긴 머리를 아주 짧게 자르고
청바지를 입고
스트레스를 혁명처럼 하늘에 던지다.
— 〈낚시〉에서


**윤용란**
시인. 2004년 『지구문학』 신인상 시 당선으로 문단에 등단. 방송통신대학교 국문학과 졸업. 산본문학회 회원. 지구문학작가회의 회원.

## 시인의 말

앞에 예시한 〈나비와 촛불 시위〉는 3연으로 된 시다.

내 나름대로 名句가 들어 있다고 생각하는 연이 바로 1연 '촛불은 출렁대는 바닷나비/ 어두움을 사위고'이다.

이 시는 미군 장갑차에 깔려 죽임을 당한 효선이 미선이의 영혼 앞에 바치는 추모 촛불 시위에 참가하고 나서 쓴 추모시다.

캄캄한 밤에 인파와 촛불은 바닷나비처럼 슬펐다. 출렁대는 인파는 파도였으며 촛불은 파도 위에 날으는 나비 같았다. 이 아름다운 슬픔이 눈물의 바다를 이뤘고, 기울기울 눈물의 바다를 넘는 촛불은 효선이와 미선이 영혼 같았다. 이러한 슬픔을 끝내 미적 감동으로 승화시켜 한 편의 시를 낳게 한 것이다.

두 번째 인용 부분은 〈낚시〉의 제1연인데 명구라고 여겨지는 것이 '스트레스를 혁명처럼 하늘에 던지다'이다.

집안에서 또는 사회에서 스트레스를 많이 받을 때 남편을 따라 밤낚시를 갔었다. 남편은 바다에 낚싯대를 던지고, 나는 스트레스를 해소하기 위해서 밤하늘에 낚싯대를 던졌다. 남편은 즐거운 낚시였고, 나는 열 받는 낚시의 차이. 이러한 한때를 시적 승화로 이미지화 해 본 것이다.

# 경전을 읽는 두 가지 방법

윤향기

적멸에 든 사랑은 검은 색이다/ 그 멎어 버린 어둠 속/ 가로가 세로를 밟고 지나간 길/ 서로의 가슴에 길 하나씩 채색하는 동안/ 황홀한 빛 너머 무채색 결

— 〈숯〉에서

묘적사에는 세상의 모든 소리들이 산다 저보다 크고 깊은 것을 품은 은행나무 숲에는 은행잎 떨어지는 소리 까치 우는 소리 물 내려가는 소리 도란도란 영글어 가는 상수리 소리가 숨어 있다가 은행잎 만한 묘적사를 내려가는 물소리에 한 번 헹구어 내기도 하고 고추잠자리의 마노 빛 나래로 팔각 칠층석탑을 한 바퀴 휘 돌아 마하선실에 하얀 고무신으로 내려놓기도 한다 내 마음의 묘적(妙寂)을 깨우며 스쳐가던 풍경소리와 오죽의 법도 같은 흔들림과 꽃무늬 문살에 수줍게 앉은 노란 햇살조차 이 산중에서는 넘치고 넘치는 맑음의 비유이지만 한 점 시간이 되면 누구의 허락 없이도 소리의 무게를 놓아버리는 묘적사의 깊은 고요야말로 선정에 든 환한 가을 경전이다.

— 〈가을 묘적사〉에서

**윤향기**
시인. 경기대학교 대학원 졸업. 1991년 『문학예술』 신인상 시 당선으로 문단에 등단. 한국시인협회, 현대시학, 시안, PEN클럽, 시마을낭송회 회원. 시집 《엄나무 명상법》, 《욕망의 전이》, 2003년 도판화개인전 '흙, 바람을 채집하다' (성보갤러리).

## 시인의 말

　은빛 가을 아침이다. 한 정신이 오래도록 끌고 온 길이다. 숲 속에서 마주쳤던 길, 우물가에서 서로 가시를 털어 주던 길, 업고 다녔고 업혀 다녔던 길들이 이제는 아슴한 풍경의 그늘이 되어 만난 시 〈숯〉을 읽으며 상처, 흔적 같은 단어들이 입안에서 맴돌곤 했지만 다시 니르바나라고 고쳐 잡았다.

　찜방에 누워 천장 가득히 붙어 있는 참숯의 알몸을 바라보았다. 어떤 간절함을 낳았던 통로에 생의 찬란한 찬사와 비난의 속도가 엇갈리며 동시에 지나가는 것이 눈에 밟혔다. 내심 아무렇지도 않은 듯했으나 나는 그날 제 3연과 5연을 그 검은 알몸이 행한 참 거룩한 시니피앙이라고 단언했다.

　고요는 경전의 언어이다. 시공의 단 하나 남은 식량이다. 그 千手千眼이며 바다의 푸른 노래보다 더 잘 번지는 오래된 새 것이다. 싯달타가 정의한 오감(五感) 가운데 청각과 촉각을 한걸음 더 깊숙이 끌어올린, 완벽하게 퇴행하면서 맞는 노곤한 행복감이다.

　보는 사람의 시선에 가을 색을 묻혀 조용히 터치해 가는 붓자국이 선명한 그림, 극진하게 대할수록 초라해지는 일상이 소멸된, 이 두 번째 시 〈가을 묘적사〉에는 그래서 잔잔한 바람이 불고 있다. 잠시 한 자리에서 만난 햇살과 바람과 물소리와 고추잠자리와 고요 같은 소소한 인연들 사이로 작은 움직임들이 오간다. 손가락 사이로 흘러 넘치는 비유중에는 신과 인간이 동숙했던 시절을 온 몸으로 써가는 굴림체 같은 고준함이 있고, 세상에 진 빚을 다 갚은, 경전의 언어로 사경한 무념무상이 있다.

　꾸밈없는 것들의 뉘우침조차 금지되어 있는 가을 묘적사는 그래서 경전 속으로 거처를 옮겼던 것일까?

　경전을 읽는 방법 두 가지는 고요함과 알몸으로 경청하기다.

# 부자(富者)와 침묵에 대한 역설

## 이 경


🌳 눈물의 언어를 담아 둘
옷자락 같은 파란 바다와
사랑의 씨를 뿌려 둘
가슴만한 텃밭 하나만 있으면
언어의 부자가 되리라

— 〈부자가 되리라〉에서


🌳 음료수를 마시는 일은
잠깐 작은 속삭임으로 끝내고
곧 푸른 가슴 안으로 접고
눈으로 말을 한다

침묵은
끝없이 걸어가는 맨발이다

— 〈침묵에 대하여〉에서

### 이 경

시인. 아호 土天. 1990년 『심상』 신인상 당선으로 문단에 등단. 한국문인협회, 현대시인협회, 기독교문인협회, 강남문인협회 이사. 현재 서초구민회관 심상시창작 강사. 대치문화센터 시창작 강사.

## 시인의 말

첫 번째 〈부자가 되리라〉는 4연으로 된 시인데 나름대로 명구가 들어 있는 연은 '사랑의 씨를 뿌려 둘/ 가슴만한 텃밭 하나만 있으면/ 언어의 부자가 되리라' 이다.

현대는 황금 만능의 시대다. 물질의 풍요만이 부의 가치를 찾는 시대에 대한 도전이고 역설적 의미를 내포한 시이다. 즉 내가 생각하는 부자는 물질 세계가 아닌 언어적 시세계, 자연적 생명 존중의 형이상학적 의미를 내포하고 있는 갈망과 희구에 중점을 둔 시에 대한 사랑이다.

두 번째 〈침묵에 대하여〉도 4연으로 된 시인데 명구가 들어 있는 연은 '침묵은/ 끝없이 걸어가는 맨발이다' 이다.

이 세상은 많은 소리가 있다. 현대는 목청 큰 사람이 출세도 하지만 여기에 나오는 침묵은 어떤 소리보다 큰 소리, 즉 들리지 않는 내면의 소리이다. 침묵은 끝이 없는 인생, 삶의 큰 울림인 동시에 맨발 즉 가장 솔직한 자신의 큰 고백인 것이다. 들리지 않는 작은 내면의 소리를 들을 줄 아는 감각은 시적 대상물이 지니는 표현 세계에 대한 관심의 초점을 은밀한 세계까지 나의 세계로 끌어들이는 마음의 깨달음을 내포한 시이다.

# 인간애와 절제의 미학

## 이기철

🌳 잎 넓은 저녁으로 가기 위해서는
이웃들이 더 따뜻해져야 한다
초승달을 데리고 온 밤이 우체부처럼
대문을 두드리는 소릴 듣기 위해서는
채소처럼 푸른 손으로 하루를 씻어놓아야 한다
— 〈내가 만난 사람은 모두 아름다웠다〉에서

🌳 흙탕물은 아무리 흐려도 수심 위에 저녁별을 띄우고
흙은 아무리 어두워도 제 속에 발 내린 풀뿌리를 밀어내지 않는다
벼랑 위의 풀뿌리는 제 스스로는 두려워 않는데
땅 위에 발 디딘 사람들만 그 높이를 두려워 한다
즐거움은 쌓아둘 곳간이 없고 슬픔은 구름처럼 흘러갈 하늘이 없다
— 〈사색의 다발〉에서

### 이기철

시인. 1972년 『현대문학』 추천으로 문단에 등단. 현재 영남대 교수. 시집 《청산행》, 《지상에서 부르고 싶은 노래》, 《유리의 나날》, 《내가 만난 사람은 모두 아름다웠다》 등. 한국시인협회 중앙위원, 대구시인협회 회장, 한민족어문학회 회장 역임. 김수영문학상, 시와 시학상, 최계락문학상, 대구시문화상 등 수상.

## 시인의 말

　〈내가 만난 사람은 모두 아름다웠다〉는 시집의 표제가 된 시이다. 그때 나는 쉬우면서도 정감 있는 언어를 찾고 있었을 때이다. 이 시가 시집에 들어가기 전 『문학사상』에 발표되었을 때는 허두 부분이 '잎 넓은 저녁으로 가기 위해서는/ 애인들이 더 따뜻해져야 한다'로 되어 있었던 것을, '애인'이란 말이 아무래도 가벼운 느낌이어서 '이웃'으로 바꾸어 시집에 넣었다. 초승달이 떠오르는 것을 우체부가 대문을 두드리는 것에 비유하기도 했고 저무는 하루를 채소를 씻듯 깨끗이 씻어 놓고 싶어하기도 했다. 그런 정신은 나로서는 휴머니즘에 바탕을 둔 정신이었다고 말할 수 있겠다.

　〈사색의 다발〉은 시집 뒷면에도 썼듯이 내 정신의 시험에서 나온 시구라고 할 수 있겠다. 이 연작 시편을 쓸 때, 나는 '발레리의 순수'에 비견되는 순수를 깊이 생각하고 있었다. 사람의 정신이 지고함에 이르기 위해서는 어떤 절제와 자기 수련이 필요한가? 마음 속의 무엇을 버리고 무엇을 얻어야 나는 유리 같은 명징한 세계에 도달할 수 있을까 하는 시험, 그것은 일종 극기에 해당하는 것이었다고 말할 수 있으리라. 말들이 조금 난삽하고 너무 시가 견고해졌지만 나로서는 이 시편들에 적이 안심하고 있다.

# 비유의 바다와 중년의 불안의식

## 이상옥

🌳 모래사장을 향해 갈기 세운 채 휘달려오는
수천 마리 말들, 수다스럽기도 해라
— 〈여름밤 해운대〉에서

🌳 백해(百海) 선생이 주신 고려청자 접시처럼 몇 생은 견딜 줄 알았
건만 한 순간 바닥으로 추락하여 박살 나 버리다니! 주섬주섬 흩
어진 몸을 수습하다 문득, 신화가 된 한 생을 떠올려본다
— 〈빈센트 반 고흐〉에서

### 이상옥

시인. 1989년 『시문학』으로 문단에 등단. 시집 《유리그릇》, 시론집 《시창작강의》
외 다수. 제29회 시문학상 수상. 현재 마산 창신대학 문예창작과 교수.

## 시인의 말

　앞의 〈여름밤 해운대〉는 해운대 밤바다의 풍경을 노래한 것으로서 모두 3연 16행으로 된 시이다. 거기서 가장 애착이 가는 시구가 2연의 5〜6행이라고 생각한다. 이 시구는 '말'의 의미의 유기적 다의성이 복합감각의 메타포로 빛을 발하는 것으로 보인다.

　늦은 여름밤 해운대에서는 꽁지머리를 한 제삼세계 이국청년이 낯선 악기로 구슬픈 음조를 마구 쏟아내고 주위의 사람들은 촉촉한 눈망울을 하고 있는 가운데, 한편에서는 콧수염이 멋진 해변의 화가들이 초상화를 그리고 있고, 모래사장을 향하여서는 갈기를 세운 채 휘달려오는 수천 마리의 말(馬)이 달려오는 것 같은 파도소리가, 수다스러운 말(言)로 들리기도 했던 것이다. 인용 시구는 문덕수 선생의 수정증보판 《오늘의 시작법》(2004, p.130)에서 '바다'라는 소재를 새롭게 해석한 비유의 일례로 소개되고 있기도 하다.

　두 번째 인용 부분은, 애지중지하던 커피잔인 유리그릇이 부주의로 그만 박살난 것을 모티브로 한 산문시 〈빈센트 반 고흐〉의 후반부이다. 이 시구는 박살난 '유리그릇' 이미저리가 초점화 되면서 중년의 불안의식을 투영하고, 한편으로 그 이미저리에 또한 '신화가 된 한 생'의 의미가 부가되면서 중년의 안타까운 자위의식 또한 함의하고 있어, 매우 패러독스한 뉘앙스를 풍긴다.

# 나를 다스리는 화두

이성남

🌳 가질 수조차 없는 허깨비다
자꾸만 끌린다
탐하는 마음 첫째 독이다


안을 수조차 없는 그림자다
자꾸만 가두고 싶다
노여운 마음 두 번째 독이다


정녕 내 안에 들어와
옹근 하나이고 싶다
어리석은 마음 셋째 독이다


초로에 님을 화두(話頭)로
내 서러운 영혼 앞세워
탐(貪)·진(瞋)·치(癡)를 깨리라.

— 〈三毒〉 전문


### 이성남

시인. 1990년 『시대문학』(현재 『문학시대』로 개호) 신인상 시 당선으로 문단에 등단. 국제펜클럽 한국본부, 한국문인협회, 현대시인협회 회원. 시집 《새벽창가에 서다》, 《길을 열어라 바람아》, 《비몽(非夢)》 등이 있으며, 불교문학상 등 수상.

## 시인의 말

〈삼독(三毒)〉이란 중생을 해롭게 하는 악의 근원이라고 불교학 대사전에 풀이가 되어 있다.

탐하는 마음은 탐욕으로써 그 평상심을 잃으므로 건강도 해치고 명예도 잃을 수 있다.

진(瞋)은 노여워지는 마음이다.

화가 치밀어 머리 끝까지 오르면 뇌출혈로 쓰러지기도 할 뿐 아니라 신체 모든 분야에 해를 끼친다.

치(癡)는 어리석은 마음을 일컫는 것으로 후회를 자책하는 의미의 것일 게다.

탐·진·치, 세 가지는 불가(佛家)에 많이 쓰여지는 말이지만 누구에게나 적용이 되는 지침어이다.

나는 일상의 어려움 속에서 나 스스로 억제하고 마음을 달래는 쪽으로 삼독을 되뇌이며 삼독에서 풀려나려 애써 왔다.

평상심이란 태풍이 불어닥칠 상황 이전의 조용함을 뜻한다.

설령 태풍이 주변을 쓸어버리고 분노로 마음을 짓밟을지언정 나 자신은 그 위력에 동요되지 않고 담담히 해결책을 살펴보는 것이다. 주변환경에 끄들려 욕심도, 노여움도, 어리석어 하는 마음도 정도껏 적당히 다스릴 줄 알아야겠고 또 노력해야 하는 것이 자신을 위한 길이라 여겨지기 때문이다.

# 이순(耳順)에 깨달은 진실

## 이수화

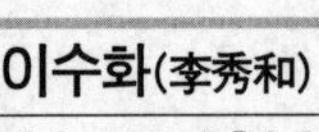 나는 이제 천겁의
깊은 슬픔도 없습니다.
꽃처럼 찬란(燦爛)할
내일(來日)도 없습니다.
황홀한 미녀(美女)가
오늘에 온다 해도
우리의 죽음 뒤끝을
서로가 부탁해 온
조강(糟糠)의 여인(女人)만 하겠습니까.
이제 남은 감상(感傷)은
아, 재(灰) 되어
아내의 손을 떠나는
일이겠지요.

— 〈이순(耳順)〉 전문

**이수화**(李秀和)

시인. 1963년 『현대문학』 추천으로 문단에 등단. 연세대학교 교육대학원 동창회 부회장. 미국 뉴욕한림원 명예 문학박사. 한국문인협회 부이사장 역임. 현 문인명예운동본부 부회장.

## 시인의 말

앞에 적시한 글(시)은 연이나 시의 한 부위가 아니라 〈이순(耳順)〉이란 졸품 전작(全作)이다.

스스로 명구(名句) 운운하기는 뭣하고, 이순(耳順)이란 사람 나이 테가 되었을 때 느낀 '인생의 보편적 진실' 이랄까 뭐 그런 느낌을 시정(詩情)으로 삼은 것이다.

주제도 그렇겠거니와 내용이나 시어도 아주 평이해서 읽는 이들에게 조금도 부담스럽지가 않으리라 본다.

좀스럽게 조강지처 운위가 다소 낯간지러울 수도 있겠으나 요즘처럼 사람과 사람간의 아름다운 경계, 귀한 신뢰가 무너지고 있는 시대상황이고 보니 한 소리 안 할 수도 없는 이순사(耳順詞)가 아니라.

내용이야 더 부연할 것도 없겠고, 레토릭(修辭法)은 고심하지 않고 물 흐르듯 자연스러운 리듬에 의탁해 있다.

이른바 해조(諧調)의 묘를 의도했다고나 할까. 관념적 이미져리가 안고 있는 의미의 조소성(彫塑性) 말씀이다.

# 울음 같은 물음

이숙희

 가슴만으론
눈을 뜰 수가 없겠네
한 마리 새를 지키기 위해
수많은 새를 날려보낸
가슴을 지킬 수가 없겠네
밤마다 깊은 꿈으로
출렁이다
흩어지다
눈을 감을 수밖에 없겠네
가슴만으론

— 〈가슴만으로〉 전문


**이숙희**

시인. 1989년 『우리문학』 추천으로 문단에 등단. 화요문학동인 회장. 한국문인협회 회원. 시집《ㄹ·ㄹ·ㄹ》(1998) 상재.

### 시인의 말

　스무 살에 이 시를 단숨에 쓰고, 나도 시인이 될 수 있겠다는 생각을 했다. 어찌된 영문인지 그 생각은 아주 오랫동안 지속되었다.

　무엇인가? 어떤 것인가?

　가슴 속에 꼭 지키고 싶은 것은…….

　그 단 하나의 것은 무엇인가?

　그것을 알고 싶은 생각으로 아직 여물지 않은 20대의 깊은 밤들은 뚝 뚝 푸른 멍을 흘렸다.

　이후, 나는 너무 오래 늙으면서, 쉽사리 재구성되지 않는 고집센 콤플렉스를 껴안은 채, 울음 같은 물음을 아직 살고 있다.

# 은유와 상징기법

## 이시은

🌳 영하의 수은주가
빙판 길을 저울질하고
울다 지친 눈알 같은 군밤 몇 알 놓여 있는
좌판대 위에
구세군의 종소리 굴러가는 밤
— 〈세모의 거리〉에서


🌳 두 발 딛고 서는 이 땅이 힘겨울수록
흐린 눈빛으로 더듬는 하늘 모서리에
눈자위 붉은 어머니 눈빛으로 물들인
노을이 타고 있다

너무 넓어 좁고, 너무 높아 낮은
어머니 치마폭에 싸인 하늘
— 〈어머니 치마폭에 싸인 하늘〉에서

### 이시은

경남 밀양 출생. 한국문인협회, 국제펜클럽 한국본부, 현대시인협회 회원. 한국문학진흥재단 감사. 노천명문학상 본상 수상. 시집 《내가 강물로 누울 때》, 《풀꽃의 말》, 《눈뜨면 다시 안겨드는 세상》, 수필집 《울타리에 걸린 세월》 등 상재.

## 시인의 말

앞의 시 〈세모의 거리〉는 5연으로 된 시중 3번째 연이다

자작시의 명구를 선정한다는 것이 매우 어렵고 힘든 일이지만 내 나름대로 명구라 생각하여 본다.

이 시는 삭막하고 쓸쓸한 세모의 거리를 묘사한 시인데 위의 연은 추운 겨울 날 바람 부는 도심, 구세군의 종소리가 울리는 밤거리에서 좌판대 위에 군밤을 놓고 손님을 기다리는 행상의 모습을 표현한 대목이다. 표현 기법은 상징과 은유로 되어 있다

두 번째 〈어머니 치마폭에 싸인 하늘〉은 5연으로 된 시중 3연과 4연이다.

이 시는 마음이 무겁고 힘겨울 때 모정을 생각하며 쓴 시이다. 누구나 좌절하고 힘겨울 때는 어머니를 생각할 것이다. 가장 절실하고 간절할 때 부르는 이름이 바로 '엄마'라는 말이다. 무한 우주 하늘에서 어머니의 마음을 본다. 세상살이가 힘겨워 눈물겨울 때 하늘가에 물든 노을을 바라보며, 어머니가 자식을 생각하여 흘리는 눈물에 눈시울 붉은 모습이 하늘을 덮고 있는 것, 그도 모자라서 온 하늘을 치마폭으로 싸안을 만큼 큰 어머니의 모정을 적어 본 시이다.

표현 기법에서는 은유와 상징을 함께 사용한 연이라고 할 수 있다.

# 삶의 체험에서 오는 시어(詩語)들

이인평

🌳 거지 부부가 점심을 얻으려고 넘어오는
낮은 언덕길에는
생몰연대를 알 수 없는 또 다른 거지들의
유령들이 아지랑이로 나타나
배고픔을 반짝거리는 파릇파릇한 보리밭에서
현기증을 삭이다 지나갔다
— 〈봄, 그 때〉에서

🌳 벽을 타고 오르는 것이
길을 찾는 것이었다
벽을 더듬으며
하늘과 더 가까워졌다
— 〈담쟁이〉에서

**이인평(李仁平)**

시인. 1993년 『조선문학』 신인상 시 당선으로 문단에 등단. 2000년 「평화신문」 신춘문예 당선. 국제펜클럽 한국본부, 한국문인협회, 한국시인협회, 가톨릭문인회 회원. 시집 《길에 쌓이는 시간들》(1997) 등이 있다.

## 시인의 말

　첫 번째의 〈봄, 그 때〉는 11행으로 되어 있는 시의 전반부를 옮긴 것이다. 이른바 우리나라의 전후 근대사에 혹독한 가난으로 대변되는 '보릿고개'라는 시대를 배경으로 그린 시라고 할 수 있다. 따라서 이 시는 배고팠던 시절의 정경이 묘사된 작품이다.

　'거지 부부'라는 특정적 풍속의 일면으로부터 출발한 시의 흐름이 "생몰연대를 알 수 없는 또 다른 거지들의/ 유령들이 아지랑이로 나타"났다고 하는 가난한 시대의 삶을 은유와 비유의 가닥으로 풀어나갔다고 볼 수 있다. 거지들의 유령이 아지랑이로 나타나고, 그들이 "보리밭에서/ 현기증을 삭이다 지나갔다"고 하는 것은 우리 시대의 굶주림이 대물림으로 이어지기도 했던 안타까운 추억에 대한의 회상이기도 하지만 그 고난을 현대의 물질문명과 대비해 볼 때, 어쩌면 '배부름의 유령'으로 변화되어 온 '그 때'가 아닌 '현대'에 대한 암시적 공간이 놓여 있음도 이 시의 조탁(彫琢)에 맞물려 있다고 볼 수도 있을 것이다.

　두 번째의 〈담쟁이〉는 6연으로 구성된 시 중에서 제 1연을 따온 것이다. 참고로 3연까지만 이어본다면 "아, 그러나 벽은 너무 아찔해/ 벽을 타고 오른 길이만큼/ 땅을 기어갔다면 그건 더욱 위험해/ 어디에서 밟히고/ 언제 끊길지 모르는 혈관을/ 생각만 해도 끔찍해// 길은 다행히 벽으로 나 있었다/ 가파르고 험난한 목숨으로 이어져 있어/ 그게 더 안심이었다/ 삶은 아찔한 절벽으로 나 있어/ 아픔, 거기에서 길이 보였다"와 같이 세상살이가 벽으로 난 길이라는, 다시 말하면 실존의 고백을 상징성으로 동반해 본 작품이다.

　이 책의 편집 방향과 기획으로 볼 때 제한적일 수도 있지만, 시의 내용을 이렇게 연결해 놓고 보니 〈담쟁이〉의 속성을 통해 다가온 시어의 은유와 직유가 편안해진 느낌이다.

# 기존 관념에 대한 타파

## 이일기

오늘 우리들의 실향(失鄕)처럼
싸늘하고
실의(失意)처럼 아프게 내리는
눈은,
비어 있는 모든
광야의 폐허 위에서만 아득히
내려서 쌓인다.

— 〈눈에 관한 각서〉에서

비란 비는 죄다 모여
우리들의 회상의 우산 위로
추억의 나비처럼 내려앉아
제각기 한숨 소리를 낸다

— 〈뜨락에 내린 우수〉에서

**이일기(李一基)**

시인. 1963년 『현대문학』 추천(청마 유치환)으로 문단에 등단. 한국현대시인협회 창립 초대간사. 현재 국제펜클럽 한국본부 이사 · 「대구일보」 논설주간 및 계간 『문학예술』 발행인.

## 시인의 말

먼저 〈눈에 관한 각서〉는 20대 후반인 1966년 『현대문학』 2월호에 발표해 故 김수영 시인으로부터 '기존관념의 타파' (1966년 서울신문 2월의 시평)라는 평을 받았던 작품이다.

이 작품은 경험을 통해 쓰여진 작품이다. 시가 경험에 의해 쓰여진 것이라 함은 시의 발상이 감성에서보다 경험의 결과에서 그 소재나 방법론적 표현이 이뤄졌음을 뜻한다. 이런 경험에 따른 시는 현실에 대한 자족보다는 회의를, 이해보다는 변화를 끊임없이 갈구하게 되는 것이 아닌가 싶다.

이 시는 첫 행에서부터 기존관념을 부정하는 것으로 시작된다. 즉 '눈은/ 축복의 시늉이라고 할 수 없다' 고 당돌한 단언을 하고 있다. 이는 기존관념이 중요한 만큼 부정적 발상도 새로운 가치를 재발견할 수 있다는 데 시적 실험성이 있다고 하겠다.

두 번째의 〈뜨락에 내린 우수〉 또한 기존의 표현 방식에서 벗어나 새로운 이미지의 표출을 시도한 시다. 비는 하늘에서 물리적 현상으로 떨어지는 물방울 이상의 '회상' 과 '추억' 을 적시는 '과거의 재현' 이라는 데 초점을 맞춰 본 작품이다.

'우리들의 회상의 우산 위로/ 추억의 나비처럼 내려앉아/ 제각기 한숨 소리를 낸다' 고 함은 비는 인간에게 뿐만 아니라 현대 문명의 도시에서 더욱 우수에 젖은 '한숨 소리' 를 내며 내리고 있다는 것이 내가 본 비에 대한 재해석이다.

# 순수 서정시의 모더니즘

## 이지영

🌳 네가 한 송이 부용화로
내 곁에 서 있기만 한다면
불연지 붉게 하늘하늘
꿈 피울 수만 있다면,
내 가진 것 모두
무지개 동산에 걸어두리
— 〈내 곁에 서 있기만 한다면〉에서

🌳 삶 자체가 아름다운/ 너는 꽃이다/ 우쭐하지도 오만하지도 않고
서/ 온갖 희열을 전이(轉移)시키는/ 너는/ 날마다 새로운 기쁨에
산다
— 〈꽃〉에서

🌳 님은/ 커다란 고목나무 가지를 펴고/ 그 그늘에 앉아/ 소꿉장난
으로/ 세상 살라 한다/ 아무것도 바라지 말고/ 그저/ 한세상 살라
한다.
— 〈가을 엽서〉에서

**이지영**(李知暎)

시인. 1944년 대구 출생. 효성여대 불문학과 졸업. 1993년 『문예사조』 신인상 시 당선으로 문단에
등단. 한국문인협회, 국제펜클럽 한국본부 회원. 한국자유시인협회 이사. 한국민족문학회, 문예사
조문학회 부회장. 시집 《그리움으로 달려가 달빛처럼 젖고 싶다》, 《젖은 날의 일기》, 《꿈꾸는 밀어》
등이 있으며, 광명문학상, 지암문학상, 한국민족문학상, 황진이문학상 등 수상.

## 시인의 말

첫째 〈내 곁에 서 있기만 한다면〉은 3연중 1연에 해당된다. 영원히 사랑할 수밖에 없는 연인이 오직 내 곁에 있어 주기를 바라는 심정을 무지개 동산에 걸어두고 온갖 노력과 정성으로 지고지순한 사랑을 하겠다는 열망이다. 이러한 사랑의 결실을 얻기 위하여서 어느 개울가의 조약돌로라도 부딪히고, 깊은 계곡의 칡넝쿨 속 들풀로라도 피어, 오로지 내 곁에서 나를 바라봐 주길 기원하는 이 은유야말로 독자들의 마음은 어떻게 표현될까.

둘째 〈꽃〉은 2연중 1연에 해당된다. 여기에서 말하는 꽃은 화려한 꽃 자체를 의미하기도 하지만 종교적인 측면에서 하느님, 부처님을 의미하기도 하며 작가 자신의 미래상이기도 하다.

아름답고 우아하며 존경의 대상이 될지라도 항상 겸손과 베품과 자기 희생의 정신으로 사회를 밝게 비쳐 가겠다는 철학적인 은유이다.

셋째 〈가을엽서〉는 3연중 2연에 해당된다. 세상을 살아가는 동안 무거운 속됨을 벗고(모든 욕심을 버리고) 오직 평안과 안위를 위하여 사랑과 봉사의 정신으로 맑고 깨끗한 삶을 살아가라는 수사적인 은유가 독자들의 상상을 자극하리라 본다.

# 소녀의 이미지를 통해 본 조국

이창환

 少女야
이 江山에
繡를 놓아라

華麗하고
燦爛한
繡를 놓아라

낡고
險한 繡는
걷어 버리고

아름답고
어여쁜 繡를
다시 놓아라.

— 〈少女〉 전문

**이창환(李昌煥)**

아호 月仁. 시인 · 한의학박사. 전통문화선양회 이사장. 영양문인협회 회장. 국제
PEN클럽 한국본부 회원. 성균관 원로원 부원장 겸 재단이사.

## 시인의 말

　1954년 2월 4일 서울 태평로 국회의사당에서 헌법개정안(대통령 3선 법안)을 반대하는 야당의원들을 의사당 밖으로 몰아내려고 전국에서 올라온 형사들이 가죽잠바와 가죽모자를 쓰고 권총을 거꾸로 들고 야당의원들의 멱살을 잡고 머리를 두들기며 끌고 나가는 그 장면을 방청석에서 직접 보고 난 후 쓴 작품이다.

　3연에 '낡고/ 險한 繡는' 즉 그릇된 정치풍토, 그릇된 행정, 부정부패, 잘못된 교육풍토 등을 모두 싸잡아 지칭한 것인데 체제에 대한 저항성을 말한 것이다.

　그래서 청순한 소녀의 이미지를 빌려 소녀와 같이 깨끗한 마음으로 이른바 '금수강산'이란 말이 있듯 깨끗한 수(繡)를 놓아 아름다운 조국이, 아름다운 나라가 되기를 염원해 보았던 것이다.

# 해암(海岩)의 존재론적 암유

## 이충섭

🌳 짜게 차게
바다가 넓은 대로 가득 차게
달려 오는 파도에 밤낮 맞고 부딪혀도
해안을 잇는 수면을
허리에 잡아매고

보이지 않게 넓은
들리지 않게 먼
바다 위 허공을 바라보고 살다가
벗겨져 굳게 남은 고독
우두커니 잠긴 정좌

우주로 텅하는 공간을 메꾸며
몰려 오는 폭풍에도
지워질 수 없는
평등을 만드는 바다에서
수평선을 지킨다.

— 〈海岩〉 전문

### 이충섭(李忠燮)

경기도 이천시 출생. 고려대학교 국문과 졸업. 중고교 교사 정년 퇴임. 『문학과 의식』 신인상 당선으로 문단에 등단. 한국시조시인협회, 한국문인협회, 국제펜클럽 한국본부 회원. 시집 《아침이 나를 붙잡고》 외 다수.

## 시인의 말

파도가 있다. 그 파도 물결을 묵묵히 받아 가며 서 있는 해암(海岩)이 있다.

파도는 무엇인가. 생명의 호흡이다. 생명과 삶의 원초적 숨결이다. 우주가 춤을 추고 있는 형상이다. 이러한 입자(粒子)들의 끊임없는 움직임 가운데서 한 생명이 지탱되듯이 우주가 형성된다. 우주는 생명의 원천이다. 그리하여 해암은 탄생 전 고독의 생명체이다. 해암은 바다 위에, 수평선 위에 보여지는 우주의 뼈로써 나타난 생명체를 소묘(素描)하며 암유(暗喩)하며 서 있다.

바다는 평등이다. 진리의 자유 평화다.

해암은 "몰려 오는 폭풍에도/ 지워질 수 없는/ 평등을 만드는 바다에서/ 수평선을 지킨다." 해암은 평등으로 존재하는 바다 위에서 떠 있고, 수평선을 허리에 잡아매고 파도 소리와 갈매기 소리를 들으면서도 막상 자기는 아무런 말이 없이 고독 속에 있다. 고독은 창조의 근원이며 생명의 원소(元素)이다. 해암은 '평등을 만드는 바다' 위에서 고독하게 '수평선을 지키'는 삶과 생명 창조의 존재이다.

# 원초적인 인간의 탐구와 그 언어

이한용


🌳 희망은 좌절이나 깜깜한
심연에서 피어나는 꽃이다
— 〈희망의 언어〉에서


🌳 우리의 사랑은 그을 수가 없다
우리의 핏줄은 끊을 수가 없다
— 〈휴전선〉에서

**이한용**

시인. 1969년 『현대문학』 추천으로 문단에 등단. 전북대학교와 광주 송원대학 교수
역임. 현재 광주 송원대학 명예교수. 한국문인협회, 작가회의, 한국현대시인협회,
국제펜클럽 한국본부 회원.

## 시인의 말

　첫번째 〈희망의 언어〉는 5연으로 된 시인데 내 나름대로 명구라고 생각되는 연이 바로 이 3연이다. 이 작품은 깜깜한 시적 상황을 설정하고 태양을 갈망하는 심정을 노래한 작품이다. 수사론적 용어로 보면 '희망'은 은유다. 이 은유를 통해 시의 독자는 자유롭게 연상할 것이다.

　절망이나 좌절에서 다시 찾은 희망은 모름지기 아름다운 꽃일 수 있다고 말한다.

　두 번째 인용한 부분은 연의 구분없이 된 작품 〈휴전선〉의 마지막 부분이다. 우리 국토는 물리적으로 총과 무력에 의해서 분단의 상태에 있지만 민족적으로 정신적인 사랑과 원초적으로 유구히 이어온 핏줄은 끊을 수 없는, 금을 그을 수 없다는 명구라고 생각될 것이다. 무릇 민족통일의 필연성을 말해 주고 있다 하겠다. 여기 '사랑'과 '핏줄' 두 언어는 수사학적으로 상징이자 은유적인 요체이다.

　이 두 시편은 제3시집 《천사의 얼굴》에 수록된 시이다.

# 낙엽수의 겸허성

이향아

🌳 언제부터인지 낙엽수 몇 그루를/ 내 가슴 시냇가에 모종해다 길 렀었다./ 아니, 언제부터인지 낙엽수 몇 그루가/ 기둥처럼 나를 괴어 의지하며 살았었다./ 천만 마디 말씀 잎새로 나부끼다가/ 천만 번의 후회 발아래 떨구곤 하면서,/ 시월 어느 날 아침./ 나를 황후처럼 오만하게 하던 나무/ 그 봄의 기적을 위해 피리를 불고 싶다./ 골짜기 안개, 이랑마다 장미빛 흙을 돋우고 싶다.// 낙엽 은/ 경축의 날 쓰고 버린 깃발처럼 진다./ 여기 나 있어요, 여기 나 있어요./ 나부끼던 손을 일제히 내리는 뜨거운 신뢰의 가을에/ 유난히 계절을 타는 나무여, 그대는 슬픈 기류의 파수꾼/ 훈장을 벗어버린 그대 좁은 어깨 위로/ 쏟아지는 가을 햇살이 눈물겹구 나./ 한 번 발을 묻으면 거기 그냥 서서 죽는 / 그대 사랑의 여일 함./ 따뜻한 까치집에 목이 메이는구나.

— 〈낙엽수를 노래함〉에서

### 이향아

시인, 수필가. 『현대문학』 추천으로 문단에 등단. 《꽃들은 진저리를 친다》 등 15권 의 시집과 《지금 출발해도 늦지 않으리》 등 13권의 수필집 《창작의 아름다움》 등 7 권의 문학이론서가 있다. 시문학상, 윤동주문학상, 한국문학상 등 수상. 호남대학 교 교수.

## 시인의 말

　상록수를 노래하는 사람들은 많지만 낙엽수를 찬양하는 사람은 그리 많지 않을 것이다.

　상록수의 미덕은 폭풍과 한설을 극복하는 그의 모습이 한결같은 지조와 기상으로 비유될 수 있다는 점이다.

　낙엽수는 이름이 드러내고 있는 대로 가을이면 잎을 떨어뜨리는 그냥 보통의 나무다.

　해마다 봄이 되면 새 잎을 피우고 해마다 가을이면 잎을 벗는 나무 낙엽수.

　낙엽수는 여름 한 철 짙푸른 잎을 나부끼면서 열매를 키우다가 기운이 쇠진하면 붉게 혹은 노랗게 단풍이 든다. 낙엽수는 바람과 햇살과 눈비, 시간과 상황에 순응한다. 그는 우렁찬 웅변으로 자기 존재를 과시하지도 않고 겨우 낙엽수에 불과하다고 움츠러들지도 않는다. 낙엽수는 열매가 다 익은 늦가을을 지나면 만세를 부르는 시늉으로 두 팔을 들고 아무것도 매달지 않은 나목이 된다.

　나는 사철 푸르기만 한 상록수보다 낙엽수에 훨씬 더 마음이 끌린다. 잎이 진 나무 가지와 가지 사이에 둥그렇게 매달린 까치집을 바라보고 있으면 마음이 따뜻해진다. 그리고 겸허해진다. 나목의 잔가지에서 잔가지로 이어지는 가녀린 길을 걸어간다면 피곤하지 않게 나는 영원에까지도 닿을 수 있을 것 같다.

# 변증의 사유(思惟)와 단상(斷想)

이혜너

🌳 찌그러진 드럼통 안에
이글거리는 사월
고구마를 굽는 심상
모두가 엇박자 옷차림이다

분바른 사월 졸리운 꽃잎은
재티로 사라지고
투명하게 피어나는
연둣빛 오월.

— 〈5월의 변증법〉에서

🌳 그윽한 차 한 잔을/ 마주하면/ 파란 눈물 하늘가에 퍼 올리고/ 입 안 가득 서러움의 세월/ 진한 갈색 향에/ 쓸쓸히 곱씹어 마시면/ 무념(無念)의 언어들이/ 스멀스멀 녹아 내려/ 원고지 위로 걸어 나온다.

— 〈차 한 잔의 단상〉 전문

**이혜너**
2001년 월간 『문예사조』 신인상 시 당선으로 문단에 등단. 연세대학교 사회교육원 문예창작과 수료. 영글문 동인. 시집 《구겨진 풍경》, 《훔치고 싶은 사랑》 등. 동인집 《짚신문학》, 《독수리문학》 외.

## 시인의 말

〈5월의 변증법〉 2, 3연이다. 이 작품에서 중심 시구는 2연의 '이글거리는 심상'과 3연의 '분바른 사월'이다.

시회의 모순과 질서의 연속적 상황에서 자연 또한 엘니뇨현상 등으로 지구 질서의 전체가 변화되고 사람들의 생활과 기후의 조건 또한 디지털리즘화 되어 가는 현실을 이미지화 했다. 4월에서 5월로 넘어가는 틈새의 표현을 분바른 사월이 재티로 사라진다라고 이미지 연상하였다.

〈차 한 잔의 단상〉은 소품으로 차를 마시며 생각나는 심상을 있는 그대로 누구나 공감할 수 있도록 쉽게 표현하고자 노력했다. 나름대로 좋아하는 시구는 7, 8, 9행이다.

차를 한 잔 마시며 그 차 맛의 미각을 무념의 언어들이 스멀스멀 녹아내린다는 표현의 은유를 사용하였다.

더욱이 재미있는 것은 그 언어들이 하얀 원고지의 칸칸을 메꾸어 가는 과정의 형태를 걸어 나온다는 의태어를 사용했다는 것이다.

## 화해의 해법

이희선


물섶이나 물가에 나앉은 돌들
착한 사람들 모습답게
야트막이 물섶을 지즐이며 사는 것을
더러는 물살에 부대끼며
…… (중략) ……
제 탓 아님을 말하듯
눌러앉아 흐름을 따르고 있는 것을
느리게 변신의 무늬 새겨 가는
저 거느림의 신들린 모습을.
— 〈돌의 산책〉에서


하얀 부추꽃에 별무더기가 내려앉아
밤마다 뽁뽁 입맞추다 갑니다
홀로 새벽으로 걸어가는 조각달 시샘이 났는지
부추꽃을 쟁강쟁강 꺾어놓고 달아납니다.
— 〈입추〉에서

**이희선**

시인. 경남 거창 출생. 1988년 『예술세계』 신인상에 시 〈돌의 산책〉, 〈제재소 앞에서〉 등이 당선되어 문단에 등단. 시집으로 《돌의 산책》, 《수평선 하나 그어 놓고》, 《저녁 종소리가 길이 되어》 등과 사화집 《시인의 돌》이 있다. 한국문인협회, 한국시인협회 회원. 성동문인협회 부회장.

## 시인의 말

고향 강둑을 걸었다. 강변 마을들이 강줄기를 물고 따개비처럼 붙어 사는 모습을 보았다.

물살에 부대끼고 떠밀리면서 담담히 흐름을 따르는, 느리게 변신의 무늬를 새기며 누리를 이루는, 묵묵히 강을 따라 흐르는 돌의 모습과도 같았다.

화해의 해법을 돌에서 찾았다. 그래서 쓴 시가 바로 〈돌의 산책〉이다.

7, 8행에다 무게를 싣고 싶다.


여름이 끝나고 가을로 가는 길목을 한 폭의 그림으로 그리려고 했다.

여름 내내 초록들이 열정으로 피워내더니 깜빡하는 사이 계절에 떠밀려 초췌하게 변하는 초가을 심상을 그리고 싶었다.

밤, 별무더기, 부추꽃, 조각달, 시샘, 나 아닌 것은 없다.

이 모든 것들이 어울려 〈입추(立秋)〉라는 제목으로 시가 되었다.

3행에서 심성이 강하게 드러나지 않을까.

# 스스로 타 오르는 불꽃은 그림자가 없다

임솔내


다 비워 내고
가마에 불사르면
허기져 환생하는 걸까

탈 대로 다 타
혼(魂)만 남아 백자인가
기(氣)만 남아 청자인가
　　　　　— 〈불춤〉에서


허름한 세상 한 쪽과
막사발 술잔 두 개

화냥기 섞인 나는
전생 기생이었지 싶습니다
　　　　　— 〈나의 전생〉에서

**임솔내**

시인. 서예가. 서울 출생. 호 松香. 『자유문학』 신인상 시 당선으로 문단에 등단. 한국문인협회 회원. 국제펜클럽 한국본부 회원. 문화 칼럼리스트. 시집으로 《나 바람 피우면 어떨까》, 《나를 바꾼 두 번째 남자》, 《잠을 깬 아마존의 함성》 등이 있다. 한국문학비평가협회 문학상, 황희문화예술상 수상.

## 시인의 말

　타 오르는 불꽃의 가장 깊은 곳은 하얗다. 눈여겨 보시라. 그리고 가장자리는 푸른 빛이다. 혼백을 얼싸안고 에둘러 타고 있는 불의 생리이고 기운이리라.

　진흙의 생(生), 도공의 혼(魂), 불의 기(氣)가 어우러져 춤으로 타 오르는데 어찌 백자, 청자가 솟아나지 않겠는가. 어느 다비식의 장엄한 불꽃을 보면서 왜 도공의 혼을 사르는 장작의 다비가 포개졌는지 모른다. 환생의 흔적을 찾아서일까? 스스로 타 오르는 불꽃은 그림자가 없다. 그러나 스스로 불꽃이 될 수 없는 것은 그림자를 지닌다. 현란한 불춤에 따라 흔들리는 빛의 뒷면에 내 그림자는 허상이었다. 훗날, 나의 다비는 그 그림자의 기억까지 가루가 되는 호사를 바란다.

　두 번째 인용한 시는 7연으로 된 〈나의 전생〉의 3, 4연이다. 이 세상에서 가장 낮은 이름 기생, 그러나 삼절(三絶)의 끼를 갖추지 않으면 감히 넘볼 수 없는 비장이 숨어 있는 이름이리라. 그물에도 걸리지 않는 바람 같은 여인, 지금은 역사의 뒤란으로 사라져 간 절묘의 여인이고 싶었다. 전에도, 지금도, 후에도…… 그리하여 나는 자처한다. 절로 절창하는 기녀이기를.

# 풀꽃으로 비유해 본 삶

전원범

🌳 눌린 생각들을 펴면서
들 끝에 와 서면
누구의 태우지 못한 恨이기에
저리도 풀빛만 짙어 오는가

낮은 목소리로 낮은 목소리로
흔들리다가
몇 개의 풀꽃으로 살아나는 목숨
　　　　　— 〈풀꽃〉에서

🌳 채워도 채워지지 않고/ 비워도 비워지지 않고/ 늘상 잔 안에 고여
오는 그리움.// 기약할 수 없는 내일이지만/ 기약할 수 있는 사람
이 있다는 것은/ 참으로 즐거운 일이다.
　　　　　— 〈茶를 나누며〉에서

**전원범**

시인. 1981년 『시문학』 추천으로 문단에 등단. 「한국일보」 신춘문예 시조부문 당
선. 광주광역시문인협회 회장. 한국시문학회 부회장 역임. 현재 광주교육대 대학원
장.

풀꽃으로 비유해 본 삶

## 시인의 말

　앞의 〈풀꽃〉은 5연으로 된 시인데 나름대로 명구가 들어 있다고 생각되는 연이 바로 제3~4연이다. 삶이란 무엇인가. 사람들의 태우지 못한 恨처럼 풀빛만 짙어오는 곳에서 문득 작은 풀꽃을 발견하게 된다. 그 풀꽃처럼 살아나는 목숨이 바로 삶이 아닐까. 바람에 흔들리면서, 어렵고 견디기 힘든 상황 속에서도 피워낸 풀꽃. 비록 작지만 또렷이 제 모습을 내보이는 풀꽃처럼 여린 듯하지만 꺾이지 않는 것이 시인의 마음이다. 그것이 곧 삶의 희망이요, 소박한 바람이다.

　두 번째 인용된 부분은 시 〈茶를 나누며〉인데 모두 6연 중 5~6연이다.

　항상 우리는 불확실한 삶을 살아간다. 그렇게 기약할 수 없는 나날을 살아간다. 그러면서도 마주 앉아 차를 나누듯 기약할 수 있는 사람이 있다는 것은 커다란 위안이 된다. 사람과 사람사이에서 늘 차오르는 것은 그리움. 그런 가운데에서도 누군가를 기다릴 수 있고, 만남으로 설레일 수 있기 때문에 즐거울 수가 있다. 그 속에 삶의 의미가 있는지도 모른다.

# 겸허한 마음 상태의 은유

정공채

 갈매기야 자꾸 울기냐
울음이사 나에게도 있는 것을.

배가 떠나도 울고
배가 닿아도 울고

어찌 된 건가
울음이사 울 때 우는 것을.

그래, 너는 恨 묻은 魂의 조각들
가도 울고 와도 울고

울며 날며, 날며 우는
서러운 세상 손수건

갈매기야 자꾸 우는구나
울어라 울어
빈 배로 떠날 때 울었으면
滿船으로 닿을 때도 울 줄 알자구나
갈매기 우리 갈매기야
— 〈갈매기 우는구나〉 전문

## 정공채

시인. 연세대 정치외교학과 졸업. 1957년 『현대문학』 추천으로 문단에 등단. 시집 《정공채 시집》, 《아리랑》 외 역사소설 《초한지》, 인물평전 《우리 노천명》 등 다수를 상재하였으며, 현대문학상, 시문학상, 한국문학상 등 수상.

## 시인의 말

　시 〈갈매기 우는구나〉는 작곡가 변훈(邊焄)님께서 가곡으로도 만드신 작품이다. 갈매기를 우리 인생에 비유해서 쓴 시로서 그 알레고리는 의인법(擬人法)에 해당된다 하겠다.

　마지막 4연에 '빈 배로 떠날 때 울었으면/ 만선으로 닿을 때도 울 줄 알자구나' 라는 詩句는 언제나 겸허한 사람 마음을 은유 삼아 기린 警句이기도 하다. 갈매기는 어쩌면 내 자신이기도 하다.

# 생(生)의 순수가치, 이미지즘으로의 승화

정광수

 새가
언제 사람을 위해
울더냐.

꽃이 어느 때
사람을 위해
옷을 벗더냐

부질없는 사람은
제 서러움에
산 아래서 돌아 눕는구나

그게 어디
神의 섭리더냐

그러나, 그러나
곡신의 따뜻한 손짓이구나
자궁은 근원(根源)이
아니냐

위대한 당신
어머니인 당신

나무둥치 마구 뒤틀리는
폭풍우 속에서도
고개 슬며시 내밀고 있구나, 새여.

— 〈谷神의 새〉 전문

**정광수(鄭光修)**

시인, 문학평론가. 1973년 『현대문학』 추천으로 문단에 등단. 계간 『해동문학』 주간. 한국문인협회, 국제펜클럽 한국본부 이사. 시집 《연연》, 《과무량경》, 《부처님 21세기》, 《곡신의 새》, 《산이 저만큼 돌아앉아》, 《소요》, 《천장지구》 등과 문학평론집 《선의 논리와 초월적 상징》, 《선어의 묘미》, 《선문학과 벽암록》 등 상재. 동포문학상, 한성기문학상, 앨투웰 PEN문학상 수상. 해동문학상 운영위원장.

## 시인의 말

老莊철학을 깊이 연구하여, 오묘한 生의 경지를 이미지즘의 상징시(symbolic poetry)로 형상화 했다. 동양정신의 시를 서양시 형식으로 엮었다. 谷神은 직설적으로 말하면 여성의 性器를 상징한다.

老子(BC 5~4C)의 《道德經》에 …谷神은 죽지 않으며 이것은 子宮이며, 子宮의 門이다.(谷神不死 是謂玄牝 玄牝之門)"라고 쓰여 있다.

위 〈谷神의 새〉는 한국 현대시의 여성우위 페미니즘의 절창이라고 洪潤基는 말했다.

…새는 짝을 찾아 울 것이고(제1연), 꽃은 나비를 부르며 피는 것이며(제2연) 사람은 理想을 좇다가 끝내 죽어서 산밑에 가서 잠든다(제3연).

드높은 산봉우리는 그 골짜기에서 샘물을 흘려 내리면서 웅장한 산을 이루며… 지구의 생물은 어느 뛰어난 것이거나 子宮을 통해서 태어나 고고의 소리를 지르며 제 잘난 체 딩군다는 철리의 시적 이미지화 작업이 谷神 앞에서 '위대한 당신/ 어머니인 당신'(6연)이라고 고개 숙여 본다.

'새'는 시인의 상징어다.

나는 불교와 禪, …거기서 存在 現前性과 그것에 도달하는 근원적 思惟에 매료되고 있었으며, 서구 이천년의 관념론적 형이상학을 극복하고 존재 현전의 自己顯示를 보려 그 존재론과의 어떤 대화를 시도하고 있는 터이다.

보조 지눌의 '頓悟漸修'와 涵虛堂의 '三諦三觀一如'의 사상과 하이데거의 존재론을 융합, 우리 사상을 세계적 차원으로 끌어 올리려는 거다. 禪과 存在論이 相會할 수 있을 것이다. 高亨坤이 하던 思惟를 계속 할 터이다.

# 비유법을 통한 미적 감동의 이미지화

정영남

🌳 내 얼굴에도
  내 옷에도
  온통 물감이 튀어 박히다

  나는 대낮에
  우중충한 내 마음을 꺼내어
  서귀포 바닷가에 빨아 널었다
  　　　　　　— 〈서귀포 바닷가에서〉에서

🌳 사해 물오리로 떠다니는 인종들
  풍선처럼 즐겁기만 하다
  소금꽃 피는 언덕 아래
  나도 한 마리 오리가 되고 싶다
  　　　　　　　　— 〈사해〉에서

**정영남**

시인. 2002년 『지구문학』 신인상 시 당선으로 문단에 등단. 지구문학작가회의 회원. 성결교회 역사문학연구회 회원. 성결교회인물사 집필위원. 청다한민족문학회 회원.

## 시인의 말

　앞의 〈서귀포 바닷가에서〉는 4연으로 된 詩인데, 거기서 내 나름대로 名句가 들어있다고 생각하는 연이 바로 제4연 종장이다.
　한 여름에 서귀포 바닷가에서 휴가를 보낸 일이 있다.
　하늘과 바다와 수평선이 너무나 아름다웠다. 수평선은 빨랫줄처럼 보였고, 남빛 바다는 비단처럼, 아니 물감처럼 보였다.
　빨래가 펄럭이는 이미지로 여겨 보았다.
　비에 우중충한 내 마음을 꺼내어 바닷물에 빨아 널고 싶은 충동을 메타포로 처리한 것이다.
　두 번째 인용한 詩는 〈사해〉다. 이 詩는 3연으로 되어 있다. 마지막 終章을 말하고 싶은 부분이다. '사해'는 세계 여러 나라 사람들이 모여들었다. 소금물 위에 떠 있는 사람들이 오리처럼 아름다웠다. 피부색이 철새처럼 다양했다.
　소금물 위에 뜬 사람들은 풍선처럼 가볍게 보였고, 나도 오리가 되어 함께 떠다니고 싶었다. 무엇보다 '사해' 해안가에는 소금꽃이 하얗게 피어서 꿈 속처럼 몽롱했다. 내 詩는 主情的인 데서 현실적 객관적인 소재로 삼았다. 表現技法은 비유법을 도입하여 암시적으로 表現하는 데 역점을 두고 있다.

# 은유로 비유해 본 삶의 열정

정찬우

🌳 갈증의 샘물로 몸을 추스려
무성한 거목의 바람 일으켜 세우고
동서남북 바람으로 휘젓고 다니다가
널브러진 날개 접고 너에게 갈 때
만신창이 갈라진 누더기일지라도
반가히 맞아줄 고향
너를 기억한다.
— 〈흙〉에서

🌳 미침은 해방이요, 창조요, 詩다./ 시는 기형이다, 은둔자의 고독
이다./ 미침은 깊은 정신의 세계며/ 황홀의 날개이다/ 존재의 은
둔이며,/ 덩어리를 깨고 나오는 상상과 환상은/ 미침의 특권이다.
— 〈아우성〉에서

🌳 목말라 헤매는 한 점의 핵 속에/ 향내 띄워 흔들어 주는/ 당신은
누구십니까
— 〈빛〉에서

**정찬우**

한국문인협회 윤리위원 역임. 국제펜클럽 한국본부 회원. 밀레니엄문학회 회장. 한
국수입업협회 부회장 역임. 세계한민족 책사랑무궁화협회 회장. 현재 현우무역(주)
대표이사.

## 시인의 말

앞의 〈흙〉은 3연으로 된 시인데 그중 2연에 해당된다. 인생의 삶이란 존재 가치를 고향인 흙으로 설정하고, 삶에 있어서의 성공을 위한 부단한 노력 즉, 배움과 일을 위하여 평생을 몸바쳐 살아온 민초들의 생활을 노래해 보았으며, 끝내 지쳐 버린 몸으로 고향에 안주하면서까지 역사 일구려는 자양분으로 남아 후세의 빛이 되고 밑거름이 되어 주겠다는 사랑과 봉사와 헌신의 노력을 노래한 것이며, 수사론적으로 이 은유를 통해 독자들은 각각 인생의 삶에 대한 존재가치를 서로 다른 측면에서 상상할 것이다.

두 번째 시 〈아우성〉은 4연중 3연에 해당된 부분이다. 인간이 살아가는 데 있어서 성공적인 삶을 위하여 나름대로 최선을 다하고 있는 모습을 아우성이라는 극단적인 수사어로 표시해 보았다.

즉 삶이란 부단한 노력의 열정이며, 새로운 꿈을 가꾸려는 창조며, 고독과 화합의 평화를 나누는 삶이며, 이처럼 깊이 있는 정신세계는 황홀의 극치임과 동시에, 상상과 환상을 깨뜨리는 특권이라는 인간 본성을 詩로 승화시켜 보려는 울림의 목소리로 나타내고자 했다. 이 시에서는 은유적인 표현 방식보다는 수사어적인 표현을 씀으로써 서로 다른 시각의 작품을 골라보았다.

세 번째 시 〈빛〉은 4연중 3연에 해당되는 부분이며, 인생을 살아가는 동안 무수한 삶의 방향 설정과 외부로부터 그 영향력을 느끼고 살아간다. 삶의 진리에 대한 갈증을 일깨워 주고, 깨닫게 해주는 당신이 과연 누구일까요. 사랑하는 연인일 수도, 하느님일 수도, 철학자일 수도, 또는 부모님일 수도 있는 이 은유의 상징이 독자들의 마음을 일깨우리라 본다.

# 행 불언지교(行 不言之敎)의 내력

정태모

🌳 아버지는 老子를 읽지 않으셨다
나도 老子를 읽지 않았다
따라서 아이들은 老子를 모른다
그래서 우리 집은 三代를 내리
老子의 養身章을 모르고 살지만.

아버지는 근검 저축하는 방법을
行 不言之敎하셨다.
나는 아버지께서 하신 行 不言之敎를
두 아들에게 전해 주었다.

그러므로 우리 집은
아버지가 行 不言之敎하신 거고
내가 行 不言之敎를 한 것이다.
그리고 지금은
두 아들이 行 不言之敎를 하는 것이다.
— 〈行 不言之敎〉 전문

**정태모**

1964년 「서울신문」 신춘문예 시조 당선으로 문단에 등단. 한국불교문학상 대상, 한국농민문학상 본상 외 다수 수상. 해동문인협회 고문, 한국불교문인협회 고문. 시집 12권, 수필집 등 있다.

## 시인의 말

　내게는 쉰둥이 만득자 형제가 자랐다. 그런데 이들은 요즈음 시대 젊은이로는 아주 드물게 天桃 따는 효도를 한다.

　옛부터 제 자식 얘기는 안 하는 법이라지만 이는 사실을 이야기하는 것이며 시의 출처 등 이 시를 설명하느라니 얘기를 아니할 수가 없는 노릇이다.

　효도하는 방법 같은 것은 장황하겠기에 모두 접어두고 나는 이들이 하는 효도로 이 졸품 외에 〈天桃 따는 孝 이야기〉와 〈天桃 따는 孝의 현대적 意味〉 두 편을 더 얻었지만 그들이 대학을 졸업하고 사회에 진출하도록 '공부해라' 하는 말을 한 마디도 안 하고 길렀듯이 선친께서는 無言으로 나를 길러주셨다.

　나는 어려서부터 선친의 뜻을 거슬르지 않으려고 했지만 아이들은 내 뜻을 지키려고 하니까 어쩌면 종적인 부자 중심으로 내려오는 이 不言之敎가 우리 집의 내력이 될 것만 같다.

　사실 아버님의 不言之敎를 내가 받든 것은 내가 아버님의 뜻을 어기지 않으려는 데 그 근본 의미가 存在하는 것처럼 아들네들이 내 不言之敎를 지키려는 것은 그들 나름대로 효도하는 마음에서 生成하는 것이라고 보아 이 시의 詩語가 거칠다고 소홀히 볼 것만이 아니라는 것을 말해 두고 싶다.

# 리리시즘에 바탕을 둔 민족정기 발굴

정해태

 오십여 년 잠만 자고 있더니
꿈틀거린 도라산아
이제 남근처럼 벌떡 일어서거라
— 〈도라산〉에서

찌가 흔들리면 보성강의 절정이 몸을 꼬는 소리
태양처럼 환하게 가슴이 떨린다
— 〈밤낚시〉에서

**정해태**(鄭海泰)

시인. 2003년 『지구문학』 신인상 시 당선으로 문단에 등단. 지구문학작가회의 이사. 청다문학회 회원.

## 시인의 말

　앞의 〈도라산〉 시는 전부 3연으로 구성된 시인데, 그 시 중에서 내가 생각하는 명구가 들어 있다고 여겨지는 구절이 바로 앞에 예시한 제3연이다. '도라산' 역은 50여년 동안 남북 분단의 아픔으로 잠만 자고 있던 역이, 남북의 화해 무드를 타고 관광지 개발과 앞으로 개통을 눈앞에 두고 있다.

　폭우 쏟아져 산사태 몰고 와 두 동강난 도라산아, 이러한 표현은 38선을 暗喩 처리해 본 것이다.

　'50여 년 잠만 자고 있더니/ 꿈틀거린 도라산아/ 이제 남근처럼 벌떡 일어서거라' 라는 표현은 도라산역의 개통을 이미지화 한 것이다.

　두 번째 인용시는 3연으로 된 〈밤낚시〉의 마지막 연이다.

　전남 보성강가에서 있었던 밤낚시에 빠진 감동적인 쾌감과 절정적인 묘미의 황홀함을 詩로 쓴 것이다.

　느닷없이 찌가 흔들리는 물살은 보성강가의 경련이 아닐 수 없다.

　남녀가 사랑에 빠지듯이 나는 보성강의 밤낚시를 연애처럼 했다. '찌가 흔들리면 보성강의 절정이 몸을 꼬는 소리'로 은유 처리해 본 것이다.

　나의 시 세계는 리리시즘에 근본을 둔 민족정기 발굴의 시험에 접하고 있다.

# 색채론적 가설의 상상

조병무

저 바람을 손아귀에 쥐고
심하게 짜면
무슨 색깔이 나올까.

저 하늘을 양손에 쥐고
더욱
심하게 짜면
무슨 색깔이 나올까.

그러나
그러나 저 사람의 말씀을
마음으로 눌러 짜면
또
무슨 색깔이 나올까.

사랑하는 사람끼리
그 사랑을 사랑으로 짜면
정말
무슨 색깔이 나올까.

— 〈무슨 색깔이 나올까〉 전문

### 조병무

호는 평리(萍里). 문학평론가, 시인. 『현대문학』 추천으로 문학평론가로 문단에 등단. 한국현대시인협회 회장, 동덕여대 문창과 교수 역임. 현대문학상, 시문학상, 윤동주 문학상 본상, 동국문학상, 조연현 문학상 등 수상. 문학평론집 《가설의 옹호》, 《새로운 명제》, 《존재와 소유의 문학》, 《시짜기와 시쓰기》, 《한국소설묘사사전(전6권)》 등과 시집 《꿈 사설》, 《떠나가는 시간》, 《머문 자리 그대로》 등이 있으며, 수필집 《니그로오다 황금사슴》, 《꽃바람 불던 날》, 《기호가 말을 한다》 등 다수가 있다.

## 시인의 말

어느 날 봄이었을까. 산책길에서 너무나 아름답게 핀 꽃들을 보게 되었다. 물론 꽃은 어느 때나 보아 왔고 옛날에도 보아왔던 꽃들이다. 그런데 이 산책길에서 보게 된 꽃을 보는 순간 도대체 저 꽃들의 저 아름다운 색깔은 어디서 오는 것일까. 우중충한 흙더미를 파헤치고 고개를 내민 꽃대궁이며, 꽃잎들이 파랗게 초록을 자랑하는데 빨갛고 노랗고 흰 꽃들은 저 빛이 어디서 오는 것일까. 저 흙 속에는 무궁무진한 빛의 창고가 있는 것이 아닐까. 말하자면 하나의 색깔을 마음 속으로 찾게 되는 것이다.

그렇다면 사랑의 빛깔은 어떤 것일까. 노랑색, 빨강색, 흰색, 초록색 아니면 무슨 색깔일까. 도무지 그 색깔이 생각나지 않는다. 그 사랑의 색깔을 생각하다 보니 다른 사물들의 색깔에까지 생각이 미치게 된다. 바람은? 하늘은? 저 사람의 말씀은? 도대체 어떤 색깔로 나타날까. 사랑의 빛깔을 찾다 보니 다른 가까운 연결되는 영상과 생각의 고리를 간추려 본 것이 작품 〈무슨 색깔이 나올까〉라는 작품이다. 언어적 표현은 작품에서 가까운 시어의 배열과 구성을 생각하게 되었다.

중간에 '그러나'를 두 번 반복한 것이 다소 거슬리는 듯하지만 그 반복의 의미가 사람의 말씀의 무게를 차마 눌러 짜게 되는 강한 액센트를 부여하고 싶었다. 실제로 이 작품에서의 핵심은 마지막 연이다. '사랑하는 사람끼리' '사랑을 사랑으로' 짠다는 '사랑'에 대한 확신을 강하게 강조하려는 의도가 드러났는지 모르겠다.

첫 연의 '바람'은 일상적인 친근감의 표시이며 사람의 주변에 항상 존재하는 것이라는 인식이 앞서 있었고, 두 번째 연의 '하늘'은 바람과 가장 가까운 자연의 하나이며 인간에게 언제나 절대적으로 다가오는 무한의 상태이기 때문에 사랑과 밀접한 관계를 형성한다고 믿는다. 셋째 연의 '말씀'은 다섯째 연의 '사랑'과는 가장 인간적 접촉이고 인간적인 교류이다. 어쩌면 바람에서 하늘로 이어진 끈이 말씀을 통하여 사랑으로 맺음을 마감하는지 모르는 그러한 일연의 깊이를 그려보고 싶은지 모른다.

# 순수와 투명 그리고 아름다운 사랑

조성아


🌳 나의 영혼은
수천 개의 사랑에 실려
수천 개로 불어나 눈부신 나를 이루며
나를 사라지게 하며 세상과 한 몸이 된다
— 〈이 세상 꿈〉에서


🌳 벚꽃
하얀 당신 당신의 출신을 묻지 않습니다
고운 맘으로 내 곁에 계시면 이미 당신은 내 것이니까요
외로워도 홀로 굳굳하게 그냥 사세요
사월 아래 흙비 떨어질 때까지 그 자리에 있겠습니다
— 〈어느 봄날〉에서

**조성아**

한국문인협회, 국제펜클럽 한국본부, 서초문인협회 회원. 한국현대시인협회 이사.
마음밭가꾸기 상임이사. 한국문학비평가협회 문학상, 대한문학상 수상.

## 시인의 말

　앞의 인용문은 〈이 세상 꿈〉이란 시로 16행 중 마지막 부분이다.
사랑의 무게와 깊이 그리고 무한함에 대해 설정해 보았다.

　사랑은 하나가 아니다. 분열을 하며 시간이 흐르면 부활도 한다.
우리는 어디서 왔으며 어떻게 사라지는가? 어떻게 자신을 극복하
며 또 울리는 건 무엇인가? 사랑은 죄가 아니요, 누구의 심판을 받
을 일도 아니다.

　인간이 동물과 신(神) 사이에 놓인 다리라면 인간과 신 사이를 잇
는 건 사랑이다. 분열을 하여 수천 수만 모두 모두 사랑하며 살아야
한다.

　두 번째 인용된 〈어느 봄날〉은 17행으로 이루어졌다

　그 해 봄날 벚꽃나무 아래서 하루 왼종일 물 한 모금 축임 없이
이이와 사랑에 빠져 있었다

　어두운 밤 내 비치는 그의 순결은 곱고 희고 아름답다 못해 만져
보려 손을 내밀었을 땐 급기야 가슴에서 뜨거운 눈물까지 쏟아졌
다.

　그랬다. 그 봄 날의 사랑은 이 님의 사랑처럼 피다 지고 지다 피
고 며칠 후면 흔적 없이 가시는 님.

　헤어짐이 싫어 매일 매일 앉아있었다.

　흙비가 오셔 데려가실 때까지 그랬다.

# 밤의 평등성과 사랑의 위대성

지은경

> 🌳 사랑은 서로에게
> 노예가 되어
> 주인이 되어
> 드디어는 손가락으로
> 제 두 눈을 찌르고서야
> 제자리로 돌아가는 것을
> 그리고 사랑을 가슴에 묻고도
> 또 그리워하는
>
> — 〈사랑의 증명서〉에서

> 🌳 밤을 사랑한다
> 어둠 속에선 가난한 이들의
> 보잘 것 없는 일상이
> 부자들의 화려한 식탁이
> 모두 사이 좋게 잠자리에 든다
>
> — 〈밤의 예찬〉에서

**지은경**

덕성여자대학교 철학과 졸업. 중앙대학교 대학원 졸업(예술학석사). 제13회 한국자유시인협회 문학상 수상. 제5회 문예사조문학상 수상. 한국문인협회, 국제펜클럽 한국본부 회원. 월간 『문예사조』 편집장 역임. 월간 『신문예』 발행인. 시집 《시인의 외출》, 《자폐공화국》, 《이칼로스의 노래》, 《행복한 중독》 등이 있다.

## 시인의 말

앞의 인용시 〈사랑의 증명서〉는 사랑의 위대함을 말하고 있다.

지금은 사랑은 없고 오직 쾌락만 존재하는 듯하지만 절망에서 견딜 수 있는 것은 사랑이 있기 때문이다. 사랑하는 사람이 아무리 불성실하더라도 인간은 사랑할 수밖에 없는 존재이다. 변할 수밖에 없는 것이 사랑이다 하여 사랑을 비웃는 사람이 있다면 그는 아마 방탕한 자일 것이다. 한평생 사랑 없이도 살 수 있는 사람이 있다면 한 번 보고 싶다.

두 번째의 인용시 〈밤의 예찬〉은 예술가들에게 밤은 비현실적인 일들이 현실로 이루어지는 상상의 시간이 된다. 나는 빛의 권위에도 압도되지만 어둠의 카리스마적 존재에도 매료된다. 어둠 속에선 모두가 평등하고 가난한 이들의 고통과 잃어버린 꿈을 재생시켜 주고 싶었다.

# 이미지즘의 수사기법

진을주


🌳 맥주잔 부서진 유리조각 물결

열나흘 달빛을 희롱하다 바닷가에 와그르르 거품으로 밀린다
밤 내 만취한 신열
　　　　　— 〈바다의 생명〉에서


🌳 九重 용궁 휘몰이 잔치마당

심 봉사의 지팡이짓 서러움으로 눈은 내리고
내리고만 있습니다
　　　　　— 〈눈 내리는 南山〉에서

**진을주(陳乙洲)**

1949년 「전북일보」를 통해 작품 활동 시작. 1963년 『현대문학』 추천. 한국문인협회 상임이사 역임. 한국시인협회 자문위원 역임. 한국자유시인협회 부회장 역임. 1990년 한국문학상 수상 등. 1987년 시집 《사두봉신화》, 2005년 시집 《그믐달》 외 다수 상재. 『지구문학』 상임고문.

## 시인의 말

앞에 예시한 〈바다의 생명〉은 9연으로 되어 있다.

그 시 중에서 나름대로 역점이 들여져 표현된 연이 앞에 예시된 4연으로 본다.

부제가 '휴지처럼 짓밟힌 대천 1998형 내시경'으로 되어 있다.

1998년도 대천 해수욕장은 인산인해였다. 그러나, 바다는 병을 앓고 있었다. 그때가 음력 보름, 하루 전이라서 달빛이 유난히 밝았다.

달빛에 부서지는 밤바다의 파도를 은유적으로(맥주잔 부서지는 유리조각 물결) 표현한 것이다. 바닷가에 와그르르 거품으로 밀렸다. 역시 바다는 밤 내 만취한 신열 소리로 들려왔다. 바다의 병 앓는 소리로 내 마음이 괴로웠었다. 이 시는 그 점에 착안한 것이다.

두 번째 인용한 시는 〈눈 내리는 南山〉이다.

이 시는 4연으로 된 단시다. 그 중에서 앞에 예시된 3연이 마음에 와 닿는 구절이 아닌가 생각해 보았다. 이것 역시 서울의 남산에 눈 내리는 모습(九重 용궁 휘몰이 잔치마당)을 암유적 표현 기법으로 처리된 것이다.

눈 내리는 모습이 마치 심 봉사의 지팡이짓 서러움으로 눈은 내리고 내리고만 있는 것처럼 느껴졌던 것이다.

본인이 본인 시를 해석하여 중언부언한다는 것은 결례로 여겨질 뿐이다.

끝으로 나의 시는 철저한 이미지즘이라는 것을 고백한다.

# 하늘에 대한 로고스적 사유

진헌성

그것이 언제였을고?
닳아 삭고 삭아
드디어 뚫렸던 게

더는 이을 수 없는 공간으로
닳고 삭아
드디어 영생을 얻었던 게

죄도
죽음마저도 다 닳아

하늘!
이 한 마디로 남았던 게

그게 언제였을고?

— 〈하늘 그리고 詩 · 6〉 전문

---

**진헌성(陳憲成)**

시인. 전남대학교 의과대학, 동 대학원 수료(의학박사). 1970년 『현대문학』 추천으로 문단에 등단. 한국문인협회, 국제펜클럽 한국본부 회원. 시집 《조용한 화음》, 《物性의 시》, 《공간의 시》, 《하늘 그리고 시》 등이 있으며, 표현문학상 · 광주문학상 등 수상.

## 시인의 말

〈하늘 그리고 詩〉 연작시 318편 중 6번째 작품이다.

우주도 언어도 로고스의 질서다.

정서적이든 철학적이든 질서의 미학으로 의미 생성의 씨앗을 남기게 된다.

우주가 빅뱅이건 성단간의 충돌이건 우리 우주나 나 이전에 존재하는 공간에 대한 존재 이전의 존재의 원인 판단에, 반대 급부적 비논리적 은유적 화두로 하늘과 맞서보는 회의의 음미다.

하늘이 닳아 삭아서 비었다는 발상이 유아적 깊은 맞이랄까, 명구는 없다.

우리는 이을 수 없는 공간 안에 갇힌 존재로 공간도 우리 존재도 다 같이 고독한 존재임에는 틀림없다.

# 해금강의 숨소리

차한수

구천계곡을 지나 해금강에 오니
바다는 신들의 웃음소리로 넘실거리고 있네
거제 남부중학교 접장 윤 선생을 찾았더니
삼년 전에 세상을 하직하셨다는 목소리가
굿니처럼 밀려오네
엄동의 추위에 빨갛게 타오르는 동백이 되었는지
율포 앞바다를 날고 있는 물새가 되었는지
갈고지 마을 서쪽 하늘에 활짝 핀 노을이
목이 메어 웃고 있네.

— 〈초승달〉 전문

**차한수**

시인. 『현대시학』 추천으로 문단에 등단. 한국시인협회 심의위원. 동아대학교 국문과, 일본구주국제대학 교수 역임. 시집으로 《신들린 늑대》, 《손》, 《날아다니는 나무》 등과 평론집 《비극적 삶과 시적 상상력》, 《이상화 시 연구》 등이 있다. 편운문학상, 윤동주문학상, 부산시 문화상 등 수상.

## 시인의 말

그 해 겨울은 몹시 추웠다. 어디론가 떠나지 않고는 배길 수가 없었다. 어디로 갈까. 망설이다가 해금강으로 가자 마음먹고 겨울을 따라 떠나기로 했다. 해질 무렵에 거제에 도착하여 우선 숙소를 정하고 해변으로 갔다.

해금강이 내려다 보이는 언덕으로 올랐다. 동백숲이 울창하다. 검푸르게 반짝이는 이파리와 매서운 추위를 머금은 채 빨갛게 피어 있는 동백의 청담한 모습에 고개를 숙일 수밖에 없었다. 바람 소리와 파도 소리에 묻어 오는 물새 소리는 보석처럼 빛났다. 어둠이 왔다. 어둠뿐인 바다. 하늘을 가린 수많은 별들만 어둠을 수놓고 있었다. 서녘 하늘에 빗겨 누운 초승달이 날 내려다보고 있었다.

주막으로 갔다. 저녁 겸 소주 한 병을 시켰다. 차가운 해풍도 따뜻하게 느껴졌다. 날 부르는 소리가 들렸다. 바람과 파도의 가슴으로 파고드는 몸부림이었다. 내가 이렇게 해금강을 찾게 된 데에는 무슨 사연이 있다.

부산 동광동에 가면 '골목집'이라는 작은 주막이 있었다. 어느날 이 자리에서 거제 남부중학교에서 교편을 잡고 있다는 윤 선생을 알게 되었다. 정이 가는 분이었다. 그 후 몇 차례 더 만났다.

"해금강에 오시는 일이 있으면 꼭 찾아 주이소."

"꼭 찾아야지."

세월이 흘렀다. 몇 년 동안 한국을 떠나야 될 일이 생겼다. 이참에 어데라도 시원히 다녀오고 싶었다. 그래서 해금강을 찾게 된 것이다. 밤은 자꾸만 깊어가고 있었다. 10시쯤 되었을까. 섬의 10시는 한밤중이다. 윤 선생이 생각났다. 얼큰한 김에 수화기를 들었다.

"남부중학교 숙직실입니다."

"수고하십니다. 죄송하지만 윤 선생 전화번호 부탁드립니다."

아무 대답이 없다. 수화기는 무거운 적막을 밀어올리는 듯했다.

"여보세요. 여보세요. 윤○○ 선생 말입니다."

"예예… 그런데 윤 선생은 삼년 전에 별세하였는데……"

수화기 속에서 물새 소리가 길게 들렸다. 어둠은 더욱 어두워지고, 바람 소리는 더 커지고, 파도 소리는 밤의 성을 쌓는지……. 나는 소주 한 병을 단숨에 마셨다.

# 현대적 첨단 용어와 그 유추 상상

최금녀


내 몸에는 어머니의 뱃속에서
나를 따내 온 흔적이 감꼭지처럼 붙어 있다
내 출생의 비밀이 저장된 아이콘이다
몸 중심부에 고정되어
어머니의 양수 속을 떠나온 후에는
한 번도 클릭해 본 적이 없는 사이트다

사물과 나의 관계가 기우뚱거릴 때
감꼭지를 닮은 그 곳에 마우스를 대고
클릭, 더블 클릭을 해 보고 싶다
　　　　　— 〈감꼭지에 마우스를 대고〉에서


0.001 미크론의 오차도 없이/ 삶의 남은 여백 위를 자전(自轉)하는/ 생명줄 위, 한 점이/ 천천히 하향곡선을 그리고 있다/ 예정되지 않은/ 나의 안녕/ 나의 평온
　　　　　— 〈유전자 그래프〉에서

**최금녀**

시인. 『자유문학』 소설 입선. 『문예운동』 시 등단. 제11회 청하문학상, 제4회 글사랑문학상 등 수상. 한국문인협회, 국제펜클럽 한국본부, 현대시인협회, 여성문학인회 회원. 시집으로 《들꽃은 홀로 피어라》, 《가 본 적 없는 길에 서서》, 《내 몸에 집을 짓는다》, 《그 섬을 가슴에 묻고》(일역시집) 등이 있다.

## 시인의 말

  첫번째 시는 〈감꼭지에 마우스를 대고〉의 첫 번째와 두 번째 연이다.

  우리 몸에 감꼭지처럼 말라 붙어 있는 배꼽에 대한 묘사이다. 내가 태어나기 직전까지 신과 마지막 교신을 하던 자리였을 배꼽, 숨겨진 비밀스런 창구이겠다 싶으니 생명의 모든 비밀이 그 곳에 숨어 있을 듯했다.

  특히 사물과 나의 관계가 여의치 않을 때 가끔씩 열어 보고 싶던 곳이다. 존재 이유 같은 비관적인 관점에서만은 아니었다.

  그 느낌을 인터넷 용어로 구사해 보았다. 내딴에는 기법에 점수를 주어 뽑아 보았다. 이 작품은 내가 소속해 있는 시문학회에서 제시한 배꼽 테마인데 작품화 하느라 애를 먹었다.

  두 번째 시는 〈유전자 그래프〉의 두 번째와 네 번째 연이다.

  유전자 그래프에 의해 정해진다는 생명의 시한이 하루 한 눈금씩 도표 위에서 사라져 가는 듯한 느낌을 도표로 묘사했다.

  어느 날 아침 문득 오늘 하루치의 생명이 또 지워지고 있겠구나 하는 생각으로 시가 쓰여졌다. 생명에 대한 애착의 소산물인 셈이다. 생명의 소멸은 누구나의 고통이리라.

  그래프의 선이 어디서쯤 하향곡선으로 돌아서고 하강하다가 끝내는 제로 점으로 끝이 나는 시점이 우리 인생의 종점이 아닌가. 쓸쓸한 마음으로 쓰여진 작품이다. 이 작품 역시 내용보다 도식적으로 그려낸 것이 내 작품 중에는 색달라서 택해 보았다.

# 신과 인간 존재의 시적 해명

최진연

너는
잘난 꽃들의 이마를 짓밟고 뛰노는
바람이다.
…너는
건초처럼 깔고 뒹굴던
햇빛을 걷어 가는 바람이다.
어둠의 울창한 숲을 불태우고
行方을 감춰 버린
번개다.
어둠에 깔려 버둥거리는 논밭의
四關을 틔우는 동침
천둥소리다.
西山 숲 속의 비밀을 뒤지는 달
얼굴을 서걱서걱 베어 젖히는
갈대다, 너는.
실뱀처럼 눈을 뜨고
기어다니면서
갈대 사이에 숨은 달을
모조리 물고 나오는
물살의 하얀 이빨이다.
— 〈바람의 눈〉에서

**최진연(崔進淵)**

시인, 목사. 전직 교사. 『새벗』 편집장. 『선교와 세계』 편집위원장. 1973년 『시문학』 추천으로 문단에 등단. 시집 《龍浦洞一泊》, 《幻像集》, 《이 가을에도》, 《송파구 잠실동》, 《풀꽃들의 누설》, 《사랑이 찾아온 뒤에야》 등과 에세이집 《길을 묻는 영혼들을 위하여》 등이 있다.

## 시인의 말

〈바람의 눈〉에 나타낸 이미저리는 무의식의 내면세계에서 떠오르는 단순한 풍경들일 수 있다. 이 작품을 쓸 당시는 그러했던 것으로 기억된다. 그런데 지금 생각해 보니 그것은 32세에 입교하고 오래지 않아 이 작품을 쓸 무렵 다시 환속하고 싶은 육신적 인간 존재, 〈바람의 눈〉으로 형상화 된 하나님의 시선으로부터 도망치고 싶은 악에 물든 인간 존재를 표현 해명한 것도 같다. 그러나 그리스도 예수 안에서 사는 지금은 그 눈길이 보호자인 아버지로서 나를 항상 지키시는 것임을 알게 되어 오로지 감사할 뿐이다.

아무튼 이 시는, 신 앞에서 인간은 마치 사막을 걸어가는 한 나그네처럼 그 언행심사까지도 여지없이 드러나 있는 존재임을 말해 주는 것 같다.

성경 '시편'의 시인은 그 자녀들의 선한 감시자이자 보호자이신 하나님을 이렇게 찬양하고 있다.

"내가 주의 신을 떠나 어디로 가며, 주의 앞에서 어디로 피하리이까. 내가 하늘에 올라갈지라도 거기 계시며, 음부에 내 자리를 펼지라도 거기 계시나이다. 내가 새벽 날개를 치며 바다 끝에 가서 거할지라도 곧 거기서도 주의 손이 나를 인도하시며 주의 오른손이 나를 붙드시리이다."

# 자신의 정체성을 찾아가는 길 찾기

하옥이

벼랑에 선 나무들
외로움에 솟구치는 초록 눈물
줄기로 흐를 때
물에 눈물을 띄워 보내며

아— 나도 그림자로 서서
물 위에 잠든 나무들의
사는 법을 배우고 싶다

― 〈나무와 물소리〉에서

나긋한 줄기/ 싱싱한 잎사귀가 되어/ 훼손된 당신의 날들을/ 돌려드립니다

― 〈당신〉에서

말이 깊어지면/ 가슴도 가까워진다

― 〈약속〉에서

**하옥이**

한국문인협회, 작사가협회, 저작권협회 회원. 시집 《비너스의 태몽》, 《구름 위의 방》 등과 가곡집 《별이 내리는 강언덕》, 《내 영혼 깊은 곳에》 등이 있으며, 황희예술문학상, 황진이 문학상 등 수상. 현 도서출판 책나라 대표(월간 신문예 주간).

## 시인의 말

　시는 세계와의 만남, 존재와의 관계 맺기다. 시인의 적(敵)은 상식에서 벗어나지 못하는 것이며 진부한 사고의 틀을 깨지 못하는 것이다.

　무릇 좋은 시란 언어의 사용에 있어서 상투적이고 고정된 사전적 의미가 아닌 낱말 이상의 다른 의미를 지녀야 한다. 그래서 첫 번째 인용시에서는 곧고 푸르게 하늘을 향하는 나무들의 사는 법을 배우고자 희망하며 삶의 구체성을 드러내어 자신의 정체성을 찾아가는 길 찾기를 하고 있는 셈인 것이다.

　또한, 문학의 궁극적 목적은 삶에 대한 인간 존재의 근원적 물음에 대한 탐구라고 본다. 그래서 두 번째 인용시에서는 현실의 삶에 대한 아픔을 구체적으로 풀어 얼룩진 마음을 닦아가고 싶었다.

　어떤 이는 혀에 면도날이 달려 있어 입에서 쏟아져 나오는 말마다 남의 가슴에 비수를 꽂기도 한다. 그래서 세 번째 인용구절에서는 말에는 진정성을 보유해야 된다고 생각한다.

# 허정(虛靜), 무욕, 선(禪)의 표현

하한송

허공에 획을 그어
영영 못 볼 길이라도

쓸고 닦고 지우며 가는
강물처럼 살고 싶다

귀 열어
옷섶 여미면
선(禪)이 깊은 물소리여.
　　　　　　— 〈강가에서 · 1〉에서

**하한송(河漢松)**

본명 하계흔. 시조시인. 1990년 『시조문학』 추천으로 문단에 등단. 통영시 남포초등학교 교장과 섬진시조문학회 초대회장 역임. 현재 한국시조시인협회 이사. 하동문학작가회 부회장.

## 시인의 말

〈강가에서 · 1〉은 3연으로 된 시조인데 내 나름대로 3연을 명구로 본다.

이 〈강가에서 · 1〉은 '세월→회한→선(禪)'이 깊은 물소리의 맥을 지니고 있다.

세월의 흐름을 두고 회한이 젖지 않는 사람이 어디 있을 것인가. 문제는 회한 다음에 갖는 삶의 태도에 있을 것이다. 이 시에서 강물은 세월의 등가적인 의미로 파악하지만, 강물의 속성이나 원형적 심상을 오히려 활용하는 것이다. 강물이 여전히 제 모습 제 색신(色身)으로 흐르는 것은 그것 자체가 허정(虛靜), 무욕, 선(禪)의 표현에 다름 아니다. 여기서 노장(老莊)이나 선불교의 옆구리를 거머쥐고 있는, 지극히 동양적인 해법의 순리에 놓아보는 것이다.

하염없이 흐르는 강물 곁에 앉아 물소리와 함께 하면, 시간과 공간을 초월하게 되고, 모든 것이 다 허망과 덧없음을 알게 되듯이 이 순간이 바로 무욕과 선(禪)의 경지가 아닐까 한다.

# 사랑의 본질과 기하학적 구도

함동선

 어둠의 야국(野菊)꽃 물들게
보라 보라 보랏빛 숨소리 들리는
다리 놓아주고
우리 내외한테는
금가락지만한 사랑을 둘러 끼우는
달아 달아 밝은 달아
　　　　　　　　　　—〈滿月〉 전문

---

**함동선**(咸東鮮)

시인. 황해도 연백 출생. 『현대문학』 추천으로 문단에 등단. 시집 《인연설》 외 다수
상재. 경희대 대학원 국문학과 박사과정 수료(문학박사). 현재 중앙대학교 명예교
수.

## 시인의 말

시 〈만월(滿月)〉은 『현대문학』(1970. 2)에 발표되고, 시집 《꽃이 있던 자리》(1973)에 수록된 작품이다. 위 구절은 시 〈만월〉의 전문이다.

이 시에서 "우리 내외한테는/ 금가락지만한 사랑을 둘러 끼우는/ 달아 달아 밝은 달"이 압권이다. 그 중에서도 '금가락지만한 사랑을 둘러 끼우는/ 달'이 그렇다. 사랑이라는 관념이 둥근 '금가락지'와 둥근 '만월'에 비유되었다.

특히 주목되는 것은 원의 세계이다. '다리'가 원의 세계이고, '내외'가 원의 세계이고, '사랑'이 원의 세계이고, '보랏빛 숨소리'의 공감각이 원의 세계이다. '만월'과 '금가락지'는 원의 구체화이다. 물론 원은 원 이전의 상태, 분화(分化) 상태를 전제한다. 보랏빛 숨소리 이전의 보랏빛과 숨소리의 분화, 다리 놓기 이전의 이쪽과 저쪽의 분화, 내외 이전의 내(內)와 외(外)의 분화, 사랑 이전의 너와 나의 분화 등. 분화에서 원으로가 이 시를 관통하는 주요 관념이라면, 이 관념은 이 시를 관통하는 주요 코드이다. 그 코드는 사랑이다.

# 깨달으며 살아가는 인생의 본질 해명

허만길


🌳 아무리 세상이 어두워도
내 뜨거운 젊음이 살아 숨쉬는 한
영원히 새벽은 밝아 오고
사람은 사람으로
고귀한 자리로 기어이 오르게 하리라
다짐하던 아픈 세월이여.

— 〈젊음〉에서


🌳 그 보이는 모든 것과
그 안 보이는 모든 것
지난 세월, 지금 세월, 다가올 세월
태어나기 전 세월, 태어난 세월, 태어날 세월
이 모두 속
비로소 조그마하고도 든든한
나 하나 하나가 있다.

— 〈모두가 서로의 끈과 힘〉에서

**허만길**

시인, 소설가. 문학박사. 복합문학 창시자. 1989년 『한글문학』(시) 및 1990년 『한글문학』(소설) 신인상 당선으로 문단에 등단. 문교부 교육연구사, 교육부 국제교육진흥원 강사, 한글문학회 부회장 역임. 한국문인협회, 국제PEN클럽 한국본부, 한글학회 회원. 한국진로교육학회 이사. 현재 서울 당곡고등학교 교장.

## 시인의 말

앞의 시 〈젊음〉은 5연으로 되어 있는데, 인용된 것은 제4연에 해당한다. 〈젊음〉은 『순수문학』 2000년 11월호 특집 신작시에 발표했다가, 나의 시집 《당신이 비칩니다》에도 실렸으며, 『순수문학』의 '2000년 올해의 시'로 선정되어 『순수문학』 2000년 12월호에도 실렸다.

어릴 때부터 인생과 인류와 이승과 저승, 그리고 그 모든 것의 의미 관계에 대해 운명처럼 의문에 감싸이며 무수한 진통과 시련을 겪어야 했던 나는 이상과 궁극성의 추구를 위해 젊음을 죽음 이상으로 몸부림하기도 했다. 그 때의 젊음의 정열을 직설과 은유와 상징으로 격정적으로 나타낸 대목이다. 나의 시 〈10대의 그 날들〉도 이런 유형에 속한다.

두 번째 인용 시 〈모두가 서로의 끈과 힘〉은 1999년에 발표한 나의 장편소설 《천사 요레나와의 사랑》의 사건 전개 과정에 처음 실리고, 시집 《당신이 비칩니다》에도 실렸다. 《천사 요레나와의 사랑》은 21세기 이후 먼 인류 역사를 열면서 현재의 인류가 안고 있는 긴요한 과제와 고민을 보다 근원적으로 들여다보고서, 앞으로 인류 역사는 새로운 각오로 살아야 한다는 점을 강조하고 있다.

이 시는 7연으로 되어 있는데, 인용 대목은 제2연의 일부이다. 이 시는 인류의 종교 사이, 종파 사이, 인종 사이, 국가 사이 등 여러 이질 문화 집단 사이에서 나타나는 인류의 차별 및 차등 의식 해소의 필연성을 근원적인 관점에서 해명해 보이고자 했는데, 인용 대목은 모든 개체가 본질적으로는 하나로 이어져 있음을 상기시키고 있다.

# 세상을 살아가기 위한 생명정신

허형만

🌳 겨울 들판을 거닐며
겨울 들판이나 사람이나
가까이 다가서지도 않으면서
아무것도 가진 것 없을 거라고
아무것도 키울 수 없을 거라고
함부로 말하지 않기로 했다
— 〈겨울 들판을 거닐며〉에서


🌳 시골 공소 돌담 아래/ 한쪽 뿌리가 잘린 고욤나무/ 가슴에 받아/
온몸으로 보듬고 앉아 있는/ 소나무 한 그루 있다// 세상을 건너
가다 보면/ 나도 누군가의 포근한/ 가슴이 되어 주고 싶을 때가
있다/ 살면서 누군가의 따뜻한/ 눈물이 되어 주고 싶을 때가 있다
— 〈시골 공소 돌담 아래〉 전문

**허형만**

1945년 전남 순천 출생. 1973년 『월간문학』 신인문학상 당선으로 문단에 등단. 시집 《비 잠시 그친 뒤》, 《영혼의 눈》 등 10여권과 평론집 다수. 목포대학교 국문과 교수. 목포현대시연구소장.

## 시인의 말

　앞의 시는 총 21행의 시인데 그중 마지막 6행을 인용했다. 전문은 제9시집 《비 잠시 그친 뒤》(1999, 문학과 지성사)에 실려 있다. 이 시는 세상을 살아가면서 어떻게 살아야 하는가에 대한 내 나름대로의 성찰이다. 흔히 사람들은 가까이 겪어보지도 않은 채 남의 말만 듣고 평가하거나 예단한다. 이러한 모순은 모든 사물에 대해서도 마찬가지이다. 겨울 들판 한가운데로 들어가 보지 않은 사람들이 겨울 들판은 황량할 뿐이라고 속단하지만, 실제로 들어가 보면 그 안에는 푸른 생명들이 서로를 감싸고 있음을 발견하게 된다. 사람도 어찌 이와 같지 않겠는가.

　두 번째 시는 시 전문 계간지 『시와 사람』에 발표된 작품으로 소나무 한 그루가 불쌍한 고욤나무를 껴안고 있듯이 나 또한 세상을 살아가면서 그렇게 포근한 가슴으로 누군가를 품어주고, 아픔과 슬픔을 나누는 사람으로 살아야 되겠다는 다짐으로 썼다. 참으로 세상 살아가기가 힘들고 어렵다고들 하지만, 그러나 서로가 서로를 위로하고 더불어 살아간다면 세상은 아름다워질 터이다. 우리 모두가 '누군가의 포근한 가슴이 되어주고' 그리고 '누군가의 따뜻한 눈물이 되어' 줄 때 세상은 살 맛이 나지 않겠는가. 그래서 나는 오늘도 수업 시간에 사랑하는 제자들에게 '축복합니다!' 하고 인사를 한다. 물론 나와 함께 숨쉬고 있는 나무에게도, 풀에게도, 햇살에게도, 모두 모두 축복의 인사를 나눈다.

# 단풍의 역동적 이미지와 산의 저항의지

## 홍윤기

🌳 기운 썩 좋은 낯 붉은 아이들
아우성치면서 벼랑 타고 오르는 소리.

성대(聲帶) 썩 좋은 아이들
온통 산에 불 지르는 함성이다.

아니 온몸 속속들이
시뻘겋게 달아올라
이윽고 분출(噴出)하는 화산(火山)이다.

불타는 산 속에서 나도 불붙어
고래고래 외친다.
— 〈단풍〉 전문

🌳 기나긴 역사의 한(恨)이 서린 저 산맥을 타고/ 솟구치는 것은 무
엇인가/ 아직도 머리를 숙인 채 묵묵히/ 고개를 넘고 또 넘어 오
는/ 저 군중들의 기이다란 행렬이 보이는가
— 〈산을 보면〉에서

### 홍윤기(洪潤基)

시인. 외국어대 교수. 서울에서 출생(1933~ ). 호는 귀암(龜岩) 한국외국어대학교 영어과 졸업. 일본 센슈우대학 대학원 국문학과 문학박사. 1959년『현대문학』 추천으로 문단에 등단. 「서울신문」 신춘문예(1959)에 시 〈해바라기〉가 당선. 시집 《내가 처음 너에게 던진 것은》(1986), 《수수한 꽃이여》(1989), 《시인의 편지》(1991), 시해설집 《한국 현대詩·이해와 감상》(1987), 《한국 명시 감상》(1987), 《시창작법》(1992), 《한국 현대詩 해설》(2003) 등이 있다.

## 시인의 말

정한모(鄭漢模) 교수는 앞의 시 〈단풍〉에 대하여 다음과 같은 해설을 하고 있다.

"가을의 '불꽃'이라고 할 수 있는 '단풍'의 이미지를 멀리 정관(靜觀)하는 눈이 아니라, 안에서 용솟음치며 끓어 오르는 힘, 즉 역동적 이미지로 표현하고 있다. 1, 2연은 단풍을 '기운(힘) 썩 좋은 아이들'의 '아우성(고함) 소리'로 비유(은유)한 청각적 이미지로, 3연은 '시뻘겋게 달아올라', '터져 솟는 화산(火山)'으로 비유한 시각적 이미지로 표현하고 있다. 다 같이 살아 있는 힘에 넘치고 있는 이미지들이다. 이러한 세 연을 받아 마지막에서 드디어 '불타는 산 속에서 나도 불붙어/ 고래고래 외치'는 것이다. 역동적인 3개의 이미지들이 적층적(積層的)인 효과를 가지고 마지막 연과 하나가 되면서 이 작품은 완벽하게 짜여진다. '단풍'의 내면적 에너지가 이 시인으로 하여 더욱 역동적인 생명력으로 표출되고 있는 수작(秀作)이다."

다음 〈산을 보면〉은 3연으로 된 시인데 인용 발췌부분은 제2연이다. 박재삼은 일찍이 이 작품에 대해 이렇게 평한 바 있다.

"이 작품은 우선 은유(메타포)의 솜씨가 매우 뛰어난 시라고 하겠다. 『현대문학』 등단 때(1959~59)부터 박두진(朴斗鎭) 선생께서 늘 칭찬했던 홍윤기 시인은 민족적 정서를 순화시킨 품격 높은 시를 우리나라 시단(詩壇)에 꾸준하게 발표하여 오고 있다.

〈산을 보면〉에서는 역사적 3·15부정선거며, 5·16군부사건을 배경으로 이에 항거하는 굳건한 민족의지를 역동적으로 비유하는 상징시의 새로운 모습을 시적으로 승화시키고 있다. 거듭 지적하자면 이 작품은 우리 겨레가 겪어 왔거나 또한 지금도 겪고 있는 겨레의 정한(情恨)이 흠뻑 밴 공감성 드높은 저항(抵抗) 의지와 더불어 그 시심(詩心)이 빛나고 있다. 읽고 다시 음미해 보면 시인의 고매한 기상(氣尙) 또한 우리들 가슴에 뜨겁게 젖어드는 감동적인 시라고 본다."

# 고난을 통한 인격완성과 절대사랑

황송문

 우리 곱게 곱게 익기로 해요
여름날의 모진 비바람을 견디어내고
금싸라기 가을볕에 단맛이 스미는
그런 성숙의 연륜대로 익기로 해요

우리 죽은 듯이 죽어 살아요
메주가 썩어서 장맛이 들고
떫은감도 서리맞은 뒤에 맛들 듯이
우리 고난 받은 뒤에 단맛을 익혀요
정겹고 꽃답게 인생을 익혀요

목이 시린 하늘 드높이
홍시로 익어 지내다가
새 소식 가지고 오시는 까치에게
쭈구렁 바가지로 쪼아 먹히고
이듬해 새봄에 속잎이 필 때
흙 속에 묻혔다가 싹이 나는 섭리
그렇게 물 흐르듯 殉愛하며 살아요
— 〈까치밥〉에서

**황송문**

시인 겸 소설가. 1972년 『문학』 추천으로 문단에 등단. 선문대 교수. 선문대 인문학부장, 국제펜클럽 한국본부 이사, 감사 역임. 현재 한국현대시인협회 부회장. 한국문인협회 이사. 『문학사계』 발행인.

## 시인의 말

　앞의 〈까치밥〉은 기 · 승 · 전 · 결 구성의 4연시로, 은유와 상징, 서정, 향토적 성격의 자유시로서, 죽음의 경지를 초극하여 부활하는 절대사랑을 추구하는 주제를 깔고 있다. 고난을 선량하게 극복하지 않고는 인격의 완성으로 거듭나지 못한다는 성숙의 각성이 종교적, 철학적 차원으로 승화된 시다. 인생이 再生이나 復活로 거듭나게 될 때, 殉愛하는 삶 속에서 그 성숙된 인격의 완성으로 인하여 참된 삶의 존재가치를 찾을 수 있다는 점을 강조함으로써 문학의 예술성과 영원성을 고양하고 있다.

　이 시는 감나무의 감꽃이 감열매가 되고, 마침내 홍시의 상태로 완숙하게 되는 그 성숙 과정을 통하여, 고난을 극복하고 절대가치를 향유하게 되는 인생을 상징적으로 표현하고 있다. 3연은 잘 썩음으로써 장맛이 드는 메주처럼, 서리맞은 뒤에 맛이 드는 까치밥 같은 인생은 고난의 극복을 통해서만이 가능하다는 교훈을 제시하고 있다. 4연에서의 까치는 희망의 새소식을 가지고 오시는 '님'을 상징한다. 희망의 새소식을 염원하는 상징물의 표상인 '까치밥'은 희망의 상징인 까치를 불러들이고, 까치밥은 까치에게 희생, 봉사하고 순애함으로써 절대사랑으로 거듭나는 삶을 형상화하고 있다.

　이 시는 현실의 고난 속에서도 좌절하지 않고 새 희망을 염원하는 우리 민족의 전통적인 정서를 까치밥과 까치라는 토속적 소재를 통하여 명징한 언어로 형상화한 작품이다.

나의 隨筆 나의 名句

# 단풍은 자기 완성, 양보의 향연

강석호

 내 앞에 쏟아져 포도와 찻길을 덮은 은행잎들은 의외로 아름답다. 갓 떨어진 잎들은 아직은 샛노란 싱싱함이 감돌고 한 군데도 때묻지 않은 귀여운 새색시의 비녀장 같다. 그것은 어질게 살아가는 사람들을 찾으러 온 천사들이 바람으로 위장하고 달려와 뿌려준 황금조각인가, 아니면 행운을 전해 주는 葉信인가. 바람에 나부끼는 천사들의 群舞라 할까.

가을의 단풍, 그것은 초목들의 자기 완성이요, 결실이다. 그들은 봄부터 새싹으로 생명의 소생을 보여주고 여름엔 왕성한 녹음으로 시원한 그늘을 주며 가을엔 탐스런 열매를 맺어 인생에 한껏 봉사하고 최후를 장식하는 아름다운 향연을 펼치고 있는 것이다. 그들은 오래지 않아 낙엽이 된다 해도 서운해 하지 않을 것이다. 온갖 잎새들이 다 떨어져버린 裸木, 그것은 청산이요, 양보요, 희생이다. 그들이 낙엽 되어 떨어져 주지 않는다면 다음해 새봄에 새싹을 보지 못할 것이며 초목은 자라지 못할 것이다.

우리 인간들도 나목이 될 수 있으면 좋겠다. 지금까지 잘못 살아온 인생을 해마다 한 번씩 낙엽으로 청산하고 다시 시작하는 기회를 가질 수 있다면 얼마나 좋을까. 실수와 불행으로 얼룩진 나의 인생은 비록 눈보라 치는 겨울의 피나는 인고를 치르더라도 다시 인생의 새싹을 피우고 시작할 수 있는 나목이고 싶다.

— 〈은행나무와의 사연〉에서

**강석호**

『현대문학』 추천으로 문단에 등단(수필). 『월간문학』 신인상 평론부문 당선. 한국수필문학가협회 회장. 한국문학비평가협회 부회장. 한국문인협회 부이사장.

## 작가의 말

나는 지금까지 단풍구경을 기피했다.

사람들이 단풍구경을 간다든가, 가자고 권하면 멸시의 눈길을 보냈다. 뭐 볼 것이 없어서 수분과 체력이 다하여 쇠락해 가는 생명의 마지막 잔조를 보고 즐기는가. 그것은 시들어 가는 갈대를 꺾고 꺼져 가는 등불에 박수를 보내는 인간의 잔인함이며 죽어가는 인간의 몸부림을 즐기며 사진기의 셔터를 찰칵찰칵 눌러대는 그것과 다름이 무엇이겠는가.

그러나 어느 날 나는 출근길에서 비바람에 쏟아지는 은행잎의 세례를 받고 새로운 것을 발견했다. 그것은 죽음의 잔조나 마지막 몸부림이 아니었다.

봄부터 새싹과 무성한 잎, 그리고 풍성한 열매로 우리 인간들을 즐겁게 해주고 이제 자신들의 사명을 다한 축제의 향연 그것이었다.

또한 그 샛노란 잎들은 하늘에서 보내는 귀한 엽신이요, 황금 조각이라고 생각했다. 그리고 잎새들이 단풍이 들고 낙엽이 되고 落葉歸根의 도리를 다하지 않는다면 다음해 새싹은 피지 못할 것이며 식물도 자라지 못할 것이라 생각했다. 우리 인생도 양보와 희생의 도리를 낙엽에서 배워야 한다고 생각되었다. 더욱이 그 은행나무들은 내가 처음 평촌 신도시로 이사갔을 때 묘포에서 뽑혀 그곳 가로수로 이식되어 왔었다. 아직은 정지되지 않는 도로, 건축 중인 아파트들의 엉성한 철근과 뻥 뚫린 창문들, 그 풍경은 신도시 아닌 허허벌판의 어설픈 영화셋트장 같았다. 그곳에 심겨진 가로수들과 나는 같은 운명체로 연민의 정을 갖고 그들을 눈으로나마 사랑하며 함께 삭막한 세월을 달래며 살았다. 그러다가 나의 생활환경이 어느 정도 정돈되자 나는 그들을 까마득히 잊고 지냈다. 그러다가 어느 날 출근길에 떨어지는 은행잎들의 세례를 받고 보니 그들이 그렇게 예쁘고 반갑고 기쁠 수가 없었다. 그래서 나는 그들 잎새를 쓸어안고 얼굴을 부비며 나의 비정함을 아니 나의 배신을 후회했다.

# 고향은 서정의 호수

## 강천형

 '꿈에 본 내 고향이 마냥 그리워' 라는 노래를 나는 애창한다.

이 망향의 그리움은 단순히 고향에 대한 동경만이 아니고, 지금의 나를 옛날의 동심으로 돌아가게 하는 마음의 이정표가 되게 한다. 그래서 고향이 좋고, 고향은 망향을 낳게 하는 것이다.

사람을 순수하게 하는 여러 조건 중에서 고향은 이 세상 어느 것보다도 가장 인간을 순수하게 하는 마음 속의 대지이다. 사노라면, 유년의 꿈과 소망이 오늘을 살아가는 우리들에겐 한 편의 시며 한 편의 그림이 된다.

이 시(詩)와 그림은 고향 산천에서 동심으로 그려졌기에 그것이 아침 이슬처럼 영롱하게 빛이 난다.

이 시(詩)와 그림은 고향을 떠난 사람들에게는 언제나 포근한 어머니의 품 속이요, 순수를 지켜 주는 마음의 등불이 된다.

그래서 고향이 그리움의 대상이요, 서정의 호수가 되는 것이다.

세파가 파도처럼 밀려 올 땐 고향은 추억 어린 동경의 심연이 된다.

— 〈시(詩)가 있는 고향〉에서

**강천형**(姜千亨)
부산진구 문인협회 회장. 국제펜클럽 한국본부 감사. 전 개림중학교 교장.

## 작가의 말

　나는 나의 제3수필집인 《詩가 있는 고향》을 애송한다. 표지에 있는 버드나무 사진을 찍기 위해 고향길에서 몇 번이나 사진기를 메고 갔으나 제대로 된 풍경을 잡지 못하다가 어느 초여름 낮 안개가 자욱히 깔리고 서산으로 해가 질 무렵 무턱대고 눌러대던 사진기 셔터 소리에 나도 모르게 도취된 기분으로 길가에 늘어진 버드나무 그늘을 잡았다.

　산들은 신비롭게 안개 속에 잠겨 있고 파란 새 옷을 갈아입은 버드나무는 신록에 흠뻑 젖어 있는 모습이 내 어머니의 젊은날의 모습이었다.

　푸른 초록의 산야에 함초롬히 흐르는 향수는 지금까지 잊어 온 고향을 찾았을 뿐만 아니라 어머니의 젊은 날을 보는 것 같아 정신 나간 사람처럼 사진기를 돌렸고 그 속에서 어머니의 품안에 잠기는 편안한 순간을 맛보았다.

　그리고 詩가 있는 고향을 그려보았다.

　그 옛날이 그리워 망향의 그리움에 젖어 본 것이다.

　한길가에 늘어선 버드나무의 숲길 속에 낮잠 주무시는 아버지의 얼굴이 떠오르고 신작로의 버드나무에서 일어나는 실바람처럼 어머니의 귀밑머리가 살랑거렸다. 이 망향은 언제나 우리들 마음 속의 아련한 종교라고 단정지어 보았다.

　지금도 나는 《詩가 있는 고향》인 제3수필집을 보물처럼 간직하고 언제나 손에 잘 잡힐 수 있는 곳에 놓아두고 있다.

　세상사가 괴롭고 쓸쓸할 때, 모든 일이 제대로 잘 되지 않을 때, 그리고 얼큰하게 술이라도 한 잔하는 날이면 그 속에 있는 고향의 그리움에 젖어본다.

　그럴 때마다 느끼는 심정은 고향이 있고 그 옛날 동심이 있으니 나이는 들었지만 항상 젊어 있는 것 같고 다정한 서정에 쌓여 있으니 나는 항상 행운아인 것 같다. 고향을 갖게 하고 서정을 있게 하는 詩가 있는 고향을 나는 언제나 동경하면서 같이 살고 있다.

# 낚시에서 얻은 생각

고동주

 사람들은 흔히들 제 나름의 미끼로 무엇을 낚으며 살고 있다. 권세나 재물을 낚기 위해 야망과 모험으로 바쁘게 뛰고 엉킨다.

  인생은 그래서 괴로움에 시달리며 살 수밖에 없는 존재가 아닐는지……

— 〈가을 낚시〉에서


**고동주**

수필가. 1988년 『한국수필』 추천으로 문단에 등단. 「경남신문」 신춘문예 당선. 민선 초대, 2대 통영시장 역임. 한국수필·수필문학 이사. 한국문인협회 이사. 현재 창신대학 부학장.

## 작가의 말

  가을에는 높아진 하늘만큼 바다도 깊어진다. 그 깊어진 바다에 낚시를 드리우면 세상사 괴로움에서 잠시 탈출하는 방법을 찾을 수 있으리라는 생각을 해 보았다.

  물새들이 놀다 간 바위에 앉으면 월척(越尺)의 기대까지 할 필요가 있을까. 그것도 욕심일 터. 차라리 낚시에 미끼를 달지 않아도 될 것이다. 빈 낚시로 건강을 낚고, 자연을 낚고, 아름다운 추억만 낚아도 족하리라.

  잔잔한 파도 속에 밀려오는 추억의 편린들을 만나는 고요한 순간만은 지나친 야망이나 모험 따위가 어찌 끼어 들겠는가.

  가을이 다 가기 전에 빈 낚싯대라도 메고 물빛 고운 바다를 찾아가 무거운 욕심들을 더러 비우고 잔잔한 행복을 낚아 보는 것이 어떨까 하는 자성의 마음을 담아본 글 〈가을 낚시〉 중에서 뽑은 구절이다.

  감히 名句라고 말하기는 부끄럽다.

# 못생긴 것이 돋보일 때도 있어

국승윤

 대충대충 조각한 모습이 바보처럼 생겼으니 못생긴 석불치고는 왠지 마음을 끈다. 못생겼기 때문에 더 정다운 것일까? 완벽한 것이 가장 아름다웠던 옛날의 미의식과는 거리가 먼 것이었다.

그러나 오늘의 미의식은 어떠한가? 바보스럽게 그려진 민화가 각광을 받고 이그러진 듯 콧물이 흐르듯 유약이 흐른 도자기가 관심을 끈다. 천불천탑은 거침없는 자유스러움과 순수성을 가르쳐 주었고 추상과 구상의 세계와 원시와 현대를 마음대로 넘나든 솜씨로 현대미술을 깜짝 놀라게 했다.

— 〈운주사 소견〉에서

**국승윤**

『한맥문학』 시 부문 신인상 및 『수필문학』 수필 당선으로 문단에 등단. 한국문인협회 회원. 한맥문학 동인회 부회장. 한맥문학가협회 이사. 수필문학추천작가회 회원.

## 작가의 말

  앞의 글은 〈운주사 소견(雲住寺 所見)〉의 뒷부분이다. 절은 가람배치의 일정한 형식에 따라 건축되고, 불상이나 불탑, 부도의 형태도 시대별로 다소의 차이는 있으나 대체적으로 그 형태가 유사성을 갖는다. 그러나 운주사(백제의 유민이 조성했거나, 도선국사가 하늘의 석공을 불러 하루 낮 하룻밤 사이에 만들었다고 함)는 일정한 가람배치 방식은 찾아볼 수 없고 석불, 석탑, 부도의 형태도 삼국시대, 고려, 조선시대의 전형적인 것과는 전혀 다른 모습을 갖추고 있다. 과감하게 생략되고, 납작하고, 뭉떵뭉떵하며 격식을 무시한 우리 역사상 유례없는 작품들이 곳곳에 무질서하게 배치(안치)되어 있다.

  그러나 운주사에 흩어져 있는 모든 것들이 우리 문화의 또 색다른 한 부분이었으니 오직 운주사만이 갖고 있는 유일한 특성이라 하겠다.

# 나팔꽃과 강인한 생명력에서 얻은 교훈

권희자

🌲 나팔꽃이 지주목이 짧아서 더 뻗어 갈 수 없으므로 막대기 밑으로 내려가서 다시 올라오는 생명력.

새 지주목이 각이 졌고, 짧아서 자기가 뻗어 가야 할 길이 아닌지 한 번 줄넘기하듯 감아 보더니 장독대 쪽으로 아무렇게나 흘러내려 혼란스럽게 보인다.

비닐끈을 두껍게 꼬아 지붕 위까지 올려서 나팔꽃이 뻗어 갈 수 있는 길을 만들어 주었다. 나팔꽃은 마냥 뻗어 갈 수 있는 길이 열린 것을 아는지 잎잎이 싱싱하게 보였다.

꽃의 수명이 몇 시간밖에 되지 않지만 자기의 삶을 위해선 누구의 간섭과 방해에도 좌절하지 않고 끊임없이 자기의 길을 찾아 꽃을 피우며 자기의 소임을 다하는 나팔꽃.

— 〈나팔꽃이 가는 길〉에서

### 권희자

수필가 · 시인 『수필문학』 추천으로 문단에 등단. 『자유문학』 신인상 동시부문 당선. 『자유문학』 편집위원. 한국수필문학회 이사. 한국문인협회 회원. 현대수필문학, 송현수필문학, 크리스천문학 회원.

### 작가의 말

　흙이 고물처럼 묻은 실낱 같은 나팔꽃 뿌리를 화분에 옮겨 심고, 성장 과정과 그 속성을 관찰하였다.

　연약한 식물이 자기의 목적을 위해선 누구의 간섭과 방해에도 좌절하지 않고, 칠전팔기의 힘을 다해서 자기의 길을 찾아 꽃을 피우는 노력이 참으로 눈물겨우며 나팔꽃이 살아가는 치열한 모습을 통해 우리 인간이 삶의 방향을 바로 잡아야 하며 끊임없이 노력하면 목적을 이룬다는 깨달음에서 이 글을 썼다.

# 왜 사랑하는가를 안다면

김가영


🌳 사랑이라는 것은 물 위에 비치는 그림자와 같은 것이어서 실체를 더 잘 보려고 하면 형태가 없어진다. 또 떨어져서 보면 분명히 거기에 무엇이 있는 것처럼 보인다.

그래서 이 사랑이 진짜인가, 가짜인가를 생각해 볼 때도 있다. 실은 그 자체가 무의미한 것인데.

— 〈같이 사는 것도 재능〉에서


🌳 남자에게는 달아나는 여자의 계산이 보이지 않는다.

남자가 둔한 게 아니라 그런 것에 관해서는 여자가 훨씬 위다. 남자의 등은 무방비지만 여자는 다르다. 무방비한 등을 보이는 여자는 없다. 이 세상 어디에도.

— 〈또 하나의 연애론〉에서

**김가영**
수필가. 1992년 등단. 저서 《여자가 남자를 사랑할 때》 외 다수. 현재 제주수필문학회 회장.

## 작가의 말

만남이 있으면 헤어짐이 있다.

진심으로 사랑하는 여자에게 '아름다운 만남'은 있어도 '아름다운 이별'은 없다. 이별은 소중한 사랑의 종말이다. 아픔이다. 그런데도 왜 우리는 사랑을 하는가. 사랑도 사람처럼 나이를 먹고 그렇게 죽어 가기 때문이다.

아름다운 석양에는 아름다운 노을이 있다. 그리고 그 다음은 추억이라는 달이 뜬다. 몇 개의 눈물 같은 별을 거느리고. 사랑과 여자에게 비밀이 없다는 것은 무맛이고 무의미다.

왜 사랑하는가를 안다면이란 얘기는 아마도 모르기 때문이라는 의미에 대한 수줍은 어리광이 아닐까.

# 자연의 섭리와 범사에 감사

김규련

 황새도 영물일까. 산골의 날씨는 무섭게 추워지려는데 짝을 버리고 혼자 남쪽으로 갈 수 없었던 애절한 황새의 정. 조류(鳥類)에 따라서는 암수의 애정이 별스런 놈도 있다지만 그것이 모두 그들의 본능이라 했다. 그러나 어쩐지 그들의 하찮은 본능이 오늘 따라 인간의 종교보다 더 거룩하고 예술보다 더 아름답게 느껴지는 까닭이 무엇일까.

— 〈거룩한 본능〉에서


🌳 그런데 해장국 한 그릇을 먹고도 진심으로 고맙다는 생각을 했을 때 느껴 오는 이 흐뭇한 행복감! 범부는 먼저 매사에 감사드리는 마음부터 닦아야 되는가 보다.

— 〈해장국 한 그릇의 행복〉에서


**김규련**

수필가. 영양군 · 고령군 교육장과 경상북도 교원연수원장 역임. 1968년 『수필문학』 추천으로 문단에 등단. 현재 수필창작 활동중.

## 작가의 말

　앞의 발췌문은 〈거룩한 본능〉이란 수필의 마지막 문단이다. 고도화로 치닫는 물질문명과 편리 위주의 경박한 사회문화는 마침내 생명존중의 가치 붕괴와 자연 파괴, 인간성 상실과 자원고갈, 수많은 종(種)의 소멸과 공생 기틀을 무너뜨리고 있다. 자연섭리의 경시 풍조는 인간사회에 카오스를 촉진시키고 있지 않는가. 따라서 인간은 있으나 인격은 없고 예술은 있으되 예술성은 없으며 종교는 있으나 기도는 없고 저주할 줄은 알아도 감사할 줄은 모른다. 이에 대한 경고로 이 수필을 써봤다.

　그리고 다음 발췌문은 〈해장국 한 그릇의 행복〉의 끝 문단이다. 나는 되도록 곱게 늙어 가려고 때때로 선현들이 보여준 좌망(坐忘)과 선정(禪定), 무위자연이며 지관(止觀)의 흉내를 내봤지만 그 참 경지를 느껴 볼 수 없었다. 그런데 작은 일에도 진심으로 감사를 드려 봤을 때 나의 내면세계에 비로소 고요함이 찾아드는 것을 알 수 있었다.

# 공통된 추억의 가치와 아버지

## 김기동

🌳 아지랑이가 시야를 혼란시키는 밭고랑과 논두렁에는 나물 캐는 여인들이 누비고 있었다. 이러한 봄 풍경이 아름다운 농촌 그림 같지만 실은 낭만이 아니다. 그 지겨운 보릿고개를 견디어 보려는 전야제와 같은 시동이었다. 나물을 캐다가 국을 끓여 먹기보다는 마땅히 곡기가 들어가야 할 빈 창자에 나물로 그 공간을 채우려는 의도가 더 많았기 때문이다.

— 〈I·M·F〉에서

🌳 그때 나는 우리 아버지의 얼굴을 쳐다볼 수가 없었다. 해는 서산 너머로 막 넘어가려 하고 마지막 햇살이 주름진 아버지의 얼굴을 쏘아붙일 때 아버지의 얼굴에는 눈물과 먼지로 범벅이 되어 있었기 때문이다. 자기의 무능함 때문에 남의 집살이하는 아들의 아픔을 자신의 죄책으로 느끼시는 것 같은 안색이셨다. 나도 왈칵 눈물이 나와 소맷자락으로 문질렀다. 마지막 햇살은 아버지가 빌려 사시는 운택이네 집, 금세라도 무너질 듯한 그 집 아래채 벽 쪽을 리버티 뉴스에 나오는 스크린 속의 한 장면처럼 환히 비추었다.

— 〈정자나무〉에서

**김기동**(金箕東)

아호 월산(月山) · 시무언(視無言). 신학박사 및 목회학 박사. 목사 겸 수필가. 『한국수필』 추천으로 문단에 등단. 제3회 한국문학예술상, 제22회 한국수필문학상 수상. 현재 베뢰아국제대학원대학교 총장. 서울성락교회 담임감독. 한국수필가협회 이사. 기독교 서적 170여 권 저술.

## 작가의 말

  앞의 발췌문은 〈I·M·F〉란 수필의 중간 부분이다. 나는 늘 내가 살아온 평생에 영영 잊을 수 없는 보릿고개의 추억을 문학으로 승화시켜 보려는 꿈이 있었다. 여유 있는 현대인들이야 그것이 나와 무슨 상관이 있느냐고 반문하겠지만, 굳이 상관시키려는 내 고집은 그때 그 일을 아무 감정 없이 솔직하게 사실대로 표현함으로써 현장을 보존하고 싶었기 때문이다. 도시로 변하고 있는 현대 농촌의 현실은 시장 같은 살벌함마저 감돌고 있어 아름다운 이야기의 산실이라 하기에는 부족한 것 같다. 나는 문학에 대한 애정, 그리고 표현에 대한 무한한 자유와 사명감을 느끼면서 농촌의 이야기를 도시인의 감정으로 덧입히지 않고 도시인들이 이해 못할 농촌의 고(苦)와 미(美)를 형상화했다.

  두 번째 발췌문은 〈정자나무〉의 중간 부분이다. 내가 살았던 고향은 월산을 뒤로하고 마을 입구에 마치 수호신처럼 육백여 년 간 버티고 있는 느티나무가 있어 추억의 넓은 자리를 차지하고 있다. 나는 우리 아버지와의 십육 년간의 인연을 영원히 잊지 못할 것이다. 내 평생에 신앙은 성경에서, 그리고 인격은 우리 아버지로부터 교훈을 받았다 해도 과언은 아니다. 나는 아버지와의 부자관계에서 인간관계를 생각해 본다. 이것이 인간이 아니겠는가. 부자지간만이 교통할 수 있는 정신의 극치를 나는 체험했다.

  해가 서산 너머로 넘어가는 광경은 내가 아버지의 눈물 고인 얼굴을 마지막으로 똑똑히 보게 된 운명 같은 일이었기에 정자나무 아래서 정면으로 보이는 아버지의 방벽을 마치 다큐멘터리 필름을 영사하듯 추억하면서 이를 수필로 형상화했다.

# 공중전화 앞의 애환 그리고 기타

김녹희


🌳 사람들은 이렇게 가지가지의 이야기들을 전화기 뒤의 벽을 쳐다보며 한다. 나란히 서 있는 석대의 전화기 뒤 벽에는 수화기를 잡고 있는 사람에 따라 여러 가지 얼굴이 그려지고 사라지고 한다. 친구의 얼굴이, 일가 어른의 모습이, 회사의 상사가, 가게의 점원이, 사랑하는 사람이, 귀여운 딸아이의 얼굴이… 얼굴뿐일까? 전화를 거는 그 사람의 세계도 진화기 위로 한동안 나타났다가 사라진다. 그렇기에 공중전화 앞에서 나는 수많은 세상을 본다. 그리고 하얀 벽에 그려지고 있는 수많은 얼굴들을 본다.

— 〈공중전화 앞 스케치〉에서


🌳 우린 별 말이 없이 헤어졌다. 너무나 많은 말이 가슴 속에서 치밀었지만 그녀의 공허함을 무엇으로도 채울 수 없는 걸 알기에 아무 말도 나오지 않았나 보다. 한 손에 케익 상자를 든 채 어제 샀다는 예쁜 물방울 무늬 옷을 입고 저만치 걸어가는 그녀는 힘이 하나도 없이 무너져 내려앉을 것만 같았다. 몇 달 전에 보았던 그녀라고는 믿기지 않을 만큼 아주 작아 보였다. 그녀가 남에게는 물론 남편에게도 절대 보이지 않고 참아 왔던 눈물이 그 뒷모습에 흥건히 괴어 있었다.

— 〈그녀의 뒷모습〉에서

**김녹희**

수필가. 함경남도 출생. 이화여대 교육공학과 졸업. 1997년 『수필문학』 추천으로 문단에 등단. 한국수필문학가협회, 강남문인협회, 청다문학회 회원.

## 작가의 말

〈공중전화 앞 스케치〉는 몇 년 전 남편이 입원한 일이 있어 병원을 집 삼아 머물던 시기에 느꼈던 작은 이야기다. 누구나 휴대폰을 갖고 다니는 요즘, 이런 공중전화 풍경은 전설이 되어 버렸다. 병원이라는 특수한 영역 속에서 공중전화 앞은 가지가지 애환으로 가득했다.

전화를 하는 이들은 뒤로 길게 줄을 이은 사람들을 마주볼 수 없어 모두들 하얀 벽을 쳐다보며 얘기했다. 나도 그 벽을 함께 바라보며 그네들 눈에 보일 전화선 저쪽의 얼굴과 그들이 속한 세상을 그려 보았다.

인용문은 본문 끝 문단의 한 부분이다.

〈그녀의 뒷모습〉은 성실했던 남편의 믿지 못할 배신에 무너져 내리던 한 외국 여성의 이야기다. 외교관인 남편이 러시아 임지에서 사무실의 바람둥이 여비서와 사랑에 빠져 아내에게 이혼을 요구하고, 그녀는 어떻게 해서든 가정을 지키려 애쓰지만 거의 소용없을 게 확실한 상황에서 내가 전혀 도움이 되지 못했던 안타까움을, 미안함을 전하고 싶었다.

인용문은 본문의 거의 마무리 부분이다.

# 사랑은 그것을 아는 자만의 특권

김달호

사람이 살아가는 이유는 무엇인가, 좋아하는 것이 있기 때문이다. 사랑은 어떤 대상을 가장 좋아하는 감정이다. 1차원적인 사랑은 본능적인 남녀간의 사랑이나 부모가 자식에게 무조건적으로 갖는 모성애 같은 것이다. 그 다음 단계가 자신과의 이해관계를 떠나 남을 생각하는 봉사 등으로 2차원적인 사랑이다. 3차원적인 사랑은 너와 나를 뛰어넘는 깨우침으로 가는 지식사랑이라고 생각한다. 지식사랑은 보편적인 지혜를 만들어내는 정신적 생산자이다.

— 〈사랑이란?〉에서

**김달호**

『수필문학』 추천으로 문단에 등단. 한국문인협회, 국제펜클럽 한국본부, 강남문인협회 회원. 경인여대 겸임교수, 서울교대 강사 역임. 현 대한상사중재원의 중재인. 석탑산업훈장 수상. 수필집 《상사맨은 No라고 말하지 않는다》 상재.

## 작가의 말

이 글은 1998년 5월 서울신문의 칼럼 〈굄돌〉에 기고한 글 중에 나오는 말이다. 이 칼럼의 내용이 CBS 방송 고도원의 아침편지에 소개가 되기도 했다. 문학은 실체와 상상력을 동원해 많은 사람들이 보편적인 진리를 만들어 가는 과정이라고 생각한다. "상상은 지식보다 중요하다"는 아인슈타인의 말처럼 상상은 모든 과학의 아버지이기도 하다.

누구나 가슴 저미는 사랑을 꿈꾸지만 사랑은 늘 미완성이다. 왜냐하면 사랑은 끝이 없는 무한욕망이 빚어내는 찰나의 환상인지도 모른다. 그래서 시중에 회자되던 '사랑보다 더 무서운 것이 정'이라는 말처럼 사람들은 사랑을 잘 인지하지 못한다. 상대를 잃고 나서야 사랑을 느끼거나 이해하게 되는 경우가 많다. 사랑은 공기처럼 늘 우리 주위에 있다. 단지 그것은 너무나 많아 사랑을 아는 사람만이 느끼는 특권이기도 하다.

# 감사와 인연의 소중함

김만봉


일본의 어느 술집에서 아가씨가 고맙다는 말을 써가면서 너무나도 친절하게 대해 주기에 '나를 언제 보았다고 이처럼 친절하게 대해 주느냐'고 했더니 아가씨는 도리어 어리둥절한 표정으로 '그게 무슨 말씀이요, 제가 오늘은 선생님 덕택으로 살고 있는데 어떻게 친절하지 않을 수 있나요…' 하고 웃음지으며 또 한 번 '고맙다'고 정중히 인사하더라고 했다. 우리도 이런 점을 배워 선진국민으로 발돋움을 해야 하지 않을까.

— 〈感謝의 삶〉에서


모름지기 우리의 삶에도 대자연의 춘하추동이 있음과 같이 유년기, 청소년기, 장년기, 노년기의 사계절이 있다. 씨가 싹이 터 줄기와 잎이 푸름을 자랑하다가 아름다운 꽃을 피우고 마침내 종자를 맺고 시들어 말라 죽게 된다. 누구나 바라기는 이 짧은 일생 동안 순탄하고 보람되게 살아 남의 욕 먹지 않고 후회없이 살다가 저세상으로 가는 것이다. 그러나 그것이 내 마음대로 되는 것이 아니다. 모두가 인연이다. 길을 가다가 소매 끝만 스쳐도 500번 태어나고 죽기를 반복했을 때의 인연이라 했다. 그런데 하물며 한 가족으로, 한 이웃으로, 친구로써 관계를 맺으며 살아간다는 것이 얼마나 소중한 인연일까.

— 〈人生! 人生? 人生.〉에서

### 김만봉

수필가. 국제펜클럽 한국본부 회원. 한국불교문인협회 고문. 서울교원문학 지도위원. 광진문인협회 고문. 수필문학천작가회 회장 역임. 배명중학교 교장 역임. 국민훈장 동백장 받음.

## 작가의 말

앞의 인용문은 〈感謝의 삶〉의 맨 마지막 부분이다.

감사한 '삶'에는 항상 기쁨과 보람이 따르기 마련이다. 아무리 어렵더라도 인간의 '삶' 자체를 긍정적으로 받아들일 때에는 감사한 마음이 생기기 마련이다.

비단 사람뿐 아니라, 하늘과 땅, 밤하늘에 반짝이는 무수한 별……, 산촌초목이며, 아름다운 꽃, 청아한 물의 노래, 우주 삼라만상도 감사의 대상이다. 항상 감사한 마음으로 욕심없이 남에게 베품으로 살았으면 하는 마음에서 글을 쓴 것이다.

특히 일본의 어느 술집 아가씨가 손님에게 감사해야만 하는 이유를 밝히는 그 말을 두고두고 음미해 볼 만한 명구라 싶다.

〈人生! 人生? 人生.〉의 글은 人生은 유한한데 너무 돈! 돈!… 하거나, 권세, 명예만 쫓다 보면 인생은 너무 허무하다. 멋있고 값있고 보람되게 살았으면 하는 마음에서 철학적인 명제를 택했다.

특히 인용 부분에서는 짧은 인생에 있어서 관계를 맺은 인연이 그 얼마나 소중한가를 강조해 보고자 했다.

# 생태학적 발상과 화려체의 표현기법

김문원

 억새꽃 바다에서 산꿩들이 파닥이며 하늘을 오르고 있었다.

포물선을 그어대는 산꿩들의 비상이 가을의 운치를 더해 주고, 불룩한 배를 내밀어 주는 듯한 虛空이 사랑스러워 보이기도 했다.

제주도의 자연은 모두가 순박해 보였다.

— 〈황금물결 억새꽃 바다〉에서

**김문원**(金文園)

수필가. 교직생활 28년. 1994년 『문예사조』 신인상 수필 당선으로 문단에 등단. 한국문인협회 회원. 청다문학회 회원. 에스쁘아문학상 수상(2004년).

## 작가의 말

발췌문은 『지구문학』 2003년 가을호에 발표된 수필 〈황금물결 억새꽃 바다〉의 55행과 56행 부분이다.

나는 문학정신을 生態學的 共同體의 理念具現에서 출발하고 있다.

날이 갈수록 무분별한 인간들의 자연 파괴로 지구가 죽어가고 있다.

'인간은 자연사랑, 자연은 인간사랑' 이 아니면, 인류는 행복을 누릴 수 없다고 본다.

미래학자들의 말에 의하면 '21세기 중반 지구상에서 인간의 생명이 사라진다' 고 예언을 하고 있다.

이러한 긴박한 상황에서 문학이 한가롭게 외면만 할 수 없다고 본다.

그런 의미에서 자연에 대한 환경 친화적 사상을 은은한 향기로 풍기게 하고 있는 것이다.

예시한 구절의 표현 근본의 뜻은, 자연과 동물이 서로 사랑하는 장면을 내 나름대로 수사적 표현으로 극대화시켜 보았다고 밝히고 싶다.

# 두려움에 대한 상념

김미숙

🌳 우리를 두렵게 만드는 건 악인일까, 선인일까. 착한 사람이 우리를 더 두렵게 만드는 것 같다. 악한 사람은 욕하고 비판하면 그만이지만, 착한 사람은 관성처럼 가고 있는 삶에 브레이크를 걸기 때문에 움찔하게 되고 고통을 안겨주기 때문이다. 난 타인과 나 사이에 곧은 줄을 그어 놓고 한 눈금까지 따지고 헤아리며 티격태격해 왔다. 그것이 결국 내가 딛고 선 땅도 송곳처럼 좁게 만들 뿐이라는 걸 전혀 깨닫지 못한 채.

— 〈아름다운 이야기〉에서

🌳 귀엽고 맑은 아이들의 모습에서 나는 내게 없는 순수를 배우고, 내가 그네들에게 줄 수 있는 것은 지극히 작고 초라한 것들 뿐임을 절감한다. 누구에게 무얼 가르친다는 건 또 얼마나 두려운 일인가.

— 〈프로크루스테스의 침대〉에서

**김미숙**

수필가. 1995년 『창작수필』 신인상 당선으로 문단에 등단. 한국문인협회 회원. 창작수필문인회 회원.

## 작가의 말

　'타인'과 '관계'라는 단어에 깊이 빠져 있다. 앞의 발췌문은 수필 〈아름다운 이야기〉의 뒷부분이다. 며칠 전 세상을 떠나신 아버지의 영정 앞에서 올바르게 세상 사는 법에 대해 많은 생각을 해보았다. 세상 존재하는 모든 것들은 다 나보다 아름답다는 생각이 들었다. 그 아름다운 것들보다 더 아름답게 살리라 아버지와 약속했다.

　다음 발췌문은 수필 〈프로크루스테스의 침대〉 중간 부분이다. 의식의 고착(固着)이 얼마나 무서운가를 내가 가르치는 아이들에게서 절감하는 요즘이다. 남을 가르친다는 건 정말 두려운 일이다. 더구나 백지처럼 아무것도 그려져 있지 않은 아이들의 마음 바탕에 어떤 밑그림이 되어 주어야 하는 어른의 노릇에 있어서랴.

# 가요는 한 편의 서정시 · 기타

## 김미자

🌳 흘러간 가요는 우리 민족의 애환을 담은 역사의 한 부분이다. 구구절절한 가사는 시대의 반영이고, 우리네 정서를 듬뿍 담고 있는 한 편의 서정시다.

— 〈사모곡〉에서

🌳 비좁은 둥지를 벗어난 후에도 일주일 가량 양어미에게 의존하는 뻐꾸기도 얌체지만, 진짜 제 새끼인 줄 아는지, 아니면 품고 기른 정을 뿌리칠 수 없어서 남의 새끼에게 정을 쏟는 것인지, 그것도 아니면 그렇게 하는 것이 그들만의 불문율일는지는 알 수 없다.

— 〈뻐꾸기 왈츠〉에서

### 김미자

수필가. 1999년 『현대수필』 추천으로 문단에 등단. 한국문인협회, 한국수필학회, 현대수필문인회, 한국문장사협회 회원. '화요문학' 동인. 현재 『현대수필』 편집위원. 수필집 《마흔에 만난 애인》, 동수필집 《복희 이야기》, 퓨전집 《애증의 강》 등이 있다.

## 작가의 말

첫 작품집 《마흔에 만난 애인》 중에서 두 편을 골라 봤다.

〈사모곡〉에서 발췌한 부분은 어느 독자로부터 작은 소책자를 내는 데 인용하고 싶다는 편지를 받고 찾은 문장이다. 내 작품에서도 인용할 만한 부분이 있나 하고 다시 들춰보니 그런 대로 의미 있는 문장이라 생각되어 재음미하게 되었다.

대중가요를 저속하다고 생각했는데 나이 들면서 생각이 바뀌었다. 대중가요의 가사는 젊은 세대들이 즐기는 국적 불명의 노래보다 의미 있고, 정감이 있으며 시대의 흐름을 반영한 한 편의 서정시와 같다는 느낌을 그대로 표현했다.

한창 인기상승하고 있던 '사모곡'이라는 대중가요를 들으면서 시골에 계시는 시어머니를 생각했다. 가사의 내용이 마치 우리 어머니를 모델로 쓴 것처럼 느껴져 작품으로 쓰게 되었다.

〈뻐꾸기 왈츠〉에서 발췌한 문장은 IMF 이후, 경제적 어려움으로 가정파탄이 늘면서 살기 힘들다고 자녀를 쉽게 포기하는 젊은 부모와 6, 70년대에 해외로 입양 갔던 입양아들이 양부모 밑에서 훌륭하게 잘 자라 말도 통하지 않는 혈육을 애타게 찾는 장면을 뉴스로 보면서 6월만 되면 탁란해 놓은 새끼를 되찾겠다고 이 산 저 산 헤매며 애절하게 우는 뻐꾸기가 떠올랐다.

자식이 부모를 찾고, 부모가 자식을 양육하고, 보호하는 것은 동물의 본능이다. 남의 둥지에 알을 낳는 뻐꾸기도 제 자식 찾아 모아 겨울을 나기 위해 동남아로 떠나는 것으로 책임과 의무를 다하는데, 하물며 우리 인간이 제 자식 거두는 최소한의 본능을 저버려서야 되겠는가 하는 자성적 의미로 〈뻐꾸기 왈츠〉를 썼다.

# 자신과의 싸움에서 느낀 뿌듯함

김민섭

🌳 라이온스 354-D지구 등산대회에서 1등을 했다. 당시 대회장은 강원도 각흘산(838m)이었는데 보통 산행으로 3시간쯤 소요되는 거리다. 정상 근처의 야트막한 봉우리를 지날 때는 길도 없는 비탈을 가로질러 달려야 했다. 가슴이 미어질 듯 숨이 차 오르고, 헉헉거리다 보니 입안이 바짝바짝 말랐다. 머리가 화끈거리고 전신은 땀에 젖었다. 양다리가 뻐근하여 그냥 주저앉고 싶었다.

마라토너 황영조 선수는 올림픽 때 반환점을 돌아서도 너무 힘이 들어 차라리 차에 깔려 죽고 싶은 심정이었단다. 그때마다 어머니를 떠올리면 더 힘이 솟더라고 했다. 나도 가벼운 현기증까지 일었지만 잘 뛰고 오라던 회장의 얼굴이 떠올랐다.

시상식에서 사회자가 시니어급 1등하고는 한참 뜸을 들이다가 '서초 클럽 김민섭' 하고 목청을 높여 호명하는 순간, 눈물이 핑 돌 듯이 기뻤다. 자신과의 싸움에서 이겨냈다는 뿌듯함에서다.

— 〈그 날의 열정〉에서

**김민섭**

수필가. 경찰에 입문-경찰 정년퇴임. 월간 『수필문학』 추천으로 문단에 등단. 수필문학추천작가회 회원. 한국수필문학회 이사. 한국문인협회 회원.

## 작가의 말

　지난 5월 국제라이온스협회 354-D 지구의 연례행사인 등산 대회는 남녀 520여명이 참가했다. 희사금만도 2천여만 원으로 D지구 총 8,000 회원이 벌이는 큰 잔치인 셈이다. 나는 서초 클럽의 개인자격으로 출전했다. 남녀 혼성 60세 미만과 이상의 연장자로 구분하여 각각 개인과 단체전이었다. 이 대회 시니어급에서 1등을 하게 된 결과는, 이제껏 살아오면서 많은 수련과 수 차례의 기절까지도 체험했었다.

　한 번은 대학시절 학군단별 전국 ROTC 대항 무장경기 선수로 선발되어 연습을 할 때였다. 배낭의 내용물이 10kg, 철모에 M1소총을 걸머지고 군화까지면 몸에 지닌 무게가 20kg이다. 무더운 칠팔월 오후 1~3시 사이에 9명, 1개 팀이 일정 속력으로 달리는 지프차를 따라서 뛰는 훈련이다. 그 날은 컨디션이 나빴던지 도착지점 100여 미터를 앞두고 눈앞이 뿌옇게 흐려졌다.

　그 후로는 기억되지 않았으나, 눈을 떠보니 동료들이 누워 있는 내 손발을 주무르고 있었다. 유명 선수는 극한 상황에 졸도를 해 가면서 연습에 연습을 거듭하여 기록을 경신한다. 우리는 그 열의에 박수를 보내며 신선한 쾌감을 만끽한다.

# 눈물의 의미와 그 메타포

## 김상희

눈물은 아픔을 먹고 자란 한 포기 나무다. 겨울의 삭풍과, 열사(熱沙)의 땅, 그 여름의 불볕더위를 이겨내지 못하면 열매 맺을 수 없는 기이한 나무다. 아픔을 먹어야, 삶은 비로소 무늬 고운 비단이 되고, 영롱한 심포니가 되고, 시가 되고, 조각이 된다. 로댕의 조각에는 삶의 고뇌가 있다. 고뇌를 삭이려는 눈물이 청동의 사이사이로 흘러 내린다. 그 아픔의 승화를 릴케는 언어로 아로새겼다. 그래서 릴케의 시를 외면 가을 같은 슬픔이 호수처럼 안으로 괸다. 감동이 물살로 밀려든다.

눈물은 만국공통어다. 눈물 앞에서 일상의 언어는 입을 다문다. 말로써는 다할 수 없는, 가슴과 가슴의 가장 깊은 곳을 흐르는 오묘한 밀어(密語), 눈물은 그런 언어를 쏟아 붓는다. 국경의 닫힌 철조망을 열어제치는 이 위대한 언어 앞에서 웅변은 오히려 침묵한다.

눈물! 하늘은 스스로의 청정을 위해 풍요의 비를 내리시고, 나에게는 영혼의 치유를 위해 이 티 없는 보석을 내려 주셨다.

— 〈눈물의 美學〉에서

### 김상희(金尙禧)

수필가. 1949년 「문예신문」 시부문 당선으로 문단에 등단. 1994년 『수필문학』 추천 완료. 한국문인협회 회원. 부산문인협회 이사. 영호남수필문학회 부산회장. 수필집《정으로 열려 가는 공화국》,《화려한 반란》 등이 있다.

## 작가의 말

　자연이나 우주의 신비, 또는 일상의 체험에 보편적 의미를 부여하는 일, 그리고 그 의미를 미적으로 형상화하는 것, 이 두 가지를 수필 창작의 요체로 삼고 있는 나는 창작에 있어 언어와 그 구조에 민감하다. 하여 내 글은 서정성이 짙으면서도 그 밑바닥엔 철학적 사유가 녹아 흐른다. 철학적 사유란 결국은 삶의 예지다.

　나는 발췌한 글에서 '눈물을 도도한 카타르시스의 물결'이라 은유하고, 눈물을 통해 맑고 향기로운 영혼과 그 영혼의 비옥(肥沃)을 소망했다.

　의미와 미학의 만남은 비유와 함축과 내포의 언어(connotation)로 이룰 수밖에 없다. '눈물은…… 한 포기 나무다' 하는 글이나 '눈물은 만국공통어다' 등은 은유적 표현이다. 마지막의 '티 없는 보석' 역시 '눈물'을 가리키는 은유다. 이 은유적 표현은 의미나 정감의 다양성을 얻을 수 있는 문학적 장치다. '위대한 이 언어(눈물) 앞에서 웅변은 오히려 침묵한다'란 글은 강조를 위한 역설(逆說)의 방법이다. '국경의 닫힌 철조망을 열어제치는 이 언어'라는 표현은 의인(擬人)과 은유가 함께 쓰인 예이며, '국경', '닫힌 철조망' 등의 언어 선택은 현실 비판의 뜻을 내포하고 있는 화합을 소망하는 의도적 표현이다. 하나의 사소한 언어 선택도 이렇게 메시지 강조의 한 방법이 됨은 물론이다.

# 환경윤리학적 문학사상의 구상화(具象化)

김시원

🌳 자유를 가장하는 자는 갈대밭으로 가라.
자유를 잃고 슬퍼하는 자도 갈대밭으로 가라.
갈대밭은 가장 자유 주의자들만이 모여서 사는 자유군락지대이다.
— 〈갈대밭 散調〉에서

🌳 사슴의 뿔에다가 내 머리를 내밀어 보고 싶어진다.
사슴의 뒷발에다가 내 가슴을 내밀어 보고 싶어진다.
— 〈사슴의 눈빛〉에서

### 김시원(金始原)

수필가. 소설가 본명 金正熙.「전북일보」(1958년),「평화신문」(1960년)에 수필 발표하며 문단 활동 시작.「전북일보」(1961년) 신춘문예 소설로 등단. 수상집 《대바람소리》, 《갈대밭 산조》 등이 있다. 한국민족문학회 자문위원. 한국신문학회 고문. 한국문인협회 회원.『월간문학』 편집위원 역임.『지구문학』 발행인 겸 주간.

## 작가의 말

앞에 예시한 발췌문은 수필집《갈대밭 散調》에 수록된 표제의 수필〈갈대밭 산조〉 20쪽의 3행과 4행이다. 편집자의 기획 취지에 따라 '나의 수필 나의 名句'라고 불러본다.

현대의 문학정신은 '환경윤리학'이나, '생태철학' 또는 '생태학적 공동체'에서 출발되어야 한다고 본다. 현대사회는 인간들의 무분별한 과욕에 따라 지구가 파괴되고, 지구의 온난화로 무서운 재난을 받고 있다. 이에 따라 인류문명의 멸망에 직면하고 있다고 보아도 과언은 아니다. 그런 의미에서 펄밭에서 살고 있는 갈대밭을 사랑하게 된 것이다. 인간은 자유를 잃기 전에 자유를 사랑하고, 자유를 사랑하기 위해서 자연을 사랑해야만이 자연은 인간을 보호하게 된다는 문학성을 고취하게 된 것이다. 따라서 갈대밭에 대한 미적 감동을 수필로 써본 것이다.

"자유를 가장하는 자는 갈대밭으로 가라./ 자유를 잃고 슬퍼하는 자도 갈대밭으로 가라."

다음은 수필〈사슴의 눈빛〉에 숨어 있는 한 구절이다. 이 수필에 대해서도 앞에서 말한 문학정신과 동일하다. '생태학적 공동체'에 역점을 두었다. 동물이나 식물들은 인간에 대하여 암적 존재로 보고 있다. 무차별적으로 동물을 살육하고, 식물들을 벌목하여 자연을 파괴하고 있다는 말이다. 문학정신은 당연히 동물과 식물을 사랑해야 한다고 본다. 동물에 대한 사랑하는 마음으로 예찬을 해 본 것이다.

"사슴의 뿔에다가 내 머리를 내밀어 보고 싶어진다./ 사슴의 뒷발에다가 내 가슴을 내밀어 보고 싶어진다."

# 요지경 세상과 내 신심(信心)의 무게

## 김영탁

🌳 우리나라 8도 가운데 평안도 인심은 순후(醇厚)하여서 제일이요, 다음은 질실(質實)한 경상도 풍속입니다. 함경도는 오랑캐와 접경하여 백성이 모두 굳세고 사나우며, 황해도는 산수가 험악한 까닭으로 백성들이 거개가 사납고 모질고, 강원도는 산골짜기 백성으로 몹시 불손하고, 전라도는 오로지 교활함을 숭상하여 그런 일에 움직이기 쉽습니다. 경기도는 도성(都城) 밖의 야읍(野邑)은 백성의 재물이 시들어 쇠하였고, 충청도는 오로지 세도와 재리(財利)에만 따릅니다.

— 〈졸보기로 본 筆禍〉에서

🌳 새로 오신 보좌신부님이 첫 강론을 하였습니다.

사람이 죽어서 천국에 가면 미안한 것 3가지가 있다고 했습니다.

첫째, 이렇게 좋은 곳에 혼자 와 있는 것이 미안하고, 천국이 있다고는 하지만 이승의 좋은 순간만 하겠느냐는 마음에 죽기가 싫었는데, 천국이 이렇듯 좋은 것을 보고는 혼자 와 미안하다는 것입니다.

둘째, 다시 유가족에게 돌아가고 싶은 마음이 없기에 미안하다는 것입니다.

셋째, 내 힘으로 올 수 없는 곳인데, 성인들의 통공(通功)과 가족들과 이웃의 기도를 통해 온 것이 마냥 미안하답니다.

— 〈經外聖書〉에서

### 김영탁(金泳卓)

영동고등학교 근무 명예퇴직. 『수필문학』 추천으로 문단에 등단. 수필문학추천작가회 회장 역임. 서라벌예대 · 중앙대 문창과 총동문회 부회장. 강남문인협회 부회장. 『역사와 문학』 편집위원. 교육부 국편사료위원.

## 작가의 말

〈갯마을〉의 작가 오영수는 이중환(李重煥)의 저서《택리지(擇里志)》를 인용, 〈특질고〉란 제목으로 소품을 써서『문학사상』지에 게재한 바 있습니다. 그런데 이것이 탈이 나 오영수는 문인협회로부터 제명을 당합니다. "전라도는 오로지 교활함을 숭상하여 그런 일에 움직이기 쉽다" 하였거늘 이 문구가 그쪽 사람들에게는 서운했던 지라 분기중천하였고, 오영수는 지상을 통하여 사과를 하는 등 화해를 시도해 보았으나 여의치 않아 낙향하니, 그 길로 병발이 더치어 두문불출하다가 이 세상과 하직합니다. 따지고 보면 얼굴 붉힐 일도 제명시킬 일도 아니거늘, 글선비 사회에서 일어났던 일이라 더욱 마음 아픕니다.

보좌신부님의 첫 강론 '천국 감회'는 의미 심중하였습니다. 그리고 난제의 화두였습니다. 신부님이 하신 말씀이기에 더욱 그렇습니다. 죽음은 산 자의 남은 몫이요, 슬프면서 슬픔을 달랜다고 했습니다. 하느님을 가슴에 안고 하는 모든 일은 봉사며, 그것은 기도로 이루어진다고 했습니다. 성당을 나가는 저에게도 지워진 책임이 하나 있습니다. 장의예절 때, 신부님 곁에서 성수(聖水) 시중드는 일입니다. 성수 시중드는 일은 참으로 조심스럽습니다. 저는 성수잔 잡은 손이 늘 떨립니다. 신심이 약한 때문입니다. 성당이 크고 교우가 많은 때문인지 선종(善終)하는 분이 많습니다. 찬송가를 부르며 교우를 보내는 장례미사의 분위기는 참으로 엄숙합니다. 향을 사르고 성수를 뿌려 고인을 천상으로 인도하는 신부님의 기도 속에 교인들은 하느님의 모습을 확인한다고 했습니다. 저는 '아멘'을 할 때 눈을 감습니다. 그런데 그 '아멘' 하는 순간 분심이 일어 마음이 괴롭습니다. 이 또한 신심이 약한 때문입니다. 이렇듯 신심이 약하니 성수 시중들 자격이 없다는 것이지요.

종내 하느님 품 안에 들지 못한다면 이 일을 다른 교우께 넘기렵니다.

# 삶이란 죽음 앞의 예고된 이별연습

## 김 원

🌳 사람이 나고 가는 것은 물과 같은 것이다. 흐르는 물을 막는 것은 순간적으로는 될지 몰라도 어쩔 도리가 없는 법이다. 공자도 '흐르는 물을 보고 가는 자는 물과 같다(逝者如流)'라고 했다. 흐르는 물은 그대로인 듯 보이지만 같은 물이 아니다. 산천이 같다 하지만 같을 수가 없다. 새 생명이 가는 생명을 계속 이어가고 있다. 어쩌면 우리는 단지 예고된 이별 속에 살 뿐이다.

— 〈사랑방 우리 할배〉에서

### 김 원(金源)

수필가. 경북 안동 출생. 『수필문학』 추천으로 문단에 등단. 서울시립대 대학원장 및 부총장 역임. 현재 서울시립대 명예교수. 한국수필문학가협회 이사. 한국문인협회 회원. 저서 《진짜 칼국시 교수가 되려면》, 《만남, 기쁨 그리고 이별》, 《문화가 지역을 살리네》, 《집으로 가는 길》 등이 있다.

## 작가의 말

나는 어려서 할배들 속에서 자랐다. 집성촌으로 소문난 안동 내 앞(川前) 마을에서 11대 주손의 위상에 걸맞게 할배들로부터 각별한 사랑과 관심을 받았다. 증조부, 조부, 종조부 3형제분이 바로 가까운 할배들로 우리 사랑방을 꽉 메웠고, 더러 집안 할배들도 큰집 사랑방을 들락거렸다.

그런데 유독 할배들 가운데 넷째 종조부 할배만이 남고 모두 돌아가셨던 몇 해 전 나는 우연히 비 오는 창문 밖으로 어렴풋이 나타난 고향 사랑방의 옛 모습이 떠 올랐고 병석에 누워 계신 넷째 할배의 사랑방 이야기가 생각났다.

이 글은 내가 자라면서 기억에 남는 할배들이 한 분 두 분씩 세상을 떠나신 것을 회상하여 넷째 할아버지마저 사그라져 가시는 모습을 애통해 썼던 〈사랑방 우리 할배〉의 뒷부분이다.

생로병사는 생물의 필멸진리인 만큼 어쩔 도리는 없지만, 나도 그렇게 될 것이 확실하다. 이 글은 넷째 할배로부터 받은 사랑의 빚을 갚을 길 없어 안타까운 마음에서 마지막 작별을 예고하고 쓴 것 같다. 이 작품이 발표되고 1년 뒤에 그 분은 작고하셨다. 이제 사랑방을 지켰던 사람은 나만이 남아 있을 뿐이다.

# 첨언 논어의 명구 그리고 치마폭의 모정

## 김일두

논어(論語)에 '인자(仁者)는 요산(樂山)하고, 지자(知者)는 요수(樂水)한다'고 했다. 나는 여기에 즐기고 좋아하는 두 가지를 더 보태고 싶다.

그 하나는 '문자(文者)는 요석(樂石)한다'는 사실이고, 다른 하나는 '산자(山者)는 요우(樂友)한다'는 사실이다.

글을 가까이 하는 사람은 옛 선비가 아니더라도 오늘날 수석을 좋아하는 애석인이 많아지고 있기 때문이고, 산에 오르는 산행인은 아무리 모르는 사이라 할지라도 모두 쉽게 산우(山友)가 되어 노소동락할 수 있게 되기 때문이다.

— 〈山者樂友〉에서

어린 아이가 어머니 뱃속에서 자라나는 곳이 편안한 곳이기에 아이의 궁(子宮)이라고 한다. 궁은 궁실을 뜻한다.

이다지도 편안한 궁에서 열달을 자라다가 궁밖으로 태어나오자마자 아이가 옮겨지는 또 다른 궁은 바로 엄마의 품안에 안겨서 젖을 빠는 엄마의 치마폭이 아니고 무엇이겠는가.

틀림없이 엄마의 치마폭은 어린 아이에겐 한없이 따스한 곳이고, 비길 데 없이 포근한 보금자리인 것이다. 그러므로 엄마의 치마폭은 젖먹이 아이의 포대기(襁)이고, 요람(搖籃)이다.

그러다가 젖먹이 아이가 좀 커진 후에도 엄마의 그 넓은 치마폭은 자식을 기쁘게 하여 주기도 하고, 슬픈 것을 위로해 주기도 하고, 자식의 허물도 덮어주고 모든 것을 감싸주는 것이 되고 있는 것이다.

— 〈치마폭〉에서

**김일두**

수필가. 법조문인. 한국수필가협회 부회장. 국제펜클럽 한국본부 자문위원. 수필집 《알몸인간》 등 5권 상재.

## 작가의 말

나의 현재까지의 일생은 검사 30년, 변호사 23년의 법조생활 그 것이었다.

검사라는 직업관에서 멍든 사회와 죄지은 사람을 비판하면서도 딱딱한 직업적인 스트레스에서 벗어나려고 신변잡기의 수필을 쓰 기도 하고, 자연을 상대로 하는 사진촬영, 수석 감상 등 잡동사니 (어원은 散異) 취미를 갖게 되었고, 그중 수필 쓰기와 수석 취미는 여전히 현역이라고 자처하고 있는 터다.

앞에 발췌한 글도 수석에 관한 글들을 쓰면서 논어에 나온 '仁者 樂山, 知者樂水'의 말 외에 요즘 세상에는 '文者樂石과 山者樂友' 두 가지를 더 보태고 싶어서 쓴 글이었고, 두 번째의 발췌글은 오늘 날의 어린 아이가 엄마의 젖을 빠는 따스한 치마폭에서 밀려나 우 유만 먹고 자라나는 탓인지 아이들의 성질도 소뿔로 들이받는 저항 성과 포악성으로 변하는가 하면 어떤 자녀는 결혼한 후에도 엄마의 치마폭을 벗어나지 못하고 마마보이와 마마걸이 생기고 있다는 기 이한 현상에 대하여 생각해 보는 글귀이다.

# 사랑의 속성 그리고 별들의 노래

김장호


🌳 삼라만상을 창조하신 하나님의 사랑 오경에 도달하려는 불타의 자비 인 (仁)에 바탕을 두고 천하를 주유(周遊)하던 공자의 어진, 사랑 고대 철학으로부터 현대의 과학문명에 이르기까지 사랑의 혈맥이 이어져 21세기 초현대적 문명사회를 이룩하게 된 것이다. '이 세상에 사랑이 없다면' 암흑의 소용돌이일 뿐 만물의 영장이라는 인간을 비롯 산천초목과 온갖 금수류 바닷속의 어족 패류 등 모든 생물이 죽음에 이르고 지구 전체가 폐허가 될 것이다.

— 〈사랑의 산책〉에서


🌳 인간은 찬연한 광명체이다. 사람은 빛의 결정체다. 신비로운 발광체다. 인간이 밝은 빛을 발할 때 어둡고 혼탁한 세상은 밝게 빛난다. 우리는 마음속에 헤아릴 수 없는 밝은 빛으로 삶의 의미를 부여하고 사명을 깨달아야 한다. 별처럼 아름답고 찬란하게, 태양처럼 힘차고 뜨겁게, 달처럼 은은하고 부드러운 세상이 되기를 바람은 나만의 소망은 아닐 것이다. 우리는 하늘처럼 넓고 바다처럼 시원하고 대지처럼 포용력이 넘칠 때 활기가 넘칠 것이다. 아침에 솟는 태양처럼 밤하늘에 반짝이는 별들처럼 아름다운 삶을 추구하면 얼마나 좋겠는가.

— 〈별들이 빛나는 창공을 보며〉에서

**김장호**
수필가. 한국문인협회 회원. 한국수필문학회 이사. 한국크리스천문학가협회 이사. 풀꽃아동문학회 회장 역임.

## 작가의 말

앞의 발췌문은 〈사랑의 산책〉이란 수필의 앞 부분이다. '사랑이란 무엇인가'라는 평범한 진리는 정신생활의 기본적 감정이며 윤리 도덕상 가장 중요한 개념의 하나로 여러 가지 정서충동을 변화시키고 포섭하는 하나의 동인(動因)으로서 공동보편의 선을 지향하는 정신생활의 궁극적 덕이라 여겨진다.

인간은 사랑을 먹고 사는 동물이며 사랑은 만병통치약이라 한다. 사랑은 남을 위해 희생하고 봉사하는 것으로 아낌없이 줄 때 기쁨을 맛본다.

사람은 얼굴이 아름다운 것이 좋고 그보다는 마음이 아름다운 것이 가장 좋다고 한다.

그리고 그 다음 발췌문은 〈별들이 빛나는 창공을 보며〉의 끝 부분이다.

세상이 너무 혼탁하고 삶에 지쳤기에 희망적인 노래를 부르며 별처럼 아름답고 찬란히 빛나는 세상이었으면 한다. 광활한 대지를 내려다보는 높고 넓은 하늘의 별들을 헤아리며 허공에서 창조의 싹을 뽑아내는 지혜 있는 생활인으로 여러 번의 삶으로 신생을 맞이하자.

능력껏 새로 창조하는 삶, 심장의 피를 새롭게 하고 양심을 갈아 끼우며 더럽혀진 것을 씻어내는 청정인의 삶이라야 아름다운 하늘의 별을 보게 될 것이다.

# 진정한 행복이란

김종선

🌳 행복! 행복이란 도대체 무엇일까? 어떻게 사는 것이 행복한 삶일까? 지위가 높고, 돈이 많으며, 아름답게 생긴 사람이 행복한 것일까? 꼭 그렇지는 않은 것 같다.

지위가 높은 사람이 행복하다면 요즘 무슨 무슨 게이트에 깃털이니 몸통이니 하여 자고 나면 붉어지고 자고 나면 터져 언제 자기에게 불똥이 튈지 몰라 전전긍긍하며 불안에 떨고 있으며, 돈이 많은 사람들은 돈을 더 많이 벌려고 권력자들에게 뇌물을 마구 먹여 놓고 저승사자처럼 물고 늘어지는 꼴들을 보면 행복은 돈과 지위와는 별 관계가 없나 보다.

— 〈아름다운 마음씨는 행복을 가져다준다〉에서

**김종선**

시인 겸 수필가. 사진작가. 호 운해. 1991년 '중앙문예' 동인으로 활동. 1999년 월간 『문학21』 신인상 시 당선으로 문단에 등단. 2001년 『지구문학』 신인상에 수필 당선. 한국문인협회 회원.

진정한 행복이란

## 작가의 말

발췌문은 계간 『지구문학』 2002년 봄호에 실린 〈아름다운 마음 씨는 행복을 가져다준다〉란 수필의 앞부분이다.

미국의 '듀크 메디칼센터'에서 발표한 행복에 관한 연구 보고서를 보면 사람이 행복을 느끼게 되는 것은 쾌감을 갖게 하는 '토파민'이라는 물질이 뇌 속에 생성되기 때문이라고 한다. 이 물질은 마약 같은 화학물질에도 들어 있지만 이는 일시적이며 습관성으로 부작용을 낳게 되나, 사랑하는 사람을 포용하거나 좋은 경치를 보고 감탄할 때, 다른 사람에게 봉사하거나 칭찬을 들을 때, 마음이 편안하고 만족감을 느낄 때 이 '토파민'이라는 물질이 생성된다고 한다. 그런데 우리 사회에서는 알 만한 지도층 인사들이 줄줄이 비리에 연루되어 국회에서는 청문회를 하고, 검찰에서는 지금도 누구누구를 내사하고 있으며, 벌써 많은 정치인들이 구속되어 구치소에 교섭단체를 구성할 만큼 여러 명의 국회의원들이 들어가 있다고 매일 신문과 방송에서 톱뉴스로 보도되고 있는 것을 보면서 어떻게 사는 것이 바른 삶이며 어떤 사람이 행복한 사람일까? 하고 생각해 보았다. 그런데 문득 우리 사무실에 청소를 맡아 하는 연세 지긋한 아주머니가 하루는 한 손에는 걸레를 들고 또 한 손에는 물컵에 장미꽃 한 송이를 꽂아 들고 출근하는 내 뒤를 따라 들어오며 '부장님! 이 꽃 참 예쁘지요? 즐거운 하루 되세요!'라고 말하며 내 책상 위에 그 꽃을 놓고 웃는 모습이 그렇게 화사하고 행복해 보일 수가 없었다. 남들이 천하게 여기는 청소업무를 하고 있어도 자기가 하는 일에 긍지를 가지고 즐겁게 한다면 행복할 수 있구나 라고 생각하며 그 아주머니를 통해 행복이란 말을 정리해 본 것이다.

# 동병상련 그리고 죽음의 정사

## 김중위

🌳 끝없이 벌어지고 있는 격전, 그리고 그 격전 중에 생겨나는 삶과 죽음, 온갖 음모와 사술(邪術), 천군만마(千軍萬馬)의 포효와 신음소리, 그 모두를 말없이 두꺼운 가슴 한복판에 숨겨 놓은 채 조용히 묵상하고 있는 듯한 이 바둑판이 한동안 내 애인도 되고 스승도 될 듯한데 처지로 보면 나와 비슷해 더욱 그런 애처로움으로 바라보고 있는 것인지도 모르겠다.

— 〈바둑판에의 애상(哀想)〉에서

🌳 바다 저 멀리 시꺼먼 구름 떼가 조금씩 보이기 시작했다. 어느새 보석 같은 바다는 그 모든 현란한 의상을 집어 던진 채 솟구쳐 구름 떼를 끌어 안고 온 몸을 뒹구는 것이었다.

구름이 바닷 속 깊이 빨려 들어가 잠길 때까지 바다는 그렇게 구름과 서로 엉켜 죽음의 정사를 즐기고 있었다.

— 〈카리브해에의 추억〉에서

**김중위**
고려대학교 정경대학 및 동 대학원 졸업(정치학 석사). 『사상계』 편집장. 초대 환경부 장관. 12, 13, 14, 15대 국회의원.

## 작가의 말

앞의 발췌문은 16대 국회의원 선거에 낙선한 직후 어떤 고물상에서 1만원을 주고 산 바둑판을 놓고 쓴 글이다.

다리 하나 남아 있지 않은 상처 투성이의 몸통인 채로 주인으로부터 버림받아 내팽개쳐진 바둑판을 주워다가 쓸고 닦은 후 마주 대하고 보니 그 신세가 마치 나와 너무나 흡사해서 넋두리 삼아 쓴 글이다.

비록 주인을 잃어 처량한 신세가 되었지만은 그 지니고 있는 기품이나 재질, 연륜이 보통이 아닌 것으로 여겨져 나는 한동안 그를 애인으로 삼아 실의(失意)의 시간을 보냈다.

산골에서 자란 나는 소나기는 언제나 천둥 번개를 동반하는 것이고 그럴 때에는 무조건하고 비를 피해 달아나는 것으로 습관화 되어 있었다. 그러던 어느 날 다 큰 어른이 되어 알몸으로 바다수영이 하고 싶은 치기(稚氣)가 생겨 카리브해 한복판에서 만용을 부리고 있을 때 천둥도 번개도 없이 몰려드는 구름을 보고 바다가 하늘로 치솟아 구름을 맞이하는, 참으로 경이로운 광경을 보고 황홀감에 젖어 오랫동안 그 경험을 마음 속 깊이 간직하고 있다가 7~8년이 지난 뒤에야 쓴 글이다.

# 인생길과 현재적 삶의 중요성

## 김진수

세상 길은 여러 사람이 함께 오갈 수 있는 길이지만 인생길은 오직 나만이 갈 수 있는 길이다. 세상 길은 마주치면 멈춰 가는 길이지만 인생 길은 마주치면 상처를 입는다. 세상 길은 갔다가 되돌아 올 수 있는 길이지만, 인생 길은 한 번 가면 다시는 되짚을 수 없는 길이다. 자기가 걸어 온 길이 부끄러워 되물리고 싶어도 절대로 되물릴 수 없는 길이다. 지금 자기가 걸어 온 길이 못마땅하면 다른 길을 선택할 수 있는 것이 세상 길이지만 인생 길은 한 번 들어서면 쉽사리 그 길을 벗어나기 힘들다.

— 〈약속의 꽃봉오리〉에서

찻집의 공기가 물을 끼얹은 듯 눅눅하다. 혼자 말을 하던 나도 잠시 한 생각에 잠겼을 때 B수필가가 침묵을 깨고 말을 꺼냈다. 선생의 이야기를 듣고 나니까 〈첫날〉이란 시가 커다란 울림으로 다가오네요. "오늘은 그대 남은 날들의 첫날/ 부디 지난날의 회한에 물들지 마오/ 추억은 손가락 사이로 빠져 나가는 눈꽃/ 결코 잡히지 않는 내일을 근심치 마오/ 희망은 숨어 있는 것/ 다가서면 멀어지는 신기루." 아름답지만 손이 닿는 순간 녹아버리는 눈꽃 같은 추억과 신기루처럼 잡힐 듯 잡히지 않는 모진 희망에 애착을 갖지 말라는 뜻이잖아요. 끓다 끓다 수증기가 된 언어 같아요. 묵묵히 찻잎을 우려 찻잔을 채우던 스님이 그 말을 받았다. 애착을 끊어버리면 그 순간이 니르바나랍니다. 짧은 한 마디가 치자꽃 향기 같다.

— 〈어떤 다비식〉에서

**김진수**

1992년 『창조문학』 신인상 당선으로 문단에 등단. 제1회 창조문학대상, 충북수필문학상, 청주문학상 수상. 한국문인협회, 국제펜클럽 한국본부 회원. 한국창조문학가협회 운영위원장. 한국수필가협회 이사. 충북여성문인협회 회장. 수필집 《숨은 나》, 공저 《물 건너온 연지》 등 다수.

## 작가의 말

앞의 인용은 〈약속의 꽃봉오리〉라는 수필의 서두 부분인데 세상 길의 이미지와 인생 길의 이미지를 비교해 보면서 녹록치 않은 인생 길을 표현하고 싶었다. 인생 길은 상처받기도 쉽고, 되돌릴 수 없는 길이기에 정말로 엄숙한 길이다. 조심스럽게 가야 하나 머뭇거려서도 아니 되며, 자신이 가야 할 길을 가는 지혜가 요구된다. 가다가 가끔씩은 걸어 온 길을 되돌아 봐야 한다. 어느 지점이 고갯길이었으며, 어느 지점이 내리막 길이었는지를 살피는 것 못지 않게 중요한 일이다.

다음 인용은 〈어떤 茶毘式〉의 맨 마지막 구절이다. 어떻게 사는 것이 잘 사는가에 대한 성찰적인 내용이다. 과거와 미래에 얽매이지 말고 현재에 집중하는 삶의 중요성을 말하고 싶었다. 과거와 미래는 집착이요 애착이다. 집착은 마음의 끈이 거기에 있음을 뜻한다. 나란 존재는 '지금 여기'에 있지 않고 과거나 미래에 있다면, 지금 이 순간 나를 잊고 있는 것이다.

어떻게 살아야 할 것인가에 대한 정답은 없다. 그러나 이미 가버린 과거나 아직 돌아오지 않는 미래에 마음을 두는 것보다 '지금 이 순간'에 마음을 두는 삶은 매우 현명한 일이라 생각한다.

# 희망과 좌절의 명암

## 김진식

🌳 어느 날 빈 바람을 그득히 안고, 들길을 걸어가면 길섶이나 논두렁의 어디에서나 피어 있는 풀꽃들을 바라보며, 그 담박한 송이송이 위로 쏟아지는 햇살을 새삼 느낀다. 맑은 바람에 씻기고 흔들리면서 얼마나 다정하고 은밀한 것인지, 얼마나 쓸쓸하고 외로운 것인지, 얼마나 서럽고 애처로운 것인지, 온갖 정감이 오고 간다. 자연의 위대한 순환으로 마련한 이름 없는 잡초들의 소망의 이룸을 저 부신 햇살인들 못 본 체하겠는가.

그 풀꽃의 눈물겨운 의지의 보람을 생각하면 터질 듯 가슴이 미어진다. 쓸쓸한 바람처럼 벌판을 내달으며, 이 작은 송이 송이들을 흔들어 보며, 풀꽃을 생각해 보는 것은 무슨 까닭인가.

— 〈풀꽃을 생각하며〉에서

🌳 어느 날 갑자기 예기치 않았던 운명이 길을 막아설 때 환상의 풍경은 내연하는 마음의 심지에 붙은 불꽃처럼 맹렬한 몸짓으로 나를 맞이한다. 어쩌면 그것은 나의 불꽃이라는 것이 맞을 것이다.

내 앞에 우두커니 서 버티는 운명의 진폭과 모습에 따라 행, 불행의 채색과 명암이 나의 발치에 따라붙는다. 그처럼 목타게 바라던 소망이 뜨락으로 성큼 다가왔을 때 그것을 어떻게 맞을까 하며 기쁨의 몸짓으로 그 호젓함을 숨쉰다. 흡사 저 멀리 아득히 부풀어가는 하늘 끝으로 그득히 넘치는 싱싱한 푸르름, 그것은 피어나는 나의 계절일 것이다.

— 〈꿈꾸는 풍경〉에서

**김진식**
수필가 겸 아동문학가. 한국문인협회 경기도 지회장, 경기대 겸임교수 역임. 수필집 《잊혀진 이름들》, 《혼자 걸어가며》 등이 있다.

## 작가의 말

글은 곧 사람이라고 하지만 또한 상황의 소산이기도 하다.

첫 번째 글은 어두운 시절, 역사의 소용돌이가 할퀴고 간 그 곳 사북은 정적에 쌓여 있었지만, 산하에서는 풀꽃들이 흐드러지게 피고 있었다. 그때의 감회를 쓰고 제목을 〈풀꽃을 생각하며〉로 달았다. 풀꽃의 생명력이 이때처럼 장하게 닿아 온 적이 없었다.

두 번째 글은 스스로의 삶을 돌아보며 희망과 좌절의 명암을 투시해 본 것이다. 희망과 좌절은 계절처럼 순환하는 것이었고, 그것을 일컬어 인생이라 하거나 운명이라 해도 받아들일 수밖에 없다.

# 우산과 의료보험에서 얻은 깨달음

## 김 학

우산을 함께 받아보면 사람들은 세 가지 유형으로 나누어진다. 우산대를 자기 쪽으로 기울게 잡는 이기적(利己的)인 형, 어느 쪽으로도 기울어지지 않게 똑바로 잡는 중립적인 형, 상대방 쪽으로 기울게 잡는 이타적(利他的)인 형. 그러한 행동은 거의 무의식적으로 나타나기 때문에 거기에서 단편적이나마 그 사람의 인간성을 엿볼 수도 있다.

결혼상대를 고르려거든 비가 억수같이 주룩주룩 쏟아지는 날 우산을 함께 받고 걸어보는 것도 좋다. 그때엔 우산대를 자연스럽게 남녀가 번갈아 가면서 잡을 일이다. 우산 잡는 자세 한 가지로 백년해로의 대상을 고른다는 것은 단어(單語) 하나를 보고 작품 전체를 평하는 것처럼 어리석은 짓이라고 웃어 넘길지 모르나, 적어도 이기적인 사람인가, 이타적인 사람인가의 여부는 짐작할 수 있다.

— 〈우산, 그 사랑의 밀실〉에서

돌이켜보면 나는 일곱 살에 '가장'이란 옥좌에 올랐다. 무려 78년을 집권한 고구려 장수왕보다는 짧지만 나도 53년이란 장기 집권을 한 셈이다. 서른 하나의 젊은 나이에 이승을 떠나신 아버지의 뒤를 이어 '가장'이 된 나는 대학을 졸업할 때까지 어머니의 수렴청정(垂簾聽政)으로 어렵사리 가정을 이끌어 왔었다. 온갖 어려움을 겪으며 대학까지 마쳤다. 제대 후 직장에 나가면서부터는 내가 받은 월급으로 가정을 꾸려갔다.

— 〈우리 집의 정권교체〉에서

**김 학(金鶴)**

수필가. 1980년 『월간문학』 신인상 수필 당선으로 문단에 등단. 전북문인협회 회장, 전북수필문학회 회장, 대표에세이문학회 회장 역임. 《아름다운 도전》 등 수필집 8권. 한국수필상, 펜문학상, 영호남수필문학 대상, 동포문학상 대상 등 수상. 전북 펜클럽 회장, 전북대 평생교육원 수필창작 전담교수(현).

## 작가의 말

　앞의 발췌문은 〈우산, 그 사랑의 밀실〉 중반부에 나오는 부분이다. 내 수필에는 언제나 메시지가 담겨 있기를 바란다. 내가 독자에게 전하고 싶은 건더기는 바로 메시지다. 음풍농월보다는 독자가 공감할 수 있는 메시지를 담으려고 노력한다. 나는 동지 팥죽 같은 글을 쓰면 좋겠다고 생각한다. 동지 팥죽에 들어 있는 새알심이 바로 메시지라 생각하기 때문이다.

　비가 오는 날이면 누구나 우산을 받는다. 우산을 함께 받고 걷다 보면 우산대를 잡은 사람의 마음을 읽을 수 있다. 이기적인 형, 이타적인 형, 중립적인 형 세 가지로 나타난다. 그것은 무의식적으로 이뤄지는 행위이기 때문에 그 사람의 본심을 읽을 수 있다. 여기에서 착안하여 한 편의 수필로 엮은 것이다. 연인들이 우산 한 개를 함께 받고 도란거리며 걷는 모습을 보면 우산이야말로 사랑의 밀실이란 느낌을 갖는다.

　다음 발췌문은 〈우리 집의 정권교체〉란 작품 앞 부분이다. 16대 대통령 선거를 앞둔 시점에서 착상하였기에 정치적인 제목을 붙여 보았다. 나는 일곱 살에 아버지를 여의고 가장이란 자리에 올랐다. 재위 53년이란 장기집권이었다. 내가 정년퇴직을 하니 의료보험이 당장 문제였다. 그러다 큰아들이 취직을 하게 되니 내 의료보험에 들어 있던 식구들 이름이 큰아들 직장의료보험에 모두 옮겨가게 되었다. 내가 보호자에서 피보호자로 탈바꿈한 상징적인 결과를 바로 의료보험에서 발견할 수 있었다. 그것이 바로 이 작품을 구상하게 된 배경이다. 정년퇴직을 한 독자라면 당연히 공감하리라 믿는다.

# 직선과 곡선의 어울림과 조화

## 김현규

🌳 우리의 역사는 가치관의 직선적 맞부딪침보다도 개인의 이기적, 당파적 직선과 곡선의 맞부딪침이 더 많았던 것 같다.

우리는 지금 남북 화합으로 통일을 이루어 보려는 조심스런 곡선적 도전에 직면해 있다. 그러나 햇볕정책은 어디서 어디까지이며, 우리의 정체성은 어디까지 지켜져야 하는 것인지! 두 개의 양심적 곡선이나 직선이나가 정교하게 조화되어서 전쟁 없고 반목 없는 새 역사, 새 문화가 창조되기를 바랄 뿐이다.

우리들의 옛 골기와집처럼, 우리 여인들의 한복처럼, 직선과 곡선이 잘 조화된 아름답고 여유 있으며 평화로운 세상이 오기를 기원하고 또 기원한다.

— 〈직선과 곡선〉에서

**김현규**(金賢珪)

수필가. 충북 청주 출생. 1991년『수필문학』추천으로 문단에 등단. 청주 대성고·청석고 교감, 단양 매포중·충북 청산고 교장 역임. 한국문인협회 회원. 한국수필문학추천작가회 회장. 수필집《一松亭 푸른 솔은》, 《새벽을 열며》, 《돌아오는 봄빛》, 《原色感動》등이 있다. 수필문학상 수상.

## 작가의 말

우리 민족은 언제부터인가 다른 이의 의견을 받아들이는 데 인색해졌다.

곡선적 골 기와장이 지붕 위에 얹어지면 직선적 조화가 형성되는 이치를 잊어버린 지 오래인 것 같다. 정치판이고 직장이고 지역간이고 모두가 이기적 직선으로 일방통행만 고집하기에 혈안이고 남을 받아들이는 문화는 창안해내지 못한다.

지금 남북이 갈라져서 서로 으르릉대며 직선적으로만 내달리는데 또 한 번의 동족상쟁을 불러오게 될런지도 모를 일이다.

파란 하늘로 가볍게 치켜올린 추녀의 곡선미는 직선의 원통기둥이 떠받치고 서 있는 투박한 장중미 때문에 이루어진 것이라는 것을 깨달아야 할 것이다.

지금은 직선과 곡선이 조화하는 문화가 절실한 시대인가 한다.

# 가슴의 진정한 의미 그리고 치열한 예술혼

김혜식


🌳 허기사 여자에겐 가슴이 두 개이다. 인체의 흉부인 가슴, 그리고 젖가슴이 그것이다. 흔히 유방도 총체적으로 가슴으로 일컬어 말하니 그분은 아마 내 젖가슴에 불이 붙었다고 생각했었나 보다. 그러나 그의 말을 곰곰이 되새겨 보니 왠지 은근히 화가 치밀었다. 아무리 여자가 가슴이 두 개이지만 왜 하필이면 내 마음의 불을 성적인 것으로만 치부했을까. 여자에겐 이성과 감성을 주관하는 마음의 보고인 인간적인 가슴은 없고 아이를 양육하는 젖과 여성의 성감대인 유방만 있다고 생각하는 그 자체가 여성을 폄훼하고 비하하는 것이어서 몹시 불쾌했다.

— 〈가슴을 잃은 여인〉에서


🌳 그는 마음의 귀를 열어 하늘과 대화하는 것을 무척 즐겼다. 그의 그런 하늘을 닮은 동심은 곧바로 작품 속에 녹아들기도 했다. 완전한 것은 멋이 없으며 조금은 모자라는 것에 더 매력을 느낀 그는 '바보 산수화'를 통해 그가 완벽함에서 오는 숨막힘보다 부족함에서 오는 자유를 얼마나 갈망했었는지 미루어 짐작할 수 있었다.

— 〈아름다운 운보의 집〉에서

**김혜식**

1995년 『순수문학』 신인상 당선(수필)으로 문단에 등단. 한국문인협회, 한국문인협회 청주지회, 충북수필 회원. 현 아이스터디 학원장.

## 작가의 말

위 서두의 글은 〈가슴을 잃은 여인〉이란 수필에서 발췌한 내용이다. 얼마 전 법원에서는 여성의 편을 들어주어 남편의 일방적인 성관계는 엄연히 여성의 행복 추구권을 침해하는 것이라는 참으로 여성의 입장에서 볼 땐 통쾌하고 명쾌한 판결을 내려주었지만 아직도 사회 곳곳에 드리워진 성차별의 그늘은 좀처럼 여성들에게 밝은 햇살을 선사하려 하지 않고 있다. 나 또한 이러한 세태에 사는 여성이기에 삶을 살면서 본의 아니게 여성이라는 이유만으로 남성들에게 폄훼 당할 때가 간혹 있다. 해서 난 일부 남성들이 여성을 인격체로 대우하지 않고 성적인 도구로만 바라보는 비뚤어진 시각을 바로잡는 의미에서 이 글을 썼다. 여성에게도 지적인 능력을 갖춘 가슴과 새 생명을 잉태하고 양육할 수 있는 아름다운 가슴이 있음을 새삼 주지시키는 의미에서이다.

두 번째 글은 〈아름다운 운보의 집〉의 수필에서 발췌한 내용인데 자신의 장애조차 아름다운 예술혼으로 승화시킨 그의 불굴의지와 끈기에 대한 글이다.

자신의 귀가 들리지 않기에 더욱 사물의 본질이 내는 다양한 소리에 마음의 귀를 기울여 수많은 걸작품을 남긴 그의 훌륭한 예술정신을 난 본받고 싶었다.

# 본능의 유혹 그리고 소나무의 교훈

## 김홍은

🌳 남의 앞에서는 지성을 찾고, 인륜을 따지며 교육자라는 이유만으로 성인 군자의 가르침을 따르고, 이를 가르치며 지키려 노력하여 왔건만 오늘은 방탕이라는 단어에 빠져 저 스님을 유혹하리다. 내 인생의 포장을 벗겨 버리고 그저 한 마리의 야생마가 되어 파릇파릇 돋아난 풀밭에 누워 마음까지 풀물을 들이고 싶다. 이런 마음의 갈등을 느끼며 산 고개를 넘고 있었다.

— 〈세심(洗心)〉에서

🌳 소나무는 오덕(五德)을 지니고 있음이 아름답다.

　가난을 이겨내고 몸이 아플 때 약이 되는 지혜를 알려주니 지(智)요, 사시사철 푸르러 변함이 없으니 신(信)이요. 어떤 어려움에도 굴하지 않으니 용(勇)이요, 줄기는 베어져 재목이 되어주고 잎은 자연으로 돌아가 사랑을 담고 있으니 인(仁)이요. 척박한 토양에서도 잘 견디고 자라는 개척의 정신이 있으니 업(業)이요, 비바람에도 잘 견디고 위풍당당함을 잃지 않으니 엄(嚴)이다.

— 〈소나무의 얼〉에서

**김홍은**

수필가. 1983년 『월간문학』 신인상 수필 당선으로 문단에 등단. 한국문인협회, 한국수필가협회 회원. 현재 충북대학교 교수. 충북문인협회 회장.

## 작가의 말

〈세심〉이라는 작품에서 발췌한 내용이다. 나는 수필을 쓰면서 자신의 내면을 드러내지를 못했다. 늘 머뭇거리게 되고 멋진 글을 쓰고 싶은 마음만 앞서 있다. 꼭꼭 닫아두고 살아가고 있는 자신을 좀 더 솔직히 표현해 보고자 했다.

오월의 봄날, 오솔길을 여승과 단 둘이서 걸으며 남자의 발동된 심정을 그리었다. 생각대로 표현되지 않는 게 명구의 문장임을 새삼 느낀다.

〈소나무의 얼〉에서는 소나무를 바라보면서 생각해 본 내용이다. 나는 삼십 년을 나무와 함께 살았다. 나무라는 주제를 두고 여러 편의 작품을 써 보았지만 이렇다 할 만한 명구를 표현해 보지 못했다. 교정에 서 있는 늘 푸른 소나무를 보면서 학생들에게 들려준 내용에 불과하다.

아직도 글을 쓴다고는 하지만 감동을 줄 만한 빼어난 작품이 되지 못해 허전하다.

# 한 번뿐인 인생과 새로운 시작

남기욱

🌳 짧은 시간에 많은 문제들을 해결할 수는 없겠지만 이들을 대하는 우리의 인식은 달라져야 한다.

　몸이 불편한 것은 남의 일이 아니다. 그들을 우리의 동등한 이웃으로 받아들여야 하고 차별하여서는 안 되며, 평소에도 관심과 배려가 함께 함으로, 죽을 때도 눈을 감지 못하는 가족들의 아픔과 처절하리 만큼 힘들게 살아가고 있는 이들에게도 마음 저려 오는 훈훈한 이웃 사랑이 있는 사회가 될 것이라고 여겨진다.

— 〈따뜻한 마음의 눈으로〉에서

🌳 봄은 새로운 시작을 의미한다. 어둡고 긴 겨울을 보낸 후 이제 따뜻한 봄을 맞이하여 그 동안의 괴로웠던 일들을 잊고 일어서 새로운 다짐으로 시작해야 할 때이고, 또한 앙상했던 나뭇가지들도 겨울 내내 피어 있던 흰 꽃송이를 털어내고 온몸으로 기지개를 켜며 생기 가득한 봄기운으로 가지 끝마다 부드러운 작은 잎사귀를 피어나게 하듯이 좋은 일만 있기를 바라는 마음 간절하다.

— 〈봄기운〉에서

**남기욱(南基旭)**

수필가. 1941년 경남 하동에서 출생. 월간 『한맥문학』 신인상 수필 당선으로 문단에 등단. 한맥문학동인회 부회장. 한국수필문학가협회 이사. 한국문인협회, 부산문인협회, 부산수필문인협회, 부산가톨릭문인협회 회원. 동영산업(주) 대표이사.

## 작가의 말

첫 번째 글은 〈따뜻한 마음의 눈으로〉라는 수필의 끝 부분이다.

우리는 유한한 인생을 살아가면서도 대부분의 시간 속에서 이 사실을 잊고서 산다. 아니 천년 만년 살 것같이 인생의 귀한 시간들을 허비하고 사는 것이 아닌가 때때로 반추해 본다.

그러면 내 자신하는 일이나 삶의 모습이 파노라마처럼 눈 앞에 떠오르면서 '이래서는 안 되는데' 하는 반성의 시간 속에 잠기기도 한다.

사실 인간의 삶은 고난과 역경을 헤쳐 나가는 고행의 길이라는 것을 이즈음 느끼는데, 우리 또래의 나이쯤 되는 사람들의 삶의 역정이 더욱 그러하지 않았나 생각해 본다.

또한 더불어 사는 사회에서 우리 모두는 어떠한 경우에라도 방관자가 되어서는 안 되겠다는 의지로 써 본 것이다.

두 번째 글은 〈봄기운〉이라는 수필의 끝 부분이다.

자연의 변화 속에서 사계절이 모두 다르게 의미지어지듯이 봄이 있기에 우리의 삶이 새로운 방향대로 나의 모습을 분별해 볼 수 있는 것이 아닌가 느껴지며 희망과 용기로 죽은 듯이 겨울을 지난 메마른 가지에서 얻게 되는 것은 하나의 신비요 생명의 환희라고 이름지어 보고 싶은 것이다.

새로운 다짐은 반성에서 오고 그 반성의 그릇에 담기는 생명력의 원초적 힘이라고 한다면 과장일까.

# 공생의 원리에 순응하는 자연의 세계

류상훈

🌳 바위 덩어리로 된 봉우리, 각박한 절벽에 뿌리를 박고 있는 생명체들이 놀랍기도 하다. 단단하게 굳어 있는 바위틈을 헤집어 뿌리를 내리고 푸르름을 자랑하는 소나무의 생명에 위대함을 느껴 본다. 세상 어디서나 뿌리를 박을 수 있다는 생명의 힘을 그는 믿고 있었던 탓일까. 차갑고 무거운 벽을 쌓고 있는 비정, 매정하게만 느껴지는 바위 덩어리지만 한 생명이 뿌리 내리려고 몸부림칠 때, 단단한 벽을 허물어 자리를 내어주는 따뜻함이 또한 가상하기도 하다. 더불어 사는 공생의 원리를 깨닫고 있는 탓일까. 만물상에는 만물이 공존하는 자연의 세계다. 자연의 세계에서 제 근본 자리를 잃지 않고 순리대로 사는 모습에 숙연함을 느껴 본다. 만물의 영장이란, 인간의 오만함에서 나온 말이 아닌가. 오관을 지녔다는 것이 부끄럽기만 하다.

— 〈금강산에 다녀와서〉에서

**류상훈**

2000년 『창작수필』 신인상 당선으로 문단에 등단. 창작수필문인회, 한국문인협회 회원. 현재 재단법인 한마음선원 사무국장.

## 작가의 말

〈금강산에 다녀와서〉라는 금강산 기행문 중에서 만물상 봉우리에 오를 때 보고 느낀 부분이다. 만물상은 거의 바위로 구성되어 있으면서, 각각의 모양으로 조형되어 생명체와 어우러져 있는 모습이 신기스럽다. 딱딱한 바위 속으로도 뿌리를 내려 생명을 부지해 가는 자연의 모습에 감탄되어, 서정적이면서 이지적 표현을 구상해 보았다.

사람은 만물의 영장이라 자처하면서, 만물을 포용할 줄 모르고 자신만의 생존에 급급한 것이 현실이다. 관광지인 금강산에 와서까지, 남과 북이 대치하여 가로질러 놓은 철조망을 보면서 만물상의 공생하는 자연의 모습을 비유해 보았다. 헛된 욕심에서 마음이 어두워져, 자연의 순리를 그르쳐, 스스로 불행을 안고 살아가는 삶의 모습을 되새김해 보았다.

# 순간의 깨달음과 순간의 감동

## 류인혜

🌳 찬양을 끝낸 '예닮원' 식구들은 손을 잡은 채 조심스럽게 강단에서 내려 왔다. 잡은 손을 놓지 않고 줄을 지어서 천천히 통로를 걸어갔다. 그들은 서로의 외로움을 잡았고, 낯선 곳에서의 두려움을 잡았으며 서로에 대한 신뢰를 아울러 잡았다. 노란색 러브체인이 된 것이다. 작은 고리 하나 하나가 모여 무성한 사랑의 줄을 이루었다. 하나님께서는 저렇게 아름다운 '러브체인'을 키우고 계셨구나, 정신이 번쩍 들었다. 그분의 십자가 그늘에서 나도 함께 키워졌음을 깨달았다.

이제는 떨어진 러브체인의 잎사귀같이 그들에게서 멀찍이 혼자 있을 뿐이다. 그러나 언젠가는 잎이 무성한 '러브체인' 화분을 자랑할 수 있으리란 아름다운 희망을 키워가고 있다.

— 〈사랑의 줄〉에서

🌳 에밀레종을 옮긴다고 수만 명의 경주 시민들이 역 앞 광장에 모였다는 대목부터 어깨가 들썩였다. 에밀레종을 실은 트레일러가 지나가자 그 뒤를 따라 걷기 시작하는 행렬이 눈앞에 선연히 잡혀 나도 그곳에 함께 있는 듯 다리에 힘이 들어갔다. …(중략)… 세 가닥의 하얀 광목 줄과 그것을 잡은 수만 시민들의 긴 행렬을 상상해 보면 그 장엄함에 저절로 숙연해진다. 그리고 신이 난다. 흡사 마라톤 선수들을 격려하기 위해서 신작로에 줄을 서서 손뼉 치던 때와 같다. 한편으로는 장례 행렬을 보는 것 같은 비장함도 솟아올랐다.

— 〈탱자 울타리를 찾아서〉에서

**류인혜**(柳仁惠)

국제 펜클럽 한국본부, 한국문인협회, 죽순문학회 회원. 한국수필가협회 이사. 『한국수필』 편집위원. 1999년 한국수필문학상 수상. 수필집 《풀처럼 이슬처럼》, 《움직이는 미술관》 등이 있다.

## 작가의 말

먼저 발췌한 글은 〈사랑의 줄〉에서 뽑은 것이다. '예닮원'은 정신 지체장애를 가진 어른들이 모여 사는 곳이다. 한동안 그곳 사람들과 함께 예배를 드렸다. 담당자가 바뀌고 잠시 잊고 있었는데 어느 날 교회의 예배 중에 그들이 나와서 특송을 했다. 오랜만에 만나는 좋은 모습이 반가웠고, 장애를 가진 사람들이 가사를 외워서 찬양을 한다는 것이 너무 대견했기에 그들을 소재로 수필을 썼다. 노란색 트레이닝복을 똑같이 입고 서로 서로 손을 잡은 채 강단에서 내려오는 모습을 그린 부분이다.

두 번째 글은 유홍준의 《나의 문화유산 답사기》 중에서 에밀레종을 새로 지은 경주 박물관으로 옮기는 부분에 대한 감상이다. 신문에서 무거운 종을 옮기는 데 고생했다는 이야기를 읽었는데 그때의 이야기를 상세하게 적은 글을 만나자 어려운 일을 주관한 소불 선생님의 지극한 문화재 사랑을 직접 보는 듯해서 감동이 많았다.

수만 명의 경주 시민들이 나와서 함께 동참을 했다는 사건은 두고두고 생각해도 가슴이 울렁거리는 일이다. 그 책을 읽고 쓴 〈탱자 울타리를 찾아서〉는 특별히 아끼는 수필에 속한다.

# 늙어가는 인생 그리고 배려하는 마음

문부자

🌳 부모는 어린 자식의 고추를 기저귀 갈아 채우면서 들여다보는 것이 예사지만, 딸이 아버지의 남근을 보는 일은 드문 일이 아닌가. 그러나 나는 보았다. 아버지의 거시기를. 허지만 그것을 본 것은 아니 본 것만 못했다. 그건 기운 없이 축 늘어진 모양이 초라하게 늙어감을 표현해 주었고, 거기에 비닐봉지까지 매달아 놓아 더욱 처량해 보였다. 남자의 가장 중요한 거시기, 옛날에 할아버지는 이것을 남자의 연장이라고도 불렀고, 남자는 자고로 연장이 튼튼해야 된다고 일컬었다. 그러나 이제는 남자의 구실도 못하는 나약한 신세가 된 아버지가 너무 안 되어 보인다.

— 〈거시기〉에서

🌳 우리가 제 올리는 동안 새어머니는 마치 죄나 진 듯, 부엌 한 귀퉁이에 없는 듯이 서 있다. 부부가 무엇이기에 남과 남이 만나서 좋은 일 궂은 일을 이해하며 살아가는 것인지, 측은한 생각을 하게 된다. 제사상 앞에 피어 오르는 향불을 보노라면 돌아간 어머니의 영혼과 새어머니가 서로 안부를 물으며 두 마음이 하나 되어 타오르는 것 같다. 먼저 간 어머니는 가족을 잘 부탁한다고 말하는 것 같고, 새어머니는 잘못도 없으면서 자리를 빼앗아 미안하다는 마음을 전하는 것처럼 보인다.

— 〈두 어머니〉에서

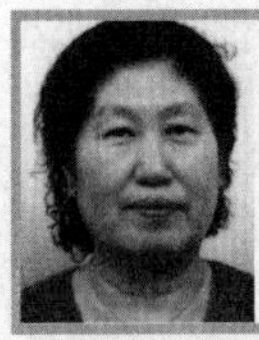

**문부자**

수필가. 1993년 『창작수필』 신인상 당선으로 문단에 등단. 동덕여중 교사 역임. 국민일보 에세이 칼럼 집필(2000~2001). 한국문인협회 회원. 창작수필문인회 회원, 한국수필가협회 회원, 한국수필학회 회원.

## 작가의 말

앞의 글은 〈거시기〉란 수필의 중간 부분이다. 점점 늙어가는 아버지의 모습을 모며 절실하게 느꼈던 심정을 그린 것이다. 예전에 할아버지는 건강이 제일이라는 신념을 알게 모르게 심어주었다. 거시기를 연장으로 비유했던 할아버지의 말씀이 잊혀지지 않아 이 글을 쓰면서 연장이란 단어를 떠올려 봤다.

또 건장했던 아버지가 나약한 신세가 되어 기저귀 대신으로 오줌주머니를 달고 있는 모습이 너무나 가슴 아픈 일이라 거시기를 본 것이 오히려 안 본 것만 못하다는 표현을 하게 되었으며, 젊은이들이 쓰기에는 좀 부끄러운 소재이나 나는 나이를 먹었기에 용기를 내어 거시기를 주제로 글을 쓰게 되었다.

다음 글은 〈두 어머니〉란 수필의 역시 중간 부분이다. 세상을 떠난 어머니의 제사상을 마련하는 새어머니의 마음을 헤아려 본 글이다. 제아무리 착한 새어머니라도 제사상을 차리는 일이 즐거울 수는 없다. 겉으로 표현하지는 않지만 마음 속으로 조용히 삭히는 것을 어찌 모르랴. 제를 지내는 동안 새 어머니가 죄지은 사람처럼 구석에 서 있는 모습이 안 되어 보인다. 두 어머니가 분명 만난 적은 없어도, 돌아간 어머니의 영혼이 찾아와 향불 앞에서 가족 잘 부탁한다고 말할 것 같은 심정이다.

낳아준 어머니만 훌륭한 것은 아니다. 착하게 사는 새어머니도 있다는 것을 알려주고 싶다. 겸손하게 사는 새어머니이기에 자식 또한 새어머니를 배려하는 마음이 생기는 것이 아닐까.

# 매력의 마력성과 봄의 흥취

## 민 혜

🌳 인간의 매력처럼 상식을 초월하고 만인에게 평등한 것도 흔치는 않으리라. 그것은 국적이나 성별, 미추(美醜)나 연령의 높낮이도 따지지 않는다. 학식의 유무, 빈부의 정도는 물론, 선악이나 윤리마저 별 상관없는 일이다. 매력이란 그야말로 왠지 모르게, 이유 없이 사람을 호리어 끄는 불가항력의 힘인 까닭이다.

— 〈매력〉에서

🌳 봄볕의 손짓에 마당으로 나가본다. 햇살은 여전히 하얗게 분사되고, 춘풍은 널어놓은 이불 호청에 바람을 넣으며 수작하고, 담벼락 양지에선 동네 구박 데기 애꾸 고양이가 나른한 눈빛으로 졸고 있다. 해쓱했던 내 마음도 거풍이나 해볼까. 삽을 들고 겨우내 굳었던 흙을 깊숙이 파헤친다.

— 〈봄은 가고 봄은 오고〉에서

**민 혜**(본명, 신혜숙)
수필가. 1992년 『창작수필』 신인상에 〈오덕 마님〉이 당선되어 문단에 등단. 한국문인협회 회원. 창작수필문인회 회원. 수필집 《장미와 미꾸라지》 등이 있다.

## 작가의 말

'매력이란 단어에는 묘한 끌림이 있다. 어감마저 찰싹찰싹 달라붙는 접착성의 느낌으로 다가오는 것 같다'로 시작되는 〈매력〉에서 일부를 발췌해 보았다. 굳이 분류하자면 나의 수필은 분석적이며 지적인 성향의 글과 서정성이나 감상으로 이루어진 글들로 양분되는 것 같다. 그 양면이 씨줄과 날줄처럼 어우러진 나의 내면 세계가 작품을 통해 적나라하게 드러나는 것이라고나 할까. 〈매력〉은 인간이 지닌 매력의 정체에 대해 나름대로 분석해 본 글이며, 따라서 수사(修辭)도 절제되어 있는 편이다.

반면, 〈봄은 오고 봄은 가고〉는 봄날의 감상적인 취향이 다분히 녹아 있는 글이다. 글의 전개도 그림을 그리듯 정경 묘사를 많이 넣어 서정을 흥건히 살려보았고, 자연의 봄날에 이미 인생의 봄을 훌쩍 떠나 보내고 봄앓이를 하는 중년의 내 모습을 여과 없이 묘사해 보았다.

지적인 글이 내게 삶의 긴장과 절제를 안겨준다면 감성적인 글은 이완과 흥취를 돋우며 외줄 타기 하듯 중심을 잡아준다고 나는 본다.

# 지적 오만과 열등 의식

박광정


🌳 이렇듯 귀하게 보이는 것만이 필요한 것이 아니요, 낮은 듯이 보이는 것도 없어서는 안 된다. 이는 마치 손가락의 길이가 제각기 다르지만 필요하지 않은 것이 하나도 없는 것과 같다. 이 이치는 수필에서도 예외가 아니다.

수필에는 높은 철학의식과 깊은 지식으로 엮여진, 오페라의 아리아나 발레, 혹은 비프스테이크나 헬리콥터 같은 에세이류(類)의 수필이 있는가 하면, 평범한 자기 생활 주변의 이야기로 쓰여진, 뽕짝이나 블루스, 혹은 설렁탕이나 버스와 같은 미셀러니류(類)의 수필도 있다.

이 둘은 한결같이 귀하여 어느 것 하나 없어서는 안 된다. 그러니 전자(前者)와 같은 수필을 썼다고 우쭐댈 일도 아니며 후자(後者)와 같은 수필을 쓴다고 부끄러워 할 일도 아니다. 그리고 전자의 글을 극구 내세우려 하는 것은 지적 오만이요, 후자의 글에서 애써 벗어나려고 하는 것은 열등 의식이다. 어느 쪽 글을 쓰든 그것은 오로지 필자의 성향에 달린 것이다.

단 한 가지 유의해야 할 것은 전자의 글을 쓰든 후자의 글을 쓰든 그것이 문학으로서의 수필이어야 한다는 점이다.

— 〈손가락에 담긴 뜻은〉에서

**박광정**

수필가. 수필사랑연구회 회장. 중랑문화원 수필창작반 강사. 『수필사랑』(격월간) 발행인. 월간 『서울교육소식』 편집위원. 월간 『문학저널』 편집위원. 문학시대 수필가회 회장. 수필집 《당신과 나의 공간》, 《몽돌》, 《먼 훗날을 위하여》, 《그리움》 등이 있다.

## 작가의 말

　우리 인간이 사물을 대할 때 서양인은 먼저 머리로 생각하고, 동양인은 가슴으로 먼저 느끼는 경향이 있다고 한다. 그러니까 서양인은 머리로 생각하고 난 후에 가슴으로 느끼고, 동양인은 가슴으로 느끼고 나서 머리로 생각한다는 뜻이다. 즉 서양인은 지적 만족이 가슴으로 전달되어 감동을 받고, 동양인은 감동을 받고 나서 메시지를 받아들인다는 뜻이다.  여기서 한 가지 더 지적해야 하는 것은, 동양인 특히 한국인은 은연중에 지적인 것을 거부하고 정에 약하다는 것이다. 일례로 사리에 맞게 어떤 사항을 따지고 들면, '그래, 너 잘났어' 하며 들으려 하지 않는다.

　이러한 정서를 가진 동양인, 특히 한국인에게 맞는 글(수필)은 어떠해야 하겠는가? 더구나 수필문학이란 독자에게 이해→공감→감명이란 과정을 거쳐 종국엔 작자의 메시지대로 실천할 수 있게 하는 데 목적이 있는 예술이 아닌가. 그렇다면 '에세이'를 쓰는 것만이 능사는 아닐 것이다.

　손가락 길이가 다른 이유를 한 번쯤 새겨보는 건 어떨는지……

# 빛깔들의 얼굴 그리고 나의 음악사랑

## 박성태

🌳 나는 가끔 내 멋대로 빛깔들의 얼굴을 그려본다. 사랑은 순수하니까 백색, 즐거움은 희망에 차 있으니까 청색, 그리움은 타오르니까 적색, 미움은 질시의 누런 불길 때문에 황색, 외로움은 싸늘하니까 자색, 기다림은 마음의 연소 때문에 흑색, 우정은 푸른 숲처럼 변치 말라고 초록색……

— 〈빛깔들의 얼굴〉에서

🌳 음악은 제5계절. 그것은 인간의 삶에 있어서 용기이며 활력이며 구원이다.

음악을 듣고 있으면 불타는 여름의 태양이 되며, 어떤 때는 조춘(早春)의 새 생명으로 충만한 환희에 들뜨기도 한다.

때로는 황금빛 가을 들판을 거니는가 하면, 겨울의 불꺼진 도시를 헤매며 암울에 빠지기도 한다. 음악은 미(美)의 체험이며 사랑과 눈물의 승화(昇華)인지도 모른다.

— 〈나와 음악과 삶〉에서

**박성태**

의사 · 성악가 겸 수필가. 1982년 『수필문학』 추천으로 문단에 등단. 12대 국회의원(보사분과) 역임. 현재 한국성악회 이사. 국제펜클럽 한국본부 회원. 한국수필가협회 이사. 새서울병원장(의학박사, 외과전문의). 한양대 의과대학 외래교수.

## 작가의 말

앞의 발췌문은 〈빛깔들의 얼굴〉이란 수필 뒷부분이다. 오래 전 나는 어느 날 크레용을 마구 칠하고 있는 둘째 아들녀석의 손놀림에다 하염없이 눈을 주고 있던 중 우연히 빛깔에도 독특한 얼굴이 있고 표정이 있음을 발견하였다. 때로는 이 빛깔들이 아름다운 음향과 어울릴 때 세련된 균형미와 함께 지순(至純)한 고고미(孤高美)를 풍김을 보았다.

하늘이 내려준 풍성한 빛깔들의 향연 덕분에 인간은 싫증을 덜 느끼고 살아가는지도 모른다.

그리고 두 번째 발췌문은 〈나와 음악과 삶〉의 뒷부분이다. 의사로서 성악가로서 음악을 내 분신인 양 사랑하면서 일곱 번의 독창회를 개최하면서 어느 날 음악사랑을 하게 된 동기부터 시작해서 음악자체에 대한 단상(斷想)을 적어보았다.

음악은 상상의 꽃을 피우고 많은 것을 우리로 하여금 느끼게 한다. 모차르트 곡에는 흐느끼는 듯 은은한 슬픔이 있고, 베토벤 음악에는 불굴의 번뜩이는 의지 속에서도 고독과 고뇌의 빛이 어려 있는가 하면, 브라암스의 음악에는 타오르는 격정 속에 애수(哀愁)가 흐른다.

베토벤은 '음악은 모든 지혜와 종교보다 더 높은 계시(啓示)'라 말했다. 비록 눈에 보이지 않고 손에 잡혀지지 않지만 마음의 눈으로 명백히 보이며, 영혼의 손으로 뚜렷이 잡혀져서, 우리의 가슴에 풋풋한 환희의 빛을 뿌리고, 우수(憂愁)의 앙금을 남기며, 영혼을 청정(淸淨)하게 만드는 음악—메마른 삶 속에 한 줄기 단비와도 같은 음악을 들을 수 있음은 그 얼마나 따뜻한 축복인가!

# 봄의 환희, 그리고 가마골의 가을

박영희


🌳 봄이란 언어는 수십 번 되뇌어도 그것은 꿈과 부활과 희망이라는 명제로 우리네 인생을 교화시킨다. 봄은 정녕 이 땅에 찾아온 것이다. 바람, 해, 달, 이슬, 자연의 섭리에서 인간은 자기 완성을 배우며 사계중 가장 막강하게 스며드는 봄의 열기에서 아름다운 사랑이 피어난다.

— 〈봄을 캐며, 꿈을 따며, 별을 헤며〉에서


🌳 우리는 일제히 탄성을 지르며 좌우로 차창밖을 내다보느라고 정신이 없었다. 때맞춰 들려오는 가을의 노래, 정녕 그리움은 자연이 순환법칙과 질서에서 새로운 생명을 만드는 행복한 변신술이기도 하다. 낙엽이 지면 눈이 오고 다시 새 잎이 돋고 꽃이 피듯, 계절의 변모를 알리는 감미로운 리듬이기도 하다.

— 〈가마골의 가을〉에서

**박영희**

수필가. 『수필문학』 추천으로 문단에 등단. 전주 솔빛중학교 교장. 전북문인협회 부지회장. 전북여류문학회 회장 역임. 현재 영 · 호남수필문학회 회장. 한국수필가협회 운영위원(상임이사). 한국수필문학상, 전북문학상 등 수상.

## 작가의 말

앞서 발췌문은 〈봄을 캐며, 꿈을 따며, 별을 헤며〉의 거의 앞부분이다.

난 늘상 낭만적이고 탐미주의를 지향하면서 사계의 변모와 자연의 오묘한 섭리를 노래했다.

지난날, 내 삶의 진솔한 면면과 내 삶의 그리움, 아름다움, 짜릿함, 서글픔 등을 노래했다.

본문도 제목에서 암시하듯이 봄날의 아름다운 정경을 보며, 소녀적 봄을 캐고 꿈을 타고 별을 헤는 추억을 서정적으로 묘사했다.

그리고 다음 발췌문은 〈가마골의 가을〉의 중간 부분이다.

자연의 변화에서 새로운 생명과 우주의 질서를 발견하고 감동하면, 가슴 속 깊은 곳에서 결국 노래가 솟아난다.

자연과 인생을 열락하는 아름다운 마음을 어느 가을날, 가마골을 찾아 마음껏 표출했다.

# 우정 그리고 사랑의 순수성

박재식

🌳 백년을 못다 살고 가는 생애에 참다운 친구 하나 못 만난다는 것은 그가 아무리 필생의 대업을 이루었다 하더라도 역시 불쌍하고 슬픈 인생이 아닐 수 없다.

— 〈친구〉에서

🌳 하늘의 기라성처럼 수없이 흩어져 있는 세상의 숱한 여인 중에서 유일한 연인을 만난다는 것은 참으로 하늘의 별 따기보다 어려운 일일 것이다. 양성(兩性)이 한 몸이었던 인간을 둘로 동강낸 신은 내쳐 유일한 분신끼리 다시 만나 짝짓는 일을 짐짓 훼방 놓는 것인지도 모른다. 그러므로 이승에서의 남녀간의 결합은 어디까지나 우연의 선택이며 임의추출에 의한 표본끼리의 만남이라 할 것이다.

— 〈짝사랑〉에서

**박재식**

수필가. 1974년 『월간문학』 신인상 당선으로 문단에 등단. 한국수필문학진흥회 부회장 역임. 현재 한국문인협회, 국제펜클럽 한국본부, 수필문우회 회원.

## 작가의 말

　인간의 자아가 갖는 감정이나 의식의 순수성에 대해 회의를 느낄 때가 많다. 세태의 프리즘에 의해 왜곡된 인간관계에서 본래의 가치가 지니는 진실을 모색하는 작업은 수필이 시도해 볼 만한 영역이 아닌가 한다.

　앞의 인용문의 모체가 되는 작품 〈친구〉는 우정의 순수성이 아쉬운 세태에서 '참 친구'와의 만남을 희구한 한 대문이고, 뒤에 인용한 〈짝사랑〉 중의 한 대문은 남녀간의 사랑에서 그 애정 감정의 순수성은 이루지 못한 짝사랑에서만 존재할 수밖에 없다는 것을 말하기 위해 그 숙명적인 전고를 '양성 일체 분신설'의 신화에서 빌려 생각해 본 것이다.

# 어울림과 산책의 행복

박종길


🌳 어울림은 실개천의 속삭임이다. 느낌은 단풍 '綠色을 彩色' 하는 秋울림이다. 나는 어울림으로 위하여 함께하는 덤의 인생을 산다. 이 아침에 꿈꾼다. 나무와 나뭇잎의 어울림을 큐피드 연을 맺으며 느끼는 어울림으로 하제를 속삭이며 살리라.

— 〈어울림〉에서


🌳 '걷기 위해 걷는다.' 이것이 나의 중대한 삶의 변화를 지탱해 준 지주목이 된지 오래다. 나를 낯설게 하고 생각을 간결하게 하는 나의 시공간은 북한산 길이 나의 길이다. 흔들리는 삶은 걸으면 곧 희망이 된다. 걸음과 삶, 어울림을 고독의 산길이 이 아침을 걷는 이유 있는 행복이다.

— 〈이유 있는 행복〉에서

**박종길**

수필가. 평화통일 자문위원. 통일부 통일교육 전문위원. 한국신지식인교육진흥원장. 정치일보 주필. 국회의장상, 국무총리표창, 대법원장상, 국민포장 등 수상.

## 작가의 말

나는 매일 아침 5시만 되면 어김없이 4 · 19국립묘지를 지나 1천만 서울시민의 허파 북한산 길을 하루에 1시간 30분씩 걷는다.

나만의 시공간인 북한산 길을 걷다 보면 사시의 변화, 계절의 변화를 느낀다. 봄은 꽃으로, 여름은 푸르름으로, 이 가을은 단풍의 채색으로 강산이 미의 공간이 된다. 맑고 신선한 애국가 날씨가 천기를 누설하고픈 심통이 드는 공활한 이 가을의 어울림이 아닌가 말이다. 어쩌면 가을도 속도를 가지고 있다. 가을의 속도는 무엇으로 울리는가? 가을은 단풍으로 측정하고 재는 바로미터가 된다. 단풍은 하루에 위에서 아래로 40m씩 물들어 가며, 북에서 남으로 25㎞씩 이동을 한다. 우리는 그런데 여간해서 이 단풍이 물들어 가는 속도를 수치상으로 느끼지 못한다. 어느 날 나의 길 북한산을 걷다 보면 갑자기 점령군처럼 철철 피가 떨어지는 낙엽의 왕성함을 아스팔트에서 느낀다. 느낌은 단풍 '綠色을 彩色' 하는 秋울림이다. 이 秋울림은 가을이 단풍 속 어울림으로 변하는 心界의 고요가 된다. 울의 둥지에 내가 떠나 왔고 또 자식들이 갈 것이다. 홀로 있는 것에 익숙지 못해 '울'에 휘감겨 있지는 않는지 신새벽을 알려준다. 왠지 내가 나 스스로에 낯설게 느껴지는 그런 모습이다. 일과 자신으로부터 달아날 수 있는 유일무이한 해방공간이요, 나 자신이 되찾고 느끼는 '脫我發見의 장'이, 이 산책길이다. 하루쯤 일상의 바쁨에서 속도를 조절하는 자연의 삶으로 자신을 피아시켜 보라. 처음 만난 나무 · 풀 · 새 삼라만상 모두가 첫 인사를 나누는 그야말로 새롭고 싱그러워만 보이니 행복이 절로 산다. 이것이 세상만사 어울림이다.

# 꽃의 속성 그리고 끽다의 도(道)

박종숙

🌺 꽃은 관대하여 젊음을 유린당해도 항거할 줄 모르고 무자비한 가해 속에서도 비굴하지 않아 어떤 부당한 대우에도 천착하지 않는다. 누군가를 위하여 희생하고 봉사하는 마음을 키우며 순종하며 사는 무저항주의자가 된다.

— 〈꽃〉에서

🌺 고요한 밤에 달빛이 영롱할 때면 무아의 심지로 돌아가 차를 마시고 싶어지는 것도 바로 이런 나를 만나기 위해서이다. 차는 세 번 우려서 마실 수 있으니 첫 번째는 내 영혼을 밝히는 선(禪)을 마시고, 두 번째는 사랑하는 사람을 생각하며 다기 속의 정(情)을 마시고, 세 번째는 무한 세월 변함 없이 세상을 비춰 온 하늘의 뜻(義)을 마시리라.

— 〈달빛차〉에서

**박종숙**

1990년 『수필문학』 추천으로 문단에 등단. 강원수필문학회 회장. 계간 『수필세계』 편집위원. 강원문인협회 부회장. 춘천문화원 수필지도 강사. 수필문학가협회 이사. 제8회 수필문학상 수상. 제33회 강원문학상 수상. 수필집 《호수지기》, 수필교재 《이야기로 쓰는 수필》 외 다수.

## 작가의 말

앞의 발췌문은 〈꽃〉이란 수필의 앞부분이다. 여기서 말하는 무저항주의자란 바보스러울 만치 희생적이고 봉사적인 꽃의 속성을 드러낸 것이다. 꽃은 누구에게나 생의 의미를 진실하게 되뇌어 주는 '피아니시모한 음감'을 가졌다고 작자는 보았다. 꽃은 어린 아이, 노인도 가리지 않고 잘 살고 못 사는 사람의 층하도 두지 않으며 자신을 선택해 준 사람에게 성실한 봉사자로서의 역할을 충실히 하게 된다. 그렇게 되면 몰라 보게 세상이 달라질 것이란 뜻이다. 그와 대등한 비유로 '젊음을 유린 당한다', '무자비한 가해', '부당한 대우'를 들었는데 그것은 세상의 험악한 인심을 꼬집은 것이다.

〈달빛차〉는 작품의 맨 마지막 부분이다. 작자는 현대인의 바쁜 생활을 일탈하여 고요하게 홀로 마음을 가다듬어 청정수로 마시는 차를 선(禪), 정(情), 의(義)로 해석하고 있다. 사람은 마음이 차분해야 세상을 바로 볼 수 있고, 정을 서로 나눌 수 있어야 인간미가 살아나며, 올바른 마음을 가져야 평화롭게 세상을 살 수 있다고 믿은 것이다. 보름날이면 달빛 아래서 자신의 마음을 투영해 주는 차를 가까이 하려 함은 곧 자신을 돌아보는 성찰의 시간을 상기하고 있음을 고백하고 있다.

# 생명존중과 자연사랑

박종철


앞으로 살 길이 막막합니다.

힘없고 저항력이 약한 우리는 어떻게 살아가야 합니까. 우리들의 동네를 청정지역이라고 하면서 전원주택지로 눈독을 들이고 있으니 더욱 불안하기만 합니다. 개똥벌레의 불이 꺼지지 않아야 사람들도 길을 잃지 않을 것입니다. 제발 부탁합니다. 우리들의 절규에 마음을 열어 주십시오. 우리들을 자연 그대로 내버려 두십시오.

어둠이 내리자 우리는 등불을 켜고 날기 시작했습니다. 사람들이 '야, 반딧불이다' 하고 소리를 질렀습니다. 그 반가움이 우리와 함께 했으면 합니다. 우리는 사람들을 향하여 외쳤습니다.

'자연을 사랑하는 것은 인간을 사랑하는 것이다!'

우리 부부는 사람들로부터 점점 멀어져 갔습니다.

— 〈개똥벌레의 꿈〉에서

**박종철**(朴鍾徹)

수필가. 한국문인협회 발전위원. 국제펜클럽 한국본부 회원. 한국수필문학가협회 부회장. 영동수필문학회 회장.

## 작가의 말

　문학이 생명존중과 인류의 미래를 밝히는 지성의 글이라고 할 때 수필 또한 그 범주에서 벗어날 수 없다.

　인간이 미래에 대한 가장 심각한 우려와 과제는 지구생태계의 보존과 개선이다. 그럼에도 고도의 산업화와 생활개선을 통한 과학문명의 발달은 결국 지구촌의 환란과 종말을 재촉하게 되는 것이다. 이러한 불안한 징후는 매년 늘어나는 추세에 있다. 사막화 현상과 지구 온난화로 수온 상승, 기습적인 기상이변의 속출, 부존자원의 고갈, 물 부족, 식량 부족 등 미래는 결코 밝지 않다.

　〈개똥벌레의 꿈〉에서 발췌한 수필은 반딧불이를 주제로 한 것인데 반딧불이는 본래 청정지역에서만 생존이 가능한 곤충이다. 사람들이 환경을 파괴하고 반딧불이의 서식지까지 잠식하고 있어 환경파괴의 주범인 인간에게 경각심을 발령하고 있는 것이다.

　개똥벌레의 불이 꺼지지 않아야 사람들도 생명의 길을 잃지 않는다고 주장하고 있다. 불이 꺼지지 않는다는 것은 환경이 보존되어 반딧불이가 살 수 있어야 한다는 역설적 의미를 지니고 있다. 인간과 생물의 생존은 보완적 상관관계에 놓여 있는 것이다.

　개똥벌레는 '자연을 사랑하는 것이 곧 인간을 사랑하는 것'이라고 외치고 있다. 귀담아 들어야 할 경구이다.

# 삶의 진정성과 가변차선

반숙자

🌳 어둠을 몰아 버린 동녘 하늘에 뻗쳐 오르는 새로운 태양. 나는 그 자리에 꿇어앉았다. 내게는 빛이 남아 있다. 아직도 성한 두 눈과 두 손, 두 발, 그리고 병들지 않은 싱싱한 마음, 이것만도 내게는 과분하다는 생각이 자성(自省)의 빗발로 몰아쳤다.

하나의 문이 닫히면 또 다른 문이 열린다는 것은 절망이란 없다는 것이다. 나는 들리지 않는 불행보다 볼 수 있는 희망을 선택키로 한 것이다.

— 〈가슴으로 오는 소리〉에서

🌳 혀끝에 닿는 순간 짜리리한 향과 맛, 무엇보다도 감성의 세포를 죽이듯 열어놓는 것은 거기 흐르는 선율과 밝지도 흐리지도 않은 불빛이다. 마주앉은 이가 사람 냄새 나는 이라면 더욱 황홀해진다. 아무 말하지 않아도 울려 오는 조용한 交信, 그럴 때는 누구든지 마음 속에 詩를 쓴다.

— 〈귀여운 악마〉에서

**반숙자**

수필가. 1981년 『한국수필』, 1986년 『현대문학』 추천으로 문단에 등단. 한국문인협회, 국제펜클럽 한국본부, 수필문우회 회원. 현재 음성 예총 회장.

## 작가의 말

앞의 발췌문은 〈가슴으로 오는 소리〉라는 수필의 한 부분이다. 사람이 자기 앞에 닥친 고통을 어떤 생각으로 받아들이냐는 것에 따라 우리의 삶은 선택된다는 것을 말하고 싶었다. 요즘 한 번뿐인 삶을 리셋 버튼 누르듯이 너무 쉽게 포기하는 사람들이 많은데 이런 체험적 수필을 통해 희망을 나누었으면 좋겠다.

그리고 다음 발췌문은 〈귀여운 악마〉라는 수필의 한 부분이다. 이 글은 술의 속성을 작가의 체험에 녹여 표현해 본 글로 생활의 가변차선을 설정해 보려고 쓴 글이다. 우리의 수필이 품위를 요구하기 때문인지 소재나 표현기법에서 근엄하고 도덕적이기 때문에 '심적 라상'에 접근하기가 쉽지 않다. 자기 자신에게 솔직한 글은 다른 사람에게도 그대로 전달된다.

# 감탄해야 할 창조주의 조화

배기훈

🌳 가령 극도로 오염된 하천에서 한쪽 눈이 없거나 아가미가 이상하게 붙어 있는, 지금까지의 모습과 확연히 다른 기형의 물고기를 잡았을 때, 또는 원자력발전소 등의 핵물질 누출사고의 영향으로 태어날 때부터 손이 없거나 팔다리가 잘렸거나 하반신이 없는 괴상한 모습의 사람이나 동물이 태어났을 때, 우리들은 소스라치게 놀란다.

그러나 우리는 이미 그 이상의 기형의 물고기나 기괴한 사람이나 동물의 형체를 보아 왔다.

비록 그것이 추상이라는 개념으로 그린 그림이나 조각의 형태로 표현된 것이지만, 현실로 그와 같은 흉측한 모습이 태어났다고 해서 그 모습 자체는 낯선 것이 아니다.

다만, 창조주가 애초에 지어준 모습을 지키지 않고 인간들이 제멋대로 그 형상을 괴이하게 변형시켜 놓는 것을 보고 노여웠던지, 실제로 그 모양대로 만들어준 것이 아닌가 하는 데에 생각이 미치니 창조주의 무궁한 조화에 그저 찬탄할 따름이다.

— 〈추상과 구상〉에서

### 배기훈

수필가. 아호 三舟. 경북 김천 출생. 『수필문학』 추천으로 문단에 등단. 『公友』 신인문학상, 「동양일보」 신인문학상 등 수상. 검찰수사서기관, 법원집행관, 현 법무사. 한국문인협회 회원. 수필집 《모정의 세월》, 《말하는 자동차》 등이 있다.

## 작가의 말

이 글은 나의 두 번째 수필집 《말하는 자동차》에 수록된 〈추상과 구상〉에서 발췌한 것이다.

작가가 사물을 묘사함에 있어 고유의 형태와 관념을 벗어나 주관적 상상력에 입각하는 이른바 추상예술에 접하고, 나는 당초부터 거부감을 가지게 되었는 바 나름대로 그 근거를 찾아보려 한 것이다.

구상, 사실에 싫증을 내고 고유의 형상을 변형, 추상의 이름으로 탈출을 시도하여 놓고는 뜻밖에도 그러한 괴이한 형체가 실제로 나타난 것을 보고는 왜 그렇게 놀라워 하는지, 여기에 추상론의 모순이 어른거리는 것이다.

아무래도 있는 것은 있는 그대로의 표현이 창조주를 거스르지 않는 보편적 진실에 더 가까운 것이 아닌가 한다.

# 진정한 인간 승리

배대균

환희 같은 것. 그때 그 일을 잊지 않고 있다. 내 친구 김상실 사장이 내 고장 상공회의소의 제17대 회장으로 당선된 것이다. …(중략)… 세상에는 대통령 같은 벼슬을 바라면서 삶을 이어가는 사람이 있는가 하면 자그마한 단체의 장도 원치 않는 사람도 있다. 나름대로의 삶의 철학이기에 누구도 더 또는 덜 가치롭다는 말을 할 수가 없다. 하지만 장 자리를 원치 않았어도 주변의 선망을 받아 저절로 회장이 된다면 그것이 비록 한 작은 단체일 망정 영광된 삶의 모두인 것이다. 내 친구 그가 바로 그러했다. 진정한 인간승리인 것이다.

— 〈인간승리〉에서

**배대균**

수필가. 1991년 『한국수필』 추천으로 문단에 등단. 한국문인협회, 경남수필가협회, 한국수필가협회, 국제펜클럽 한국본부 회원.

## 작가의 말

　앞의 글은 〈인간 승리〉의 마지막 구절이다. 대통령이 되고자 하는 사람은 대통령이 됨으로써 성공한다. 그렇지 않는 데도 대통령이 된다면 그는 한 번 더 성공하는 것이며, 따라서 더 가치롭다. 왜냐하면 전자는 그것만을 위하여 쌓아 왔지만 후자는 사업성공과 함께 저절로 대통령까지 되었으니까.

　여기, 두 집단간의 삶의 방식 또한 완전히 다르다. 전시적이면서 다변가이고, 행동 모두는 미래목적 지향성인 즉 조건부 행위라는 것이고, 후자는 자신의 것을 살찌우고, 그렇게 해서 세상에 기여했을 뿐 대통령이 되고자 하는 생각은 꿈에도 없었다.

　오늘날 사회는 한 작은 장 자리를 놓고도 온갖 부정한 일들을 벌인다. 얼마나 추잡한가. 내 친구 그는 회장이 되면서 다시 한 번 태어났다. 우리들의 지도자는 이런 식으로 선택되어야 하는 것 아닐까.

# 곡선의 한국미 그리고 자연미의 정수

배석권

🌳 한옥의 기와지붕 선형(線型)은 가히 선(線)의 미학(美學)을 보여준다. 눈이 내려 덮였을 때, 백설 속에 선명히 드러나는 기와지붕의 완곡미는 가야금 가락처럼 절묘한 느낌을 안겨준다.

하늘이나 뒷동산을 배경으로 가장 선명하게 나타나는 용마루의 곡선은 기둥에서 솟아오르 는 직선의 힘과 지붕의 물결치는 듯한 곡선의 힘이 부딪쳐 일으키는 조화의 리듬과 미(美)를 그대로 하늘에 피워 놓은 연꽃이다.

— 〈기와지붕의 곡선〉에서

🌳 백년 이상 된 홍송을 보면 그냥 한 그루 나무로만 느껴지질 않고 마치 신선처럼 느껴진다. 한국인은 어쩌면 홍송처럼 아름답게 늙어가서 마침내 신선이 되었으면 하는 꿈을 가졌는지 모른다.

불국사에 와서 절 뒤편 언덕 위의 홍송들을 바라본다. 위로 흰 구름을 바람결에 흘려 보내며 홍송들은 가만히 거문고를 켜고 있다.

— 〈홍송(紅松)의 미(美)〉에서

**배석권**

수필가. 1990년 『월간문학』 신인상 수필 당선으로 문단에 등단. 부산 동구 예총회장 역임. 한국문인협회, 대표에세이 회원. 수필집 《흙에서 자란 마음》, 《고향엔 무엇이 있길래》 등이 있다.

## 작가의 말

　나는 회갑을 지나 문단에 데뷔하였다. 그러므로 남은 여생을 오로지 문학적인 성취를 위해 다하려고 마음먹었으나 뜻대로 되지 않는다. 다작을 할 형편이 못 되므로 완성도가 높은 작품 창작에 심혈을 기울여 보자고 다짐하고 있을 뿐이다.

　〈기와지붕의 곡선〉은 『월간문학』 신인상 당선 작품이다. 전통적인 서정과 삶에서 평생을 보내는 동안 한국미에 대한 관심과 애정을 표현한 작품이다. 우리의 고유미가 사라져가는 아쉬움을 담고 있다.

　〈홍송의 미〉는 우리 자연의 미를 추구한 끝에 소나무, 그 중에서 홍송의 아름다움을 그려 본 것이다. 어릴 적부터 고향에서 보아왔던 나무이며, 사찰에서 만나는 홍송의 아름다움에 저절로 감탄을 발하곤 하였다. 우리의 고유한 정서와 자연미에 대한 것이 내 작품의 중요한 소재가 되고 있다.

# 사랑의 두 얼굴 그리고 역설의 세태

배지은


🌳 산다는 것은, 흔히 자기와의 부단한 싸움이라고 한다. 누군가를 사랑하는 것 역시 실은 자기와의 내밀한 싸움인 것이다. 사랑은 상대적이어서 때로 용서하고 이해하는 마음이 앞서는가 하면, 시기하고 질투하는 마음이 거기 맞서기도 한다. 이렇듯 사랑은 맑음과 어둠, 뜨거움과 차가움이 교차하는 이중적 구조를 갖는다.

— 〈매일 오는 손님〉에서


🌳 순수가 결여되면 역리(逆理)가 통하고, 정의가 결여되면 역설(逆說)이 통하는가 보다. '어린 아이는 어른의 아버지' 란 말이 그렇고 '아랫물이 맑아야 윗물이 맑다' 는 말이 그렇다. 뉘앙스의 차이는 있지만, 이들 역리나 역설은 아랫사람이 바르게 행동해야 윗사람이 바르게 산다는 말일 것이다. 환언하면, 아이가 어른의 잘못됨을 고쳐 놓자는 뜻도 될 것이다. 웃지 못할 아이러니다. 가슴을 쿡 찌르는 말이다.

— 〈아랫물이 맑아야 윗물이 맑다〉에서

**배지은**

1988년 『예술계』 신인상 당선으로 문단에 등단. 한국문인협회, 한국수필가협회, 창작수필문학회, 예술시대 회원. 구로문인협회 상임부회장.

## 작가의 말

　〈매일 오는 손님〉 수필의 서두이다. 지루하고 지옥 같은 일상도, 나쁜 사랑보다는 낫다고 한다. 부부싸움이 칼로 물 베기라고 하지만 칼질을 자주 하다 보면 앙금이 쌓이기 마련이다. 부부관계도 상대적이어서 마음을 비운다는, 즉 자기 감정, 자기 존재의식을 버리기란 쉽지 않다. 어느 한 쪽의 희생정신이 없이는 균형을 유지하기가 불가능한 것이다.

　손님을 맞이하는 마음이라면 내 입맛에 맞추려 흠(欠)을 후비지 않을 것 같아, 남편을 매일 오는 손님으로 의미화 했다.

　다음은 〈아랫물이 맑아야 윗물이 맑다〉의 서두 부분이다. 요즘은 흔히들 자식이 상전이라고 한다. 핵가족 시대가 불러온 병폐 중의 하나다. 대가족 집안의 준엄한 위계질서 교육을 받으며 어린 시절을 보낸 나는, 전도된 세상, 전도된 가치관 속에 사는 하루 하루가 어지럽고 힘이 든다. 인간은 자연의 순리를 거역하고 살 수 없듯이, 인류의 섭리도 마찬가지다. 윗물이 먼저 맑아야 아랫물이 맑아질 것이다. 점점 황폐화 되어 가는 지구촌. 어른들의 작태가 그 주범으로 아랫물이 맑아야……라는 역설로 요즘의 세태를 관조해 보았다.

# 고향의 의미와 팽이의 교훈

변해명

🌺 고향은 다시 돌아가기 위하여 떠나는 곳이요, 타향은 떠남을 전제로 하여 머무는 곳이다.

— 〈다가오는 목소리〉에서

🌺 팽이치기란 자신의 운명을 스스로 자각하는 삶의 행위가 아닐까?

깨어 있음의 반복으로 비로소 설 수 있는 물체, 쉴새없이 몸에 가해지는 긴장과 고통으로 스스로 자신을 추스리는 물체, 사람답게 살고자 한 사람들은 그러했다. 어찌 게으르고 나태하고 마음을 닦지 않고 자신을 돌보지 않고 노력하지 않고 매일을 반성하지 않고 살아가려 했을까?

— 〈팽이〉에서

**변해명**

수필가. 1975년 『한국문학』 신인상 수필 당선으로 문단에 등단. 수필집 《먼 지평에》, 《외로운 영혼에 불을 밝히고》, 《다가오는 목소리》, 《숨겨진 시간의 지도》 등 다수 있으며, 한국수필문학상, 현대수필문학상 등 수상.

## 작가의 말

  우리는 언제나 떠나온 고향을 그리며 타향에 머문다. 고향에 언제고 돌아가 살리라는 생각을 결코 버리지 못한 채. 큰 사람이 되라고 고향은 우리의 등을 밀어 객지로 내어보내 놓고 우리가 돌아오기를 언제나 기다리고 있는 영원한 모성이다.

  팽이는 서지 않으면 돌지 못하고, 채찍을 맞지 않으면 돌지 못한다.

  자신의 꿈을 이루기 위하여 깨어 있어야 하고, 안락한 삶을 위하여 편안히 안주하는 것이 아니라 끊임없이 역경과 도전해야 비로소 얻어지는 것이 우리의 삶이라면 나는 진정 팽이처럼 돌며 살아오지 못한 것 같다. 돌기도 전에 이내 비틀거리고 팽이채를 대기도 전에 누워 버린, 힘없고 게으르고 나약하고 겁 많고 꽤 많은 욕심뿐인 팽이.

# 생불여사 그리고 눈(雪)에 대한 정념

## 서명언

언젠가는 죽을 운명, 죽음은 왜 이토록 가혹할까요. 영원한 이별이라서인가요. 죽은 자는 생명에 비수를 꽂는 아픔으로 고통이 끝나지만, 산 자는 그 고통을 비통(悲痛)으로 이어받아 애석(哀惜)이라는 형벌을 받는, 그리하여 동경(憧憬)이라는 먼 선고가 집행되고 망각(忘却)의 형기를 마쳐야 되는가 봅니다.

— 〈겨울 철새〉에서

그 날도 밤새 내린 눈에 겹겹이 켜를 이루어 쌓여 있었다. 하얀 눈을 밟는 쾌감, 그런 정복욕에 가슴이 부풀어 처녀 설만을 골라가며 구르며 뛰면서 한껏 쾌기를 누리었다.

정이라니/ 눈이야/ 쌓이고 쌓여 깊어지고/ 뭉치고 뭉쳐 단단해지는 게
사랑이라니/ 눈이야 / 밟고 밟으면 굳어지고/ 녹고 녹으면 물이 되는 게

눈의 속성을 이렇게 추론도 하면서 이순 고개를 넘는 자신을 잊은 채, 아니 뒷편 쪽으로 자꾸 숨기며 푸르던 날 추억을 동경하면서 마냥 걸었다.

— 〈봄을 여는 길목에서〉에서

### 서명언

수필가. 1993년 『창작수필』 추천으로 문단에 등단. 한국문인협회, 창작수필문인협회, 한국수필가협회, 새한국문학인회 회원.

## 작가의 말

명문급 문장을 선별하려니 문장력의 빈곤을 절감한다. 좋아하는 두 문단을 발췌해 본다.

앞의 발췌문은 〈겨울 철새〉란 수필의 중간 부분이다. 철새의 삶을 선조들의 삶, 즉 누항(陋巷)의 삶으로 비유하며 쓴 작품이다.

용인 자연농원에서 부화되어 성장한 재두루미 한 쌍을 월동하고 돌아가는 무리와 합류하도록 방사하여 주었는데 그중 한 마리가 차량에 참변을 당하였다.(TV 보도)

굽은 목을 흐느적거리며 죽어 가는 그 곁을 떠나지 못하고 멍멍하게 서 있는 짝을 보며 연민을 느끼었다. 죽은 자의 아픔보다 더한, 산 자의 고통을 형벌에 비유하여 표현하여 보았다.

그리고, 다음 발췌문은 〈봄을 여는 길목에서〉란 수필의 중간 부분이다. 조춘, 산에서 동면을 끝내고 깨어나는 자연의 섭리를 보며 의지를 주제로 쓴 작품이다.

겹겹이 쌓여 있던 눈이 며칠 새 봄비에 녹아 없어진 능선 북편에 도착하여 눈 위를 걸으면서 사유하던 내용이다. 눈의 접착성을 정과 사랑이라는 정념으로 시적인 맛이 나도록 표현해 보았다.

# 이성 친구의 그리움

## 송남석

🌳 이성간의 교제를 비평하는 시각도 시대에 따라 변한다. 윤리 도덕이 엄격했던 옛날에는 남녀가 잠자리를 함께 했다면 반드시 혼인을 하여 같이 살아야만 되는 것으로 알았으나, 오늘날 개방의 사회에서는 혼전 경험은 그렇다 치고라도 유부남 유부녀의 불륜이 본능을 추구하는 낭만으로 미화되어 상당 부분 인정을 받고 있으니 윤리와 도덕을 본능의 적(敵)으로 봐야 할지 모르는 척 얼버무려 지나가야 하는 것인지 고민스러울 때도 있다.

— 〈이성 친구〉에서

**송남석**

수필가. 2000년 『교단문학』 신인상 수필 당선으로 문단에 등단. 한국문인협회, 강남문인협회 회원. 서울교원문학회 이사. 서울 경기고등학교 교감 퇴임. 수필집 《산 냄새 그리워》, 《다섯 아들》, 《남자 파출부》 등이 있다.

### 작가의 말

　위의 글은 본인의 수필집 《남자 파출부》에 있는 〈이성 친구〉의 중간부분이다.

　이 세상에 진정한 이성 친구란 있을 수 없다. 있다면 '불륜을 가장한 위선일 뿐이다' 라고 말하는 이도 있다.

　나는 친구가 별로 없다고 늘 허전해 하면서도 애써 이성 친구의 존재를 인정하고 싶다. 친구란 자기 주변에서 자주 접할 수 있고 성격, 환경, 취미, 직장, 전공분야나 삶의 수준 등이 비슷해야 좋을 것 같지만 이성 친구란 수시로 자주 접촉할 수 있는 조건에 상당한 제약이 따르기 때문에 그 실체를 인정하기 어려우므로 진정한 이성 친구란 있을 수 없다는 주장도 이해가 된다. 그래서인지 내가 그리워하는 이성은 거의 환상으로 끝나는 경우가 많았다. 현실로 이끌어 내지 못하는 안타까움에 고통스러워 하고 자신의 무능이 한없이 저주스러울 때도 있었지만, 지금은 33년이 지나도록 이성 친구였다는 감정으로 지속해 오던 한 친구를 잃었다는 절망감으로 꽉 차 있다.

　때로는 꿈과 희망을 갖게 해주었고 더러는 삶의 활력소가 되기도 했으나 이제는 아주 떠나버렸다. '친구가 그렇게 좋다 하지만 무덤까지 동행할 수 있는 것은 오직 자기 자신뿐이다. 이성 친구의 그리움도 사랑함도 자기 자신을 위한 자연스럽게 흘러가는 삶의 한 부분일 뿐이다' 라고 자신을 달래 보면서……

# 인간 본위 지양, 그리고 자중자애

## 신길우

🌳 새들이 먹이를 쪼아먹는 모습은 참으로 보기가 좋다. 물고기들이 헤엄치며 입질을 하는 것도 마찬가지이다. 이런 모습들은 그저 바라보는 것만으로도 크나큰 즐거움이 있다. 오대산의 상원사 앞뜰에서, 미국 버지니아주 윌리엄스버그의 민속촌 길가에서 내 손바닥에 올라와 과자를 먹던 다람쥐의 촉감을 나는 지금도 잊을 수가 없다.

— 〈새와 인간〉에서

🌳 많은 사람들은 이 이야기 속의 소년처럼 자신의 처지가 얼마나 다행이고, 자기가 얼마나 행복한가를 알지 못하고 살아간다. 때로는 언덕 위의 집에 가보기 전의 소년처럼 자신과 자기 마을이 남만큼 좋은 처지가 아니라고 여기고, 항상 언덕 위의 집만을 바라보며 부러워만 하는 사람들도 있다.

— 〈언덕 위의 집〉에서

### 신길우 (申吉雨)

본명 申景澈. 문학박사. 수필가. 1996년 국어교과서 수필 수록. 중국연변대학 초빙교수, 상지영서대학 교수. 계간 〈문예춘추〉 주간, 남한강문학회 회장, 한국수필문학가협회, 수필진흥회 이사. 수필집 《언덕 위의 집》, 《아버지가 심은 나무》, 《모기 사냥》, 《차 한 잔의 행복》 등 다수.

## 작가의 말

　앞의 것은 『에세이문학』 70호에 실린 〈새와 인간〉의 끝 부분이다. 나는 동식물들의 삶과 모습에 많은 관심과 애정을 가지고 있다. 그래서 그들의 모습을 바라보고 그들의 삶을 생각하면서 많은 즐거움과 깨달음을 얻었다. 그런데 사람들은 사람 위주로 생각하고 그들을 인간 본위로 대하려고 한다. 죽이고 잡아먹는 것은 물론, 심지어는 재미로 먹이를 주는 것까지도 귀찮고 방해가 된다고 못하게 한다. 우리가 왜 그들과 함께 살아가야 하며, 그것이 얼마나 즐겁고 행복한 일인가를 말하고 싶었다.

　뒤의 것은 수필집 《모기 사냥》에 실린 〈언덕 위의 집〉의 후반 시작 부분이다. 사람들은 흔히 남의 것을 더 좋고 훌륭하게 여기며 때로는 부러워도 한다. 자신의 것은 남의 것보다 못한 것으로 생각한다. 오히려 더 낫고 좋은 것도 대수롭지 않게 여기기도 한다. 그래서 불평불만을 가지고 산다. '남의 떡이 더 커 보인다'는 우리 속담의 내포 의식과 그에 수반되는 삶의 태도가 바람직하지 못함을 새로운 시각의 이야기를 통해 깨닫게 하고 싶었다.

# 또 하나의 둥지에서 찾은 보편적 진리

## 신일수

🌳 품안의 자식이란 옛말이 하나도 그른 것이 아님을 실감하는 요즘, 내 마음은 흡사 귀중한 무엇이라도 잃어버린 듯이 허전하기만 하다. 자식 키우는 것을 우리는 흔히 농사일에 비유해서 자식 농사라 한다.

내 어린 시절, 물질이 궁핍하고 엄격한 통제가 늘 뒤따르긴 했어도 밤이 이슥하도록 부모님과 마주 앉아 정담을 나누던 기억이 아쉽기만 하다.

아내와 함께 아이들을 키우면서 내밀히 가져왔던 기대와 보상심리를 이젠 버려야 할까 보다.

— 〈또 하나의 둥지〉에서

**신일수**

수필가. 1985년 『한국수필』 추천으로 문단에 등단. 한국수필작가회 회장, 덕산중학 교장 역임. 국제펜클럽 한국본부 회원, 한국수필가협회 이사.

## 작가의 말

앞의 발췌문은 〈또 하나의 둥지〉란 수필의 한 부분이다. 선친께서는 욕심이 많으셨던지 우리 형제는 고추만 여섯이었다. 내가 철이 들 무렵의 기억이란 얼굴엔 깊은 주름이 패이고 오직 조용하고 근엄하게 자신의 자리를 지키시던 단정된 모습만 떠오를 뿐이다. 안으로 안으로만 내연하시며 침묵으로 여섯 형제를 부리시던 그 힘은 무엇이었을까. 지금도 행위보다 말만 앞세우는 나의 처지로선 이해할 수 없는 것이다.

아무리 기억해 보려고 해도 흐트러진 웃음 한 조각이나 몸짓 한 번을 떠올릴 수 없다. 걸음걸이마다 의연함과 정도를 걸으시는 위풍만이 남아 있을 뿐이다.

돌이켜 보면 아버지의 외풍에 번지는 선비기질은 지금의 나를 지탱하게 해 준 힘이 되었고, 언제나 당당하신 위풍과 끊임없는 학문의 연마는 사람 살아가는 이치를 가르친 것이 아니었을까 하는 생각이 든다.

# 목탁의 철학

안명수

🌳 목탁은 목어를 원형으로 만든 것이다. 오늘날의 목어(木魚)는 고기가 변하여 용이 되는 어변성룡(魚變成龍)의 과정을 나타내는 용두어신(龍頭魚身)으로 변형되었다. 황하의 잉어가 거센 물살을 거슬러 올라 아득히 높은 협곡의 용문(龍門)에 이르러, 그곳을 튀어 넘으면 용이 된다는 전설을 형상화한 것이다. 과거에 급제하는 것을 두고 등용문을 통과하였다고 하는 말도 같은 뿌리에서 유래한다.

— 〈소금과 목탁〉에서

### 안명수(安明洙)

수필가. 시인. 『수필문학』 추천으로 문단에 등단. 『자유문학』 신인상 시 당선. 한국문인협회 상벌위원회 특별위원. 수필문학 부산작가회 회장. 한국수필문학상 수상. 대한민국 옥조근정훈장 포장.

### 작가의 말

목탁은 법고, 범종, 운판(雲版)과 더불어 불음(佛音)을 전하는 사물(四物) 가운데 하나이다. 왼손에 들고 있는 목탁은 불변의 진리인 체(體·神·佛陀)에 해당하고, 오른손으로 두드리는 채는 가변적인 행위인 용(用·修行者·敍述語)이라 할 수 있다.

동양철학의 근저에는 체와 용이 항상 조화를 이루고 있다. 體用理論은 유학에도 불교에도 두루 통하는 사상이다. 체를 유일신으로 굳게 믿고 있는 서양철학에 비하여 동양의 體用사상은 사람을 훨씬 더 중요시하고 있다. 목탁은 이런 심오한 철학을 구체적으로 표현하는 도구이다.

# 인간의 육신도 바람, 구름처럼 가벼워져야

안성호

🌳 육신이 가벼워지면 활동하기가 편안하다고 마음의 청렴을 내세워 떳떳하다. 무거움은 욕망이요 맑지 못해 부끄럽다. 우리 인간은 바람, 구름, 새처럼 가볍게 활동하는 것을 항상 주시해야 한다.

— 〈나무 타기〉에서

🌳 젓가락은 인간의 식사 도구이다. 고마운 존재의 봉사자다. 맞들면 힘이 생겨 항상 부부애의 아름다움을 소유한 짝이다.

— 〈젓가락〉에서

**안성호**

수필가. 1984년 『시와 의식』 신인상 수필 당선으로 문단에 등단. 국제펜클럽 한국본부 회원. 한국문인협회 회원. 한국수필가협회 회원. 불교문인협회 상임부회장. 『문예한국』 편집장.

## 작가의 말

〈나무 타기〉란 수필의 끝 부분이다. 나무 타기는 소재상의 특이함보다 나의 태도나 자세를 좀 새롭게 다루어 보았다. 앞의 '새롭다'란 말은 낯선 즉, 생소화 하기이다. 고정관념에서 벗어난 '낯설게 하기'에 대한 관심이다. 나무 위에 올라가 세상을 내려다보는 또 다른 경이로운 풍경들, 생각을 바꾸면 생활이 달라지고 조금만 더 눈높이를 달리하면 세상이 지금보다 더 아름다워질 수 있는……. 몸이 무거워지는 것은 욕심의 패가망신을 자초하고 바람, 구름, 새처럼 우리의 몸을 가볍게 움직이는 것은 입신으로 이끈다는 것을 진리로 배우고 싶다.

다음은 〈젓가락〉이란 수필의 끝 부분이다. 하나는 외롭고 늘 그리움을 느낀다. 젓가락은 우리의 식사 도구다. 한 짝으로는 힘을 발산하지 못한다. 짝이 맞아야 소리가 나고 부부애처럼 항상 육신의 마찰로 힘과 애정을 유지 즉, 화합의 힘으로 지구라도 들어 올릴 수 있는…… 젓가락은 언제나 인간에게 봉사의 일꾼으로 우리를 즐겁게 해 준다.

# 바람의 생리 그리고 여자의 굴레 홍살문

## 안 숙

🌳 투박한 껍질로 고목이 되어 있을 감나무는 예나 지금이나 변함없이 무설(誣說)을 말해 주고 있으리라. 과하지도 부족하지도 말고 그릇되거나 욕되지 말며, 스스로 수연(粹然)해지기를 바라는 마음 간절할 뿐이다. 맴맴… 끊어졌다 이어지는 한낮의 매미 소리는 자지러지게 울어대던 먼 고향에서의 매미 소리를 다시 듣는 듯 나는 감나무 밑을 떠나지 못한다. 아주 먼 곳에서 온 바람이 감나무 가지에서 잠시 머물다가 다시 먼 곳으로 떠날 채비를 한다. 삶은 바람이라던가.

— 〈감나무 가지에 머무는 바람〉에서

🌳 시골에 가면 가문을 빛냈다는 홍살문을 볼 수 있다. 열녀를 기리기 위해 나라에서 내렸다는 그 문 역시 뒤집어 보면 이중성을 띠는 것은 아니었을지. 청상인 새댁이 소복으로 죄인을 자처하는 인고와 눈물의 세월을. 남편 따라 생목숨을 끊어서 얻어지는 문, 실제 몇 사람이나 스스로 원하여서 그리 하였을까. 혹여는 드러낼 수 없는 진실을 숨기기 위해 저질러졌을지도 모른다는 생각이 들기도 했다.

— 〈지리산자락 최참판댁〉에서

### 안 숙

수필가. 『수필문학』 추천으로 문단에 등단. 이화여대 가정학과 졸업. 사임당 시문회, 한국문인협회 회원. 한국수필문학가협회 이사. 강남문인협회 이사. 수필집 《흐르는 것은 강물만이 아니다》 등이 있다. 2004년 서울문예상 수상.

## 작가의 말

　위의 발췌문은 수필 〈감나무 가지에 머무는 바람〉의 끝 부분이다. 유년시절부터 여름은 매미가 울어대는 감나무 밑에서 살다시피 했다. 궁해지면 땡감을 군것질하고 바람 소리를 들으며 매미와 합창으로 성하(盛夏)를 보냈다. 중고, 대학시절 10여년 동안 봄, 여름, 겨울방학을 한 번도 빠지지 않고 고향으로 달려갔었다. 방학중에 받아야 하는 정교사 자격증 연수 기회를 포기할(놓칠) 만큼 나는 고향을 사랑했었다. 지금도 감나무 가지에 머무는 바람소리를 좋아한다. 잠시 머물다 떠나는 바람처럼 언젠가는 바람을 따라가야지 싶어서다.

　다음 발췌문은 〈지리산자락 최참판댁〉 수필 중간 부분이다. '홍살문'은 말이 좋아 신목(神木)이지 여자에게는 가시덤불 굴레에 다름 아니다.

　소설 《토지》에 별당아씨(서희 생모)와 구천은 시쳇말로 내연관계다. 따져 보면 복(腹)을 같이 입어야 할 관계여서 도무지 이해되지 않는 부분으로 읽었지만 생피(相避의 방언) 단어가 있었던 것은 엄격한 양반가에서도 유사한 일이 있었던 것이 아닌가 생각된다. 지난날 은밀하게 가려져 왔을지 모르는 이중적인 우리 삶의 모습을 짚어보고 싶었다.

# 종교와 인생 그리고 나그네의 노정

## 안윤자

🌳 종교는 대화이며 인식이다. 사실 신이 인간에게 가르쳐 준 것은 그리 많지 않다. 인간은 신으로부터 받은 얼마 안 되는 계시를 통해 자신 안에 존재하는 신성(神性)과의 끊임없는 교류를 나누면서 신의 모습을 모방해 간다.

— 〈피할 수 없는 이 존재의 가벼움〉 '종교'에서

🌳 나에게 인생은 나그네 길이다. 그 나그네는 인생이라는 노정을 걸어가고 있다. 이 세상에 오래오래 살기 위해 결코 애쓰지 않을 것이다. 지구라는 별에 내려 얼마나 오랜 시간 머물렀는가를 셈하기보다는, 무엇을 생각하고 어질게 살다가 떠나야 할지를 고뇌하고 싶다. 나도 우리 집 정원의 한 그루 나무처럼 자연의 일부분임을 알고 있으므로.

— 〈피할 수 없는 이 존재의 가벼움〉 '쉼'에서

**안윤자**

수필가. 1991년 『월간문학』 신인문학상 당선으로 문단에 등단. 경원대학교 대학원 국문학과 졸업. 논문집으로 〈윤동주 시 연구〉, 수필집 〈벨라뎃다의 노래〉, 〈연인 4중주〉 외 다수의 공저가 있다. 현재 대표에세이문학회 회장. 서울의료원 의학도서실 사서과장.

## 작가의 말

앞의 발췌문은《벨라뎃다의 노래》라는 작품집 속의 〈피할 수 없는 이 존재의 가벼움〉 중 '종교'편의 한 단락이다. 인생을 살아오면서 종교는 내게 있어 품성과도 같은 것이었다. 어려서부터 습성처럼 배어든 가톨릭의 장엄한 전례는 내 영혼을 숭고함으로 드높여 주었으며 '나의 존재자체가 바로 기도'임을 일깨워 주곤 했다. 나에게 종교는 이론이 아닌 직관이었다. 이론을 경유하지 않고 직관에 도달한 '바라봄!', 거기서 얻어지는 상지(上智)가 신을 이해하는 데 언제나 도움을 주었다. 나에게 종교적 인식은 잘 짜여진 정교한 이론보다도 깊은 침묵과 묵상 가운데 감지되어지는 미풍처럼 고요한 깨달음인 것이다.

그 다음 발췌문 역시 〈피할 수 없는 이 존재의 가벼움〉 중 '쉼'편의 한 단락이다. 단조로우면서도 다채로운 이력서를 써 오는 동안 내적 평온에 이르는 오솔길이 되어주곤 한 종교적 사색을 통해서, 비교적 삶에 연연하지 않는 나그네로 살아올 수가 있었다. 입가에 번지는 잔주름을 피해갈 수 없듯이 흘러가는 세월 속에서 내 육신은 조락해 갈 것이지만 언제든 찾아올 그 육신의 소멸을 기꺼이 맞이할 수 있을 것이다. 봄과 여름의 무성함을 떨구고 뒤돌아 본 서쪽 하늘엔 어느새 저녁 노을이 곱게 번지고 있다. 그렇지. 인생이란 이렇게 쉬어가는 것이 아니겠는가.

# 행복을 찾는 사람들

양태석

🌳 사람이 맑은 영혼을 유지하려면 육체와 더불어 영혼도 쉬게 해야 한다. 영혼이 피로를 느끼면 육체도 따라서 피로해지기 마련이다. 나는 이순을 살아오면서 요즈음에야 영혼에 대한 관심을 가지기 시작했다. 그리고 영혼과 육체의 피로를 느끼게 되었고, 따라서 맑은 영혼을 가지려고 노력하게 된 것이다. 촌각의 여유를 가지지 못하고 달려온 인생을 지금에야 돌이켜 보니 영혼은 지칠 대로 지쳐서 속빈 강정처럼 허약하게 된 듯했다. 긴 세월을 살아오면서 단 하루도 마음놓고 쉬지 못하고 질주하며 살아온 것이 후회스러울 따름이다.

— 〈영혼의 휴식〉에서

🌳 예술은 어느 개인이나 국가에 한정된 것이 아니다. 누구나 어느 곳에서든지 행할 수 있는 특권이다. 이념이나 종교를 초월해서 누릴 수 있는 인간에게 주어진 가장 아름다운 선물이다. 그래서 남의 것을 모방하는 것은 용납이 안 되고 자기 것이라도 반복해서 만들어 내는 것은 이미 예술이라고 할 수 없는 것이다.

— 〈예술 이야기〉에서

**양태석**

수필가. 한국화가. 『수필문학』 추천으로 문단에 등단. 국전 한국화부 특선 및 입선으로 화단에 등단. 1996년 대한민국미술대전 심사위원. 현 한국수필가협회, 한국미술협회 회원. 동양미술연구회 회장. 청계화실 경영.

## 작가의 말

수필 〈영혼의 휴식〉 서두에 쓴 말이다. 시간이 금이라는 생각을 가지고 평생을 살아오면서 가슴에 영혼이 쉴 수 있는 자리를 한 치도 남겨 놓지 못한 것이다. 자나 깨나 앉으나 서나 머리에는 그림이 가득 차 있고 조금이라도 빈틈이 생기면 이 알량한 수필을 쓴다고 글감이 영혼을 흔들고 있었다. 심지어 전철에서도 읽거나 쓰기를 하면서 틈을 주지 않았다. 운전을 하면서도 전방에 나타나는 자연 경치를 머리에 새기거나 글감을 찾곤 했다.

이렇게 무엇을 채우려는 욕망으로 쫓기듯이 살아오면서 영혼을 지치게 한 것이다. 나는 지금이라도 영혼을 쉬게 해야 한다는 생각을 하고 있다. 그러나 몸에 배인 생활 습관 때문에 쉬어야 한다는 것을 잊고 살아 갈 때가 많으므로 다시 한 번 각성을 촉구한 것이다.

두 번째 인용한 구절은 수필집 《화필에 머문 시간들》에 수록한 〈예술 이야기〉의 한 부분이다.

현대사회의 예술은 무척 복잡한 현상으로 나타나고 있다. 그럴수록 자기 자리를 지키는 것이 합당한 일이다. 한 가지 분야에서도 다양한 예술 양식을 창출할 수 있기 때문이다. 예술은 시대성에 민감하다. 세계화 바람을 타고 뻗어 가는 다원주의 시대는 특히 그러하다. 구시대의 전통적 지배문화를 거부하는 신세대와는 자연적으로 갈등을 일으키며 세대 차이를 느끼게 하는 것이 보통이다. 예술은 급변하는 시대조류를 외면하고는 낙오를 면하기 어려울 것이다.

예술에 종사하는 사람들이나 일반인도 예술의 진면목을 쉽게 이해를 도우려고 하였다.

# 아내의 소중함 그리고 사랑의 진정성

## 오원성

🌳 이런 사념에 젖어 있는 동안, 어느 샌가 달빛이 밤마다 침대에서 함께 자던 아내의 베개에까지 반사되어 한결 포근하게 느껴진다. 깍지 낀 양손에 꼬옥 힘을 주니, 보름달이 부끄러운 듯 구름 사이로 숨어 버린다. 계수나무 가지 끝에 달려 있는 아내에 대한 그리움을 따려고 발돋움하며 조용히 마음 속으로 기도해 본다.

"여보! 오늘밤엔 당신의 그림자만이라도 좋으니 내 곁에 있어 주오. 그대의 손을 잡고 잠들고 싶소."

아내의 체온이 한없이 그리운 밤이다.

— 〈아내의 체온〉에서

🌳 사랑의 힘은 샘물이 솟아나듯 저절로 솟거나 나무가 자라듯 저절로 자라는 것이 아닌 것 같다. 밤낮으로 정성을 다하고 다듬어 가꾸어야만 달콤한 사랑의 열매를 맺을 수 있는 것이다. 입으로는 사랑이란 말만 하고, 눈으로는 사랑이란 빛만 보며, 가슴으로는 사랑이란 따뜻함을 안고 살 듯이 말이다. 만약, 이 세상에서 아무도 사랑할 사람이 없고 나를 사랑해 줄 사람이 없다면 얼마나 갈증 나는 삶을 살 것인가!

— 〈사랑, 사랑, 사랑타령〉에서

### 오원성

충북 청원 출생. 호 목헌. 『수필문학』 추천으로 문단에 등단. 홍은문학상 수상. 뉴스코리아 에세이칼럼리스트. 달라스한인테니스협회장. 한국카네기클럽 감사 역임. 한국시낭송협회 부회장 역임. 회상록 《내 마음이 머무는 곳》, 수필집 《아내의 체온》, 《자작나무 숲길을 걸으며》 외 다수.

## 작가의 말

등단 작품이기도 한 〈아내의 체온〉의 말미에 나오는 글이다.

아내와 자녀들을 이국에 보내놓고 홀로 지내는 기러기 아빠의 간절한 사부곡(思婦曲)이라고나 할까?

부부가 함께 살 때는 그 존재의 귀중함을 모르고 또한 귀찮게 여겨지기도 한다. 그러나 서로 오랫동안 떨어져 살다 보면 지난날의 권태와 불만 같은 것은 사라지고 오직 그리움만 남는 것이 정 있는 부부의 상정인 듯 싶다.

휘영청 떠오른 보름달이 창문을 쓰다듬던 어느 날 밤, 아내와 아이들이 보고 싶어 미칠 것만 같았다. 그 순간, 엎치락 뒤치락 잠 못 이루던 나는 아내의 귀중함을 절실히 느끼었기에 용기 있는 고백을 하게 된다. 특히 관심을 끄는 것은 아내에 대한 그리운 심정의 간절함으로, 사랑 앞에는 체면도 권위도 없이 그저 무조건적임을 표현, 그 순수함을 더해 주고 있다.

다음 인용은 〈사랑, 사랑, 사랑타령〉 말미에 나오는 글이다.

서로 만나 죽도록 사랑하여 살다가도, 죽도록 미워하다 헤어진다. 이혼율이 높아지는 현실이 안타까울 뿐이다. 사랑에 대한 단수가 약한 탓 아닐까?

그래서 아름다운 사랑이란 이런 것이란 심정으로 써 본 것이다.

사랑은 인간에게 있어 가장 소중한 자양분이다. 음식을 먹고 육체적으로 성장하듯이, 사랑을 먹어야 정신적으로 성숙해진다.

'진정한 사랑'은 상대방에 대한 '깊고 따뜻한 배려'인 듯 싶다. 그것은 상대방을 이해하고 존중하며 헌신이 따라야만 가능하리라 믿는다.

# 한 번은 소망하고 싶은 사랑

오차숙

　사랑에는 정답이 없는 것 같다.

　진실 하나로 서로의 영혼이 융합되는 것, 서로의 가슴에 소롯이 남아 절벽을 헤치며 굽이 도는 것, 바로 그것이 사랑이다. 보이는 그 자체를 감싸 안으며 긴장의 교류를 통하여 서로의 가슴에 말이 되는 아픈 정신이 사랑이다.

　현실적인 삶에서도 사랑이 전부이고, 고아의 외로움보다 강한 아픔이 사랑이기 때문이다. 뙤약볕에 시달릴수록 폭포처럼 넘쳐 흐르는 것이 사랑이고, 배가 고파 기갈이 들려도 간직하고 싶은 침묵 속 외침이 사랑이기 때문이다.

　사랑이 존재한다면 도전해 보고 싶지 않은가.

　그 보물을 마음에 품고 만물을 사랑하고 싶지 않은가. 감각 없는 생활에 활기를 주며 주변을 변화시키고 싶지 않은가.

　그 귀한 눈빛에 매료되어 죽어가고 싶지 않은가.

— 〈사랑이 존재한다면 도전하고 싶지 않은가〉에서

---

**오차숙**

시인. 『창조문학』 신인상 시당선으로 문단에 등단. 『현대수필』 신인상 당선. 한국문인협회, 국제펜클럽 한국본부 회원. 현대수필문인회 회장, 국방일보 병영칼럼 집필 중. 『현대수필』 편집위원, 서초수필문학회 회장. 수필집 《콘크리트 속의 여자》, 《오늘처럼 쓸쓸한 날엔 태풍이라도 불었으면》, 《레일이탈을 꿈꾸고 싶은 날》, 《아름다운 구속》, 《변홍화》 외 다수 상재.

## 작가의 말

발췌된 작품은 사랑에 대한 정체성 파악이다.

첫 수필집 《콘크리트 속의 여자》에 게재된 작품으로서, 〈사랑이 존재한다면 도전해 보고 싶지 않은가〉의 중간 부분이다.

이 작품을 쓰게 된 동기는 어느 날 여자 은행원과 남자 무기수의 파격적인 사랑을 보면서 쓰게 된 글이다. 이들을 통해 사랑의 개념을 정리할 수 있었고, 결과는 진실한 사랑이란 시공을 초월한 상태— 육적인 사랑보다 영적인 사랑이 소중한 것임을 깨달았다.

느낌 하나로 정점을 향해 줄달음칠 수 있는 사랑, 어떤 상황 속에서도 꺼지지 않는 촛불이 되어 서로의 영혼을 위로하는 것이 사랑의 참모습 같았다.

내면에서 깊숙이 우러난 사랑, 욕망으로부터 정신을 분리시킬 수 있는 사랑, 결과보다도 과정에서 최선을 다하는 사랑, 비울 줄도 아는 여유 있는 사랑이 아름답기 때문이다.

# 그리움과 꿈의 대합실

유혜자


🌳 우체통은 기다림의 자세이다. 순수와 진실이 만나서 빛나는 의미가 되고 향기를 발할 수 있는 만남의 대합실. 우체통은 여리고 여린 꿈이라도 자신의 가슴 속에서 성숙되고. 서툴게 빚은 그릇일지라도 아름다운 도자기로 구워낼 수 있는 가마(窯)를 꿈꿀 것이다.

— 〈꿈꾸는 우체통〉에서


🌳 비너스에게 달린 서랍을 보며 사람들에게도 좋은 아이디어만을 정리해 둘 서랍이 있으면 좋겠다고 생각했다. 지식과 기억 등을 저장하는 뇌와는 별개인 특별한 용도의 서랍. 뇌의 용적은 한계가 있어서 부정적이고 나쁜 생각들로만 이미 채워져 있을 것이다. 참신한 영감과 깨달음, 창의력을 돕는 촉매제 같은 것들만을 별도의 서랍에 채워 넣을 수 있다면 얼마나 좋을까.

— 〈서랍이 있는 인생〉에서

**유혜자**

수필가, 방송인. 1972년 『수필문학』 추천으로 문단에 등단. MBC라디오 PD역임. 현 방송위원회 연예오락부문 심의위원. 한국문학상(1992), 한국펜문학상(2002) 수상 외.

## 작가의 말

앞의 발췌문은 〈꿈꾸는 우체통〉의 중간 부분이다. 문학을 하거나 종교를 믿는 것은 기쁜 만남과 성취도 있지만 고통을 풀어 가는 일이리라. 참신한 발견과 깨달음으로 독자의 감동을 일으킬 수 있는 글을 쓰고 싶은데 내 안의 언어는 늘 초라하기만 하다. 어느 비 오는 날 우체통 옆을 지나며, 우체통은 전파 교신을 위한 안테나처럼 육성이 닿을 수 없는 언어가 저장된 보석함이라고 여겼다. 지하수처럼 많은 언어가 고여서 흐르고 있을 우체통에 의탁해서 언어의 승화와 함께 빛나는 성취를 꿈꿔 보았다.

두 번째 발췌문은 〈서랍이 있는 인생〉의 후반부에서 뽑았다. 예술가는 의미와 가치를 낳으며 살고 싶은 이들의 꿈을 실현하기 위해 미술, 음악, 문학 등을 수단으로 작품을 만든다. 독창적이며 기인인 화가 '살바도르 달리'는 기존의 예술작품을 재창조하여 아름다움을 펼치기도 했는데 '서랍이 달린 밀로의 비너스'도 그 중 하나이다. 오래 전 화집에서 보았을 때는 좀 기괴해 보였는데, 실제 작품을 보니 기발한 착상이 그럴 듯하고 친근감까지 들었다. 달리는 서랍으로 관능을 표현했다고 한다. 나는 나이 들면서 쇠퇴하는 능력이 아쉬워서 창의력을 담는 서랍으로 엉뚱한 욕심을 부려보았다.

# 어린이의 순진성과 어른의 비도덕성

윤덕근


🌳 초등학교 2학년에 다니는 손자녀석이 자기는 공부시간에 떠들지 않았는데 선생님이 벌을 주었다며 울고 돌아왔다.

"그런 것은 선생님께 말씀을 드려야지?"

"말했지. 말했는데도 선생님이 벌을 주는데 어떻게 하냐구?"

그 날 선생님의 그런 오판이 있었는지 없었는지 그것은 아직도 모른다. 학교는 배우는 곳이다. 잘못 안하고 벌 한 번 서 봐도 배우는 것은 있다.

지금처럼 아이들이 오냐, 오냐 하는 속에서만 커 가기보다는 오히려 이유 없는 질책도 더러 들어가며 커야 하지 않을까. 아이들은 어린 시절부터 이런 저런 일들을 많이 체험할 수 있어야 이 다음에 웬만한 시련 같은 것에는 눈도 꿈쩍하지 않는다.

— 〈어서 말해 뭐야〉에서


🌳 이 세상에 모든 것이 전에 보다 많이 변했다. 그리고 아직도 그 변화는 여전히 지속되고 있다. 그러나 세상이 아무리 변하고 달라지는 한이 있더라도 인간이 살아가는 데 가장 근본이 되고 있는 윤리와 도덕을 지키는 일에는 변함이 없어야 할 것이다. 그러나 지금 우리 사회에는 그것이 잘 지켜지기보다는 그렇지 못한 데 더욱 심각성이 있다.

— 〈큰일 난 세상〉에서

**윤덕근**

수필가. 1967년 월간 『신동아』 수필발표로 문단에 등단. 한국수필가협회 이사 역임. 현재 국제펜클럽 한국본부 이사. 교정문학 회장.

## 작가의 말

〈어서 말해 뭐야〉는 어린이 세계의 한 단면이다.

어린이들은 자신이 그간 어디서 무엇을 어떻게 하였던 지난 일을 쉽게 잊고 다시 새롭게 출발하는 순진성이 있다. 그리고 아침 등교 시간이 되면 밝은 미소와 함께 두 손을 앞으로 엇갈리게 포개 모으고는 "학교 다녀오겠습니다."라고 하는 배꼽 인사를 한다. 이래서 어린이들은 어른들이 끔찍이 사랑할 수밖에 없는 귀여운 천사가 아닌가.

다음 〈큰일 난 세상〉은 지각없는 사람들의 비윤리적이고 비도덕적인 행위를 고발한 것이다.

나의 글에서 중심이 되고 있는 내용은 언제나 타락한 사회윤리와 도덕을 바로 세우고 아직도 남아 있는 고질적인 비리를 척결해야 한다는 것이다. 그 때문에 내 글의 주제에는 체험적인 실제가 매개로 등장해 신변잡기로 흐를 때가 많다.

사람에 따라서는 신변잡기를 붙잡고 수필로서의 가치가 이러니저러니 하기도 하지만 나는 그것이 그래도 가장 진솔한 인간의 삶이라고 보아 늘 그런 유의 산문을 즐겨 쓰고 있다.

인간의 삶의 실제는 늘 살아가는 길이 곧아야 하는 것이다.

어린 시절 시골에 있을 때, 우리 집 누렁이는 주인이 집에 없을 때 늘 우리 집을 지켜 주었다. 그 개의 충성심은 신의를 쉽게 저버리고 배신을 밥먹듯 하는 무엇보다 낫다는 생각을 아직도 지울 수가 없다.

# 인생 역정(歷程) 그리고 탈속(脫俗)의 무아지경

윤범식

🌳 앞자리에 앉은 사람들의 모습에서 관상을 읽는다. 얼굴이야 눈, 코, 입 다 같지만 그들의 표정과 옷차림에서는 각기 살아가는 흔적이 배여난다. 20대까지는 부모가 준 얼굴이라 하지만, 30대를 지나 나이를 먹어갈수록 한 줄 두 줄 늘어가는 이마에 새겨진 주름살에서 그들이 살아온 역정이 엿보인다.

부모의 만남과 헤어짐, 배움의 길고 짧음, 다양한 직업, 넉넉하고 모자람의 빈부 차이, 삶에서 생겨난 성품, 이 모든 것들이 함께 어우러져 그어진 인생 계급장 주름살에서는 나름대로 각자 살아온 희로애락이 읽어진다.

— 〈요즘 지하철을 타면〉에서

🌳 무릉도원이 따로 없고 강태공도 부럽지 않다. 멀리서 '뗑그렁— 뗑그렁—' 교회당 종소리가 은연히 울려 와, 적막 속 나의 고막을 두들겼다. 온 몸 속의 찌들은 피가 싹 녹아내리는 느낌이다. 그 순간 한 마디의 빨간 찌가 물 위로 솟구친다. 낚싯대를 잡은 손에는 어신(魚信)이 전해 온다. 당기는 손 끝엔 짜릿한 감전이 흐른다. 바로 이것이 낚시의 손맛이다. 힘도 세다. 월척인가 먼 동이 트며 얇은 햇살이 잔잔한 호수 위에 모락모락 물안개를 피운다.

— 〈낚시터 유감〉에서

**윤범식**

수필가. 우취가(郵趣家). 정보통신부 우체국장 역임, 부이사관 정년퇴임. 한국통신 카드 감사.

## 작가의 말

앞의 발췌문은 〈요즘 지하철을 타면〉이란 나의 수필 중간 부분이다. 지하철을 타고 가면서 앞자리에 앉은 사람들의 어두운 얼굴들의 표정을 하나하나 훑어보며 그들 각자가 서로 달리 살아가고 있는 모습들, 30대 이후 하나 둘씩 늘어나는 이마의 주름살에서 배어나는 지나간 과거지사 속의 희로애락의 생활상을 상상해 본 것이다. 과연, 나는 40대 이후의 내 얼굴을 책임질 수 있을까 자성해 보면서.

그리고 뒤의 발췌문은 나의 수필 〈낚시터 유감〉의 중간 부분이다.

사람들은 저마다 스트레스를 푸는 방법이 여러 가지가 있을 것으로 생각되지만, 나의 경우 공직생활 중 중요 책임 직위에 있을 때에는 늘 마음이 무거워 밤잠을 설칠 때가 여러 번 있었기에, 그런 스트레스를 풀기 위해 낚시를 다녔다. 단지 낚시에만 몰두하거나 현실 도피의 생각에서가 아니다.

사실 인가가 드문 이른 새벽 푸르고 잔잔한 호수에서 물안개가 가물가물 피어오름과 동시, 저 멀리서 교회의 종소리가 은연히 들려 올 때는 무아지경에서 한 폭의 그림이 아니라 살아 움직이는 동영상 파노라마 속의 주인공이 나인 양 느껴진다. 실제 상황에 빠져 경험해 보지 아니한 사람은 그 순간의 느낌을 맛보지 못할 것이다.

# 가능성은 언제나 내 삶의 주체자

윤재천

🌳 나에게는 오랜 꿈이 있다.

여행 중에 어느 서방(西方)의 골목에서 본 적이 있거나, 추억 어린 영화나 책 속에서 언뜻 스치고 지나간 것 같은 카페를 하나 갖는 일이다.

그 곳에는 구름을 좇는 몽상가들이 모여들어도 좋고, 구름을 따라 떠도는 역마살이 낀 사람들이 잠시 머물다 떠나도 좋다. 구름 낀 가슴으로 찾아들어 차 한 잔에 마음을 씻고, 먹구름뿐인 현실에서 잠시 비껴 앉아 머리를 식혀도 좋다

구름카페는 나의 생전에 존재할 수 없는 것이어도 괜찮다. 구름이 작은 물방울의 결집체이듯, 현실에 존재하지 않기에 더 아득하고 아름다운지도 모른다.

그러나 나는 꿈으로 산다. 그리움으로 산다. 가능성으로 산다.

— 〈구름카페〉에서

**윤재천**
전 중앙대 교수. 한국수필학회 회장. 『현대수필』 발행인 겸 주간. 현대수필문학회
회장, 한국수필학연구소 소장.

## 작가의 말

내 삶의 이상향을 용해시켜 놓은 수필 〈구름카페〉의 첫 부분과 끝 부분이다.

현실에 존재하지 않기에 더욱더 투명하게 자리 잡고 있는, 있는 듯하면서도 존재하지 않고, 없는 듯하면서도 그 자리를 지켜주는 카페에는 수필의 혼과, 고갱의 혼이 숨을 쉬고 있다. 이 카페에는 느낌이 비슷한 제자들이 왕래하며, 그들을 통해 예술의 희비를 떠올리게 하는 장소가 되기도 한다. 카페에 모여드는 제자들은 몽상가, 역마살이 낀 제자들이 많기에, 나는 항상 그들에게서 희비의 춤사위를 배운다.

'문학'이라는 이름 아래 씨줄과 날줄로 만남이 이루어진 사람들, 나는 스승과 제자라는 인연에 생명력을 불어넣기 위해, 내년부터는 현대수필 문학상을 '운정 수필문학상'이라 명명하여, 창간 14주년 기념으로 시상식을 가지려 한다. 프랑스의 '드마고카페 문학상' 같은 경건한 분위기는 없어도, 나의 가난한 영혼을 풀어 넣어 촛불을 밝히고 싶다.

'운정 수필문학상'을 수상할 수 있는 기준은 등단한 지 10년 이상 된 작가, 2권 이상의 수필집을 낸 수필가로 선정, 1년에 1명씩 수상하며 의미 있는 문학상을 만들고 싶다.

〈구름카페〉는 삶의 '대명사', 삶의 '청사진'으로서, 늘 내 안에 존재하기 때문이다.

# 자녀교육 그리고 생명의 존엄성

## 이강수

🌳 어린 아이의 마음이란 아무 것도 그려지지 않은 깨끗한 백지 상태이다. 그 아이의 마음에 어떤 그림을 그려야 할 것인가는 우리 모두가 잘 알고 있다. 제발 이기적이고 자기 중심적이고 영악하고 되바라진 그림들만은 그리지 말자.

— 〈그 어머니의 그 자식〉에서

🌳 큰 나무에 작은 못 하나가 생명에 무슨 큰 지장이 있겠느냐고 생각하겠지만 모든 생명체는 사람과 같이 감각이 있어 아픔도 느끼고 추위와 더위도 느낀다는 사실을 알아야 한다. 예수님도 손과 발에 못이 박혀 십자가에서 돌아가셨다. 성스러운 생명의 무늬를 지우는 우를 범하지 말아야겠다.

— 〈생명의 무늬〉에서

**이강수**

수필가. 『한맥문학』 자문위원, 한국수필문학작가회 이사. 서대문문학회 사무국장. 한국문인협회 홍보위원. 한국영상작가협회 회장.

## 작가의 말

　앞의 발췌문은 〈그 어머니의 그 자식〉이란 수필의 후반부이다. 요즘 핵가족 하에서 자식을 너무 귀하게만 키우다 보니 만능 기계로 만들려는 부모가 많다. 다섯 곳이 넘게 학원엘 보내고 그것도 모자라 무조건 1등을 하라고 강요하고 있다. 수험생이 있는 집은 모든 가족이 숨소리도 못 내고 하루하루를 살아야 한다. 이런 아이가 커서 과연 어떤 사람이 될 것인가? 이기주의자에 출세주의자가 될 것이 틀림없다. 부모가 아이의 소질을 계발하지 않고 자기 취향대로 아이를 만들고 있으니 국가의 장래가 어둡기만 하다. 우리의 조상들이 율곡 선생의 소아수지훈(小兒須知訓)이나 실학자 이덕무 선생의 사소절(士小節) 같은 수신 책으로 아이들을 교육한 것같이 기초 덕목을 길러 주는 부모가 되었으면 하는 마음에서 쓴 것이다.

　다음은 〈생명의 무늬〉의 끝 부분이다. 우리는 가로수나 주위에 있는 나무에 현수막이나 간판, 그 외 필요에 의해 무심코 못을 박거나 철사나 끈으로 묶는 경우가 허다하다. 큰 나무에 작은 못 하나가 무슨 대수야 하고 생각할지 모르지만, 나무도 생명체이기 때문에 춥고, 덥고, 아픔을 느낄 수 있는 감각이 있는 것이다. 사람도 손발에 작은 못을 박아 나무에 매달면 예수처럼 죽고 만다. 무심히 던진 돌이 연못 속의 물고기에게는 생사의 갈림길이 된다는 걸 깨닫고 생명의 존엄성을 알자는 뜻에서 표현한 구절이다.

# 바람의 향연과 산의 정서

## 이당재

🌳 바람은 끝없는 사막에 펼쳐진 모래 벌판에서 내 살 한 점 어쩌지 못하지만 오랜 세월 풍화작용은 육중한 바위를 밀가루 반죽하듯 깎고 조각하여 사막에 울울히 솟아오르는 단단하고 기묘한 바위산을 연출한다. 흙먼지 일으키며 드넓은 사막을 도화지 삼아 이리 저리 지나다니다가 물 이랑처럼 끝없는 곡선을 그리는 천재적 화가의 정교한 손놀림으로 단 번에 아름다운 예술의 극치를 그려내기도 한다.

— 〈바람의 향연〉에서

🌳 산에 자주 오르다 보니 탁류 속에서 헤매던 마음의 세계는 청정을 되찾게 되었고 병들어 가던 심신은 치유되어 갔으며 밤새 밀어닥치던 뇌쇄는 주춤거렸고 땅 위의 질서와 인생 유전의 굽이굽이를 돌아 깨어난 의식의 세계도 제 위치를 향해 갈 수 있었으니 산이 가르쳐 준 성찰과 각성의 덕분이다. 그러나 산은 나에게서 멀기만 한 것 같다. 산은 산, 진여(眞如)의 그대로이고 아직 진아(眞我)가 되지 못한 나는 나다움을 찾아 저 묵시의 거좌(巨坐)를 향해서 국척(跼蹐)의 조바심으로 걸음걸음 오르고 또 오른다.

— 〈산의 情緒〉에서

### 이당재

시인, 수필가. 연세대 교육대학원 졸업. 서울 노원경찰서장 등 5개 지역 경찰서장 등 34년 공직 역임. 『문예사조』 신인상 수필 당선으로 문단에 등단. 『순수문학』 신인상에 시 당선. 에세이집 《행복의 둥지》, 《맑은 바람 흰 구름처럼》(수상록). 시집 《바람에게서만 사연을 듣는다》, 《바람의 음계를 켜고》, 《바람꽃 피어 있는 풍경》 외 《포도청 연구》 등 전문연구서 다수.

## 작가의 말

위의 발췌문은 『수필문학』(2004. 6월호)에 발표된 나의 수필 〈바람의 향연〉의 중하단부에 쓰여진 것이다. 옛 그리스의 문인들이 에로스적 사랑에 대해 여러 가지 관점에서 이야기(饗宴 · 원제목 Symposium)하였듯이 나는 바람에 대하여 많은 얘기를 하고 싶었다. 바람은 우주의 에너지다. 보이지도 않고 만질 수도 없고 냄새도 없는 것이 늘 자기 존재를 일깨우며 돌아다닌다. 발췌문에서 바람이 그린 그림의 소재는 오직 하나 모래뿐, 황혼 비친 지평선에 무의미의 입체화를 그리는 것이 바람이다.

아래 발췌문은 나의 수필집 《맑은 바람 흰 구름처럼》의 〈산의 情緒〉 가운데 중상단부에 쓰여져 있다. 산은 태연자약하다. 나는 산을 닮고 싶어 산에 오른다. 그러나 나는 산다워 보지 못하고 산처럼 자약하지 못한 모습으로 세상을 살아가고 있다. 공자(孔子)가 되고 싶어했던 안(安) · 신(信) · 회(懷)의 수평적 인간관계는 공동체 안의 바람직한 조화를 위해 필요 불가결한 품성으로 산은 그것을 나에게 가르쳐 주는 〈산의 情緒〉는 사회생활의 기본조건으로 배워야 하지 않을까 생각한다.

# 건강과 독서, 내 노후 행복조건

이방수

🌳 먼저 나는 건강미가 풍기는 깨끗하고 원숙한 노인으로 살고 싶다.

돈이고 권력은 빌릴 수도 있고 스스로 만들어 갈 수도 있지만은 건강을 잃으면 세상을 다 잃는다고 했다. 건강은 그대로 지켜지는 것은 아니다. 적당한 운동, 규칙적인 생활, 알맞은 영양의 보급, 때로는 먹고 싶은 음식도 절제해야 하고 하기 싫은 운동도 해야 하는 고역의 산물이다. 그래서 나의 집념은 건강미가 넘치는 은발의 외모에 편안하고 깨끗한 얼굴, 욕심 없이 순리대로 살아가는 덕 있는 얼굴을 스스로 만들어 가고 싶다.

나는 책 속에 파묻힌 노후생활을 하고 싶다. 선각자들은 책 속에 세상이 있고 책 속에 길이 있다고 했다. 두보는 독파서 만권하니 하필여유신이라고 했다. 책을 읽고 다른 사람의 지혜를 발견했을 때 무릎을 치면서 어쩌면 이런 생각을 했을까 공감하는 쾌감은 그 무엇에 비기겠는가. 수만 권의 책을 쌓아놓고 책 속에 파묻혀서 눈을 감을 때까지 책을 읽을 것이다. 그리하여 독서의 경륜이 쌓인 원숙미가 번득이는 아름다운 노후생활을 하고 싶다. 늙어서 독서를 할 수 있는 것, 이것이 노후생활의 행복이요, 아름답게 늙어가는 지름길이다.

— 〈아름다운 노후〉에서

### 이방수

수필가. 1999년 『수필문학』 추천으로 문단에 등단. 경남 고성군수 · 합천군수 · 의령군수 역임. 경남사회진흥연수원장 역임. 한국문인협회 회원. 한국수필가협회 이사.

## 작가의 말

이 발췌문은 〈아름다운 노후〉란 수필의 한 부분이다.

나는 경남 도청 새마을과에 근무할 때 청와대 사진작가를 도내 새마을 현장에 안내한 적이 있었다. 그때 그 사진작가의 주문이 궁색하지 않고 깨끗하게 늙어가는 노인이 손자들과 아담한 집의 파아란 잔디밭에서 평화롭게 휴식을 즐기고 있는 모습을 연출하는 것이었다. 그 모델을 찾으면서 나도 먼 훗날 그 사진작가가 주문했던 노후의 행복 조건대로 깨끗하고 아름답고 원숙한 모습과 초롱초롱하고 깜찍한 얼굴을 한 손자들과 함께 하는 노후생활을 하고 싶었다.

그래서 사진작가가 주문한 행복의 조건이 나의 노후생활의 행복의 조건으로 노인답게 살아가려는 밑그림이 되었고, 나의 노후생활관 정립의 기본이 되었다.

그리고 향내 나는 노후생활을 하고 싶다. '도이불언(桃李不言)이라도 하자성혜(下自成蹊)'라는 말처럼 원숙한 경륜과 고매한 인품으로 향내 나는 삶을 살면 남의 본보기가 되고 이웃이 넓어질 것이다.

또한 옛 어른들은 삼락이 깃들어야 가정이 행복하다고 했다. 삼락은 아이 우는 소리, 책 읽는 소리, 베 짜는 소리가 나야 웃음이 담을 넘는 가정이 된다는 것이다.

나는 지금도 그때 그 사진작가가 주문했던 행복한 노인상을 생각하면서 아름다운 노후생활을 노인답게 살고 싶다.

# 책의 소중함과 나무의 교훈

## 이병수

🌳 책은 우리에게 다정한 벗이요, 안내자요 스승이다.

그리고 우리의 마음에 안식을 주는 정원이요, 샘터요, 애인이 되는 수도 있다. 그러나 이 애인은 자기를 찾는 이만을 상대할 뿐, 지나쳐 버리는 이에게는 결코 먼저 말을 걸어오는 법이 없다. 그는 고고하지만 결코 도도하지는 않다. 한 번 지나쳐 버린 이라도 다시 그를 찾아가면 괄시하거나 냉대하는 법이 없다.

― 〈책에 대한 감사〉에서

🌳 느티나무! 나는 그대 앞에 서면 마음이 경건해진다. 그대는 육중·웅장하고 누가 다듬어 주지 않아도 스스로 큰 우산을 만들어 아늑한 정자나무로 자라주니, 나는 그대에게서 '자율'을 배우게 되었다오, 또 경솔하지 않고, 온갖 풍상을 겪고서도 속으로만 삭이고 견뎌내니 인고의 수도자요, 어진 선비와도 같도다. 그대는 하늘조차 받치는 우산으로 뭇사람을 안아주니 도량도 넓구려.

― 〈느티나무 예찬〉에서

**이병수**

수필가. 부산개금고 교장 역임. 영호남수필문학회 부산회장 역임. 부산수필문학협회 회장(현). 수필집 《초상화 그리기》 등 4권 상재.

## 작가의 말

앞의 발췌문은 〈책에 대한 감사〉란 수필의 중간 부분이다. 나는 지난날 줄곧 교직을 업으로 삼다 보니 남달리 책에 대한 애정을 갖게 됐는데, 책의 해를 맞아 감회가 새로워 써 본 글이었다. 책은 우리에게 참으로 묘한 존재라 느껴진다. 평생 동안 나의 반려자로서 한량없는 지식을 주고, 밝은 지혜로 갈 길을 인도하며 각종 문제 해결의 열쇠가 되어 주었다. 특히 불우한 시대에 태어나 대학과정을 순탄치 못한 가운데 독학을 하다시피 하면서도 내가 이만큼이나마 성장하여 그동안 학생을 가르치며 마지막 정년퇴임까지 할 수 있었던 것은 책의 힘에 의지한 바가 컸기에 남다른 책에 대한 고마운 정을 그려 보고 싶었다.

다음 발췌문은 〈느티나무 예찬〉의 한 부분이다. 내 고향 마을에는 400살쯤 되는 느티나무가 있다. 동네 사람들의 쉼터요, 대담 · 토론의 장소도 되었다. 나도 그 그늘에서 책을 읽고 낮잠도 자면서 자랐기에 정이 들었거니와, 마을 입구에 버티고 서서 동네를 침범하려는 자가 감히 운동을 못하게 하는 수호신 같은 위엄도 갖추고 있어 나도 모르는 사이에 존경의 대상이 되기도 하였다. 그리하여 요즘도 어디서나 느티나무를 보기만 하면 경건해지고, 노후를 그처럼 포용력 있고, 의젓한 삶으로 마무리했으면 하는 바람을 갖고 있다.

# 사소한 행복과 고향 그리움

이영숙

🌳 작은 생명 하나는 온 집안에 생기를 불어 넣어준다. 민승이는 웃음의 바이러스이며, 행복의 바이러스다. 행복은 삶의 순간들이 모여서 만들어진다. 작고 사소한 것도 기뻐하면 행복해진다. 행복은 멀리 있는 게 아니다. 자기 손 안에, 자기 마음 안에 있다. 행복은 발견해 내는 것이다.

— 〈속계로 돌아온 민승이〉에서

🌳 햇살이 폭포수처럼 쏟아지는 8월 하루쯤, 고향의 미루나무 그늘 아래에서 초록 들판을 바라보며 내일을 충전했다.

진실의 언덕이 있고 순수의 시내가 있는 곳. 맑은 웃음 밝은 애기와 따뜻한 마음이 있는 곳. 미루나무 정수리가 여럿 보이면 개실마을이다.

— 〈미루나무〉에서

**이영숙**

수필가. 안양대학교 사회교육원 문예창작과 수료. 2002년 『현대수필』 신인상에 수필 〈사추기〉가 당선되어 문단에 등단. 한국문인협회, 한국수필학회, 현대수필문인회 회원. 안양 화요문학 동인. 수필집 《행복의 바이러스》 등이 있다.

## 작가의 말

앞의 발췌문은 〈속계로 돌아온 민승이〉란 수필의 뒷부분이다.

딸의 산바라지를 해주면서 3세대에게서 느끼는 잔잔한 기쁨을 작품화 해 보았다. 이 글을 써놓고 많이 망설였다. 작품이나 되는지 해서. 늘 첫 독자인 딸에게 보여주었더니 괜찮다고 용기를 주었다. 생활 글은 어지간히 써 가지고는 독자를 감동시키기가 어렵다. 다행히 첫 수필집 제목도 여기에서 가려뽑아 낼 수 있었다.

두 번째 발췌문도 수필 〈미루나무〉의 마지막 부분이다. 누구나 그러하듯이 세월이 많이 흐를수록 고향을 그리워 하게 된다. 제목과 달리 글의 내용이 '할머니'와 '고향' 이야기가 주를 이루고 있다. 〈미루나무〉 글 속엔 미루나무란 단어는 단 두 줄이 들어가 있다. 맛깔스럽고 신선한 글이 되도록 한 발 물러서서 낯설게 하기, 스토리가 있는 수필, 원형 상징을 염두에 두고 나 나름대로 공을 들였지만 역부족이다.

# 아름다움과 향기의 미학

이영애

영원히 아름답다는 것은 빛을 잃지 않는 마음이다. 꿈을 잃지 않는 마음이다. 사랑을 잃지 않는 마음이다. 아름다움은 느낄 수도 있고 창조될 수도 있지만 정의를 내릴 수는 없다.

— 〈영원히 아름답다는 것은〉에서

내 아이들과 내 남편과 더불어 우러나는 향기. 나는 그들의 그윽한 향내이며 그들은 나의 향내이다. 서로에게 묻히고 서로가 섞여서 더욱 짙어지는 향인 것이다. 이런 작은 향들이 모여야 세상을 밝고 아름답게도 할 수 있다는 자신감이 생겼다.

— 〈묻힘으로써 우러나는 향내〉에서

**이영애**

국제펜클럽 한국본부, 한국문인협회, 한국수필가협회, 기독교수필문학회 회원.
1999년 황희문학상 대상 수상. 수필집 《아침에 핀 종이 카네이션》 외 다수.

## 작가의 말

나는 아름다운 사람이 되고 싶었다. 그리고 그 마음은 예나 지금이나 변함이 없다. 내가 수필을 쓰게 된 동기도, 글을 쓰는 작업이 생각들을 한 오라기씩 풀어 헤치고 다시 조합함으로써 내면을 아름답게 정화시킬 수 있기 때문이었다.

'아름답다' 의 어원이 '나답다' 라고 하는데, 우리는 진정 나다운 것을 얼마만큼 깨닫고 사는가! 혹여 맞지 않는 옷을 고집스레 입고 거짓 미소를 지으며 살고 있지는 않은지…….

칸트는 '아름다움' 이란 개인의 주관적인 판단에 의한 정서라고 했다. 그렇다면 〈영원히 아름답다는 것은〉과 〈묻힘으로써 우러나는 향내〉에서 추구하고 있는 '아름다움' 과 '향기' 는 '빛' 과 '꿈' 과 '사랑' 을 매개체로 '나다움' 으로 통하는 하나의 맥락이다. 〈영원히~〉에서는 아름다움이 지닌 내면적 속성을 꿈과 빛과 사랑이 내포된 마음에 비유했다고 한다면 〈묻힘으로써~〉에서는 그 아름다움을 가꾸기 위한 방법론을 어우러짐의 미학을 통해 제시하고 있다.

나의 글은 논리적이고 철학적인 심오한 수필이라기보다는 자기 성찰을 통한 생활의 지혜나 거기서 얻어지는 인격수양의 정서를 담고 있다. 그러다 보니 자연히 세련되거나 현학적이기보다는, 그저 앞마당에 핀 야생화처럼 때론 투박하고 거칠 수도 있으나 그런 '순수의 샘' 이 바로 나다운 아름다움이 아닐까!

# 다리의 속성 그리고 샛길의 사랑

## 이유식

🌳 다리는 육지와 육지를 연결해 주는 관문이요, 땅과 땅의 중매쟁이요, 허리띠며, 길과 길의 악수다. 다리는 새로운 세계로 뻗어 나가고자 하는 욕망의 콤마요, 접속사며, 잠시 경관의 아름다움에 도취케 하는 탄성의 감탄부호며, 종착지의 마침표를 향해 가는 욕망의 간이역이다.

— 〈다리는 인생의 소극장〉에서

🌳 부부간의 사랑이 열린 고속도로의 사랑이라면 다른 여인과의 사랑은 샛길의 사랑임에는 틀림없다. 그러나 성인 군자가 아닌 이상 누구나 샛길의 강한 유혹을 느낀다. 긴장의 맛이 있고, 반칙의 미학이 있으며, 파격의 멋이 있다.

— 〈내 마지막 노을빛 사랑〉에서

**이유식(李洧植)**

평론가 겸 수필가. 1961년 『현대문학』 추천으로 문단에 등단. 배화여대 교수와 한국문인협회 부이사장 역임. 현재 한국문학비평가협회 상임고문 · 청다한민족문학연구소장. 현대문학상(1971) · 예총예술문화대상(1997) · 한국문학상(2002) 수상. 평론집 《반세기 한국문학의 조망》 외 6권, 수필집 《내 마지막 노을빛 사랑》 외 4권 상재.

## 작가의 말

앞의 발췌문은 〈다리는 인생의 소극장〉이란 수필의 맨 앞 부분이다. 평소 나는 현란한 수사나 이미지 위주의 공소한 서정수필보다는 지적 서정수필을 써 보았으면 하는 생각을 항상 품고 있었다. 그런 시도로 이 작품을 써보았는데 작품의 서두를 좀 더 멋있게 하기 위하여 다리의 속성을 먼저 서정적 텃치로 추상화 시켜 보았다. 관문, 중매쟁이, 허리띠, 악수라는 단어로 비유적 표현을 시도해 보았고 또 표현상의 새로운 호기심의 충족을 위해 다리와 전혀 무연할 수 있는 문장을 대비시켜 콤마, 접속사, 감탄부호, 마침표 등의 문장부호에서 그 등가적 속성을 발견해 이미지화 시켜 보았다.

그리고 그 다음 발췌문은 〈내 마지막 노을빛 사랑〉의 거의 끝 부분이다. 부부의 사랑을 '열린 고속도로의 사랑' 으로, 다른 한편 다른 여인과의 사랑을 '샛길의 사랑' 이라 정의해 놓고, 긴장이나 호기심의 '샛길의 사랑' 도 알고 보면 누구에게나 그 가능성이 있는 인간욕구의 보편적 진실임을 밝혀 보면서 반칙이나 파격은 겉으로 드러난 도덕률이나 윤리와는 달리 금단이나 금지의 선을 넘고픈 인간본성의 리비도의 한 측면인 동시에 삶의 활력소도 될 수 있다는 점을 강조해 보고 있다.

# 찻물 끓는 소리 그리고 허(虛)

## 이일헌

🌳 왠지 모르게 가슴이 시들해질 때면 파이렉스 주전자에 찻물을 끓일 것이다. 은은한 달빛 아래 정다운 벗과 청담을 나눌 때는 철주전자에, 멀리서 귀한 손이 나를 잊지 않고 찾아오는 날이면, 고운 옷 갈아입고 은주전자의 솔바람 소리를 들려주리라.

— 〈솔바람 소리〉에서

🌳 아름답다! 뒷모습은 더욱 그러하다. 이 멋진 묵화의 유희를 나 홀로 감상하다니……. 그리운 사람과 함께라면 그게 바로 신선놀이가 아니겠는가. 사방이 텅 비었기에 잡힐 듯 사라지는 그림자조차도 이렇듯 가슴에 깊이 다가오는지 모른다. 그래서 노자는 허(虛)에 대해서 말했던 것일까.

— 〈빈 벽〉에서

**이일헌**(李一軒)
수필가. 1991년 『창작수필』 추천으로 문단에 등단. 창수동인회장과 茶文化협회 이사 역임. 한국문인협회, 한국수필가협회, 창수문인회, 차학회 회원.

## 작가의 말

앞의 발췌문은 〈솔바람 소리〉의 마지막 문단이다. 그동안 나는 차(茶) 한 잔의 미학을 통해 세상 만물을 바라보았다. 잘못 끓여 쓰고 떫은 차 한 잔도, 둔탁한 음을 내는 파이렉스 탕관의 찻물 끓는 소리도, 모두 내게 삶을 이해하는 통로가 되어 주었다.

이 수필은 찻물 끓이는 그릇인 돌솥과 놋주전자. 철, 은, 파이렉스 등의 탕관에서 나는 물 끓는 소리를 소재로 삼고, 각각 다른 저마다 내는 소리를 의미화 해본 글이다. 세상의 모든 사물의 길고 짧음, 높고 낮음 등의 대비는 지극히 심리적이고 주관적이므로, 어느 것이 좋다 싫다고 단정짓기보다는, 각각 그만의 고유한 쓰임을 찾아 조화시킨다면 그 또한 아름다움의 경지라는 것을 표현해 보고 싶었다.

뒤의 문장은 수필 〈빈 벽〉거의 끝 부분이다. 무엇인가 가득 차고 넘치는 현대 생활이 더없이 복잡하고 무겁게 느껴져 써 본 글이다. 어느 해 집을 옮겨 손질하면서 다실(茶室) 한 칸의 벽에는 어디에도 못질을 하지 않았다. 벽을 텅 비워둔 것이다. 그 후 어느 날, 앞창의 화안한 버티컬 블라인드에 가물거리다가 다시 나타나곤 하는 한 폭의 수묵화가 홀연히 나를 사로잡았다. 수년 동안 아파트 베란다에 자리잡고 있던 관음죽의 그림자, 그러나 늘 무심했던 그 그림자였다. 사방 텅 비어 있는 벽, 그 허(虛)는 실상 죽은 공간이 아니라, 생명의 숨결처럼 무한히 생성작용을 한다는 옛 현인의 말이 화두처럼 머리에 떠올랐다.

# 모시옷의 미학과 철늦은 깨달음

이자야

🌳 모시 손질은 까탈스럽기 이를 데 없다. 미지근한 물에 모시를 담가 잿물을 빼내고 물기를 머금은 축축한 상태에서 풀물에 넣고 푸새를 한다. 풀을 머금은 모시는 겸손하다. 풀물에 자신을 묻어 풀어놓은 모습은 오기와 고집을 버리는 것 같다. 내 마음도 함께 편안해져서 좋다.

— 〈모시 적삼〉에서

🌳 농부의 딸이 아니길 바라며 어머니의 가슴을 아프게 했던 나는 다시 이 자리에 서 있다. 이방인처럼 배회하던 작고 보잘 것 없는 이곳 오두막 집이 그리운 걸 보면 나도 이젠 나이를 먹었나 보다. 팍팍한 일상에서 메말랐던 감정도 한없이 순해진다.

— 〈가을을 보내는 길목〉에서

**이자야**

수필가. 『수필문학』 추천으로 문단에 등단. 수필문학추천작가회, 한국수필가협회, 한국문인협회, 한양수필문학회, 오말문학회 회원.

## 작가의 말

　〈모시 적삼〉이란 수필의 중간 부분이다. 한 여름이면 나는 모시옷을 즐겨 입는다. 손질하는 과정도 다른 옷감과는 달리 정성을 쏟아야 한다. 푸새를 하여 꾸덕꾸덕해질 때까지 꼭꼭 밟아서 씨날이 바로 서면 비로소 까슬까슬한 모시의 기운이 살아난다. 모시를 손질하는 과정에서 우리가 살아가는 일상을 주제로 삼았다.

　그리고 〈가을을 보내는 길목〉에서는 눈만 뜨면 밭에 나가 일손을 도와야 하는 것이 정말 싫었다. 그런 나는 기회만 있으면 더 넓은 세계로의 길을 따라 나설 준비를 하고 있었다.

　초라한 산골을 벗어나면 그곳에는 내가 꿈꾸는 세계가 나를 기다리고 있을 것만 같았다. 그러나 세상은 그리 녹록하지만 않다는 것을 알기까지 많은 세월을 보내면서 이제야 철이 드는 나를 뒤돌아본다. 가을 끝자락에 서서 비로소 농부의 딸이기를 인정하는 작자의 심정을 그려보았다.

# 어머니의 한(恨)과 사랑

## 이창옥

 전생에 무슨 넋이 그분에게 묻었는가. 꿈에도 보지 못한 한 여인의 뜨겁게 달아오른 인두로 속살을 덴 그분.

가슴 안창까지 화기(火氣)가 뻗친 그 상처의 치유는 눈이나 감아야 아물런가.

인연 간수.

인간에 있어서 이 인연 간수만큼 무섭고 힘든 것이 또 있던가. 남편에 대한 인연 간수를 허술히 한 원(怨)이 평생에 다시 없을 원(怨)이 오늘의 이 희평산에 크낙한 숲을 만들었을 것이리라.

눈발에 지나가는 바람소리가 아득하다.

오늘따라 한 생애의 별한(別恨)이 너무 사무치어 치마끈도 안 풀린다는 그분의 피어나는 한숨소리가 크게 들리는 듯하다

어머니.

어머니.

목에 잠긴 부름만 나무 사이로 갈라진다. 일흔이 넘어도 그분의 살이 식지 않은 나무들이여.

눈 숲은 청향(淸香)을 피운다.

— 〈희평산의 나무와 어머님〉에서

**이창옥(李昌玉)**

수필가. 1983년 『월간문학』 신인문학상 당선으로 문단에 등단. 고교 교감과 전북수필문학회 회장, 대표에세이문학회 회장 역임. 현재 전북문인협회 이사. 리라재능어린이집 원장. 범전북국책사업 유치추진협의회 고문 겸 저널지 편집국장.

### 작가의 말

　본 발췌문은 〈희평산의 나무와 어머님〉이란 수필작품의 끝 부분이다. 데뷔작품이기도 하다. 특히 곡진한 생활 예술로 공간과 시간을 넘어 새로운 세계의 문을 여는 서정수필로 다듬어 보았다. 정서적 단어와 이미지의 표출, 공감되는 어머니에 대한 모자의 진실한 애정을 홀어머니의 여인상을 시적 가미로 구성하여 보았다.

　어머니에 대한 정한(情恨)의 응어리를 아름다운 서정성으로 끌어올리고 내면 세계에 여인의 한을 풀어주는 장치로 비애미(悲哀美)적 승화로 한국적 여인의 모습의 속성을 발견해 이미지화 시켜 문학작품으로 풀어 보았다.

# 영원한 아름다움과 일시적 아름다움

이철호

풍화설월(風化雪月)을 애달프게 만들고 이에 도취하려 한다. 이같이 자연으로 돌아가 유명(幽冥)에 놀고 정숙의 세계에 이르고 취몽(醉夢) 속에서 세상의 어지럽고 고통스러운 것들을 잊으려는 마음은 확실히 '파란 마음'이다.

— 〈靜寂의 神品〉에서

'멋'이란 본래 내면에 숨겨진 것이 겉으로 배어날 때 돋보이는 것을 말하는 것이다. 그런데 요즈음은 흔히 겉으로 나타난 상태만을 단적으로 의미하는 경우가 많아졌다. 이는 마치 열매가 맺히기 전에 꽃만을 보고 아름답다고 하는 것과 같다.

— 〈귀는 귀한데 어찌 눈은 천하고〉에서

**이철호**

수필가 · 소설가. 『문예』 추천으로 문단에 등단. 명지대 교수와 한국문인협회 부이사장 역임. 현재 국제펜클럽 한국본부 부회장. 한국문학회 회장 및 『한국문인』 발행인.

## 작가의 말

첫 번째의 글은 〈靜寂의 神品〉에서 발췌해 보았다. 상대평가가 아닌 자신의 작품 중에서 나름대로 절대평가를 한다면 나는 우리의 청자를 노래한 나의 즉흥적이고도 문학적, 낭만적 정서와 유려한 필치에 대해 스스로에게 찬사를 보내고 싶다. 나는 고려청자를 '정적의 신품'이라 노래했다. 깊고도 아득하고 그윽함을 지닌 천상의 아름다움. 나의 작품을 통해 청자와 더불어 고려인들은 禪의 경지에 이르렀고 파란색은 차가움을 겸비한 생명이 있는 유기체의 평화로서 無生的 평화를 뜻하는 백색과의 차이를 보여주었다. 선의 경지에 이른 아름다움, 그 앞에선 누구라도 훌륭한 감성을 지닌 작가가 될 수 있을 것이다.

두 번째 글은 〈귀는 귀한데 어찌 눈은 천한고〉에서 발췌한 내용이다. 중국 당나라 시절의 이고와 운문선사의 대화를 읽고, 공감한 바를 꽃과 열매의 비유를 통해 풀어본 것이다. 운문선사라면 당대에 법도가 높기로 소문이 나 있었던지라 이고는 나름대로 운문선사의 모습을 마음에 그리고 있었던 차 하루는 운문선사를 뵈려고 찾아갔다가 소나무 밑에서 불경을 읽고 있는 운문선사를 실망의 눈으로 바라보자 볼품없이 생긴 운문선사가 빙그레 웃으시며, '당신은 어째서 귀만 귀하게 여기고 눈은 천히 하느냐' 라고 했다. 이는 오늘날 우리 사회에 만연된 외모지상주의에 대해서도 일침을 가하는 일화일 것이다. 꽃은 아름다우나 영속성을 갖지 못하나 그 열매는 꽃만큼 화려하지 못할지라도 생명력이 있다.

# 다듬이 소리에 실린 모정

## 장정식

🌳 지금은 사라진 문화, 어머님의 다듬이 소리는 독고성(獨孤聲)이었다.

둘이 하는 맞다듬이 소리는 가락이 있어 리드미컬한 흥을 돋군다. 그러나 혼자 하는 어머님의 다듬이 소리는 집달리가 휩쓸고 간 빈털터리 세간의 뒷자리에 남은 다듬잇돌과의 가난의 설움을 담은 장탄식(長歎息)의 기막힌 대화였을 것이리라.

겨울밤 광야를 달리는 밤바람 소리를 잠재우며 소복이 내리는 눈빛 사이로 울려 퍼지는 어머님의 한서린 다듬이 소리는 아직도 나의 가슴 속 깊이 묻혀 있다.

찾고 싶다, 다시 찾고 싶다. 골동품상 어딘가에 팔려 갔는지 모를 박달나무 다듬잇돌이며 홍두깨, 방망이 한 쌍을……

이산가족이 혈육을 찾듯 찾고만 싶다.

— 〈어머님의 다듬잇돌〉에서

**장정식**

1964년 『한국수필』 추천으로 문단에 등단. 광주고등학교 교사. 중 · 고등학교 교장 및 교육장, 교육위원 역임. 한국문인협회, 국제펜클럽 한국본부 회원. 한국수필가 협회 및 수필문학가 협회 이사. 광주수필문학회 회장.

## 작가의 말

이 발췌문은 〈어머님의 다듬잇돌〉이란 수필의 맨 앞 한 줄과 맨 끝부분이다.

오늘날 아파트문화에서는 완전히 사라진 문화이지만, 우리나라의 복식문화에서 다듬이 소리는 전래된 우리 민족의 고유한 정서가 깃들인 것이다. 1950년 때까지만 해도 다듬이 소리는 향촌의 어디에서나 들을 수 있는 토속정서였다.

나는 시골 농촌에서 민족 고유의 복식문화에 젖어 소년 시절을 자랐다. 특히 다듬이 소리는 우리나라 '설' 문화와 따로 생각할 수 없는 문화다. 좋은 옷일수록 많은 다듬이질을 거쳐야 하기 때문이다. 새 옷은 설 대목에 많이 만들어진다.

우리 집은 어머님이 바느질 솜씨가 출중하여 많은 피륙을 재단하여 옷을 꾸며냈다. 그러느라 다듬이 소리가 그치질 않았다.

한겨울 밤바람 속에 밤의 적막을 헤집고 끝없이 울려 퍼지던 어머님의 다듬이 소리는 지금도 그 환상 속에 한서린 노래처럼 생생한 기억으로 가슴에 배어 있다. 이것은 우리 시대의 공감된 정서일 것이다. 이런 문화유산인 다듬잇돌이 몰이꾼들에 의해서 깡그리 사라져 가고 있다. 시대적 변화가 우리의 문화유산을 천시하고, 일실되어서는 안 된다는 충격에서 이를 수필로 써 본 것이다.

# 삶 속 깨달음의 발견

정목일

🌳 '오늘'이 내일을 비춰주는 거울이고, 내일을 꽃피우는 씨앗이라는 것을 까마득히 모르고 있었다. 오늘에 대한 시간적 공간적인 소중함의 자각, 존재의식의 결여는 불성실과 나태를 가져왔다.

이것은 인간의 능력을 어둠에 가리게 하고, 성장을 촉진하는 햇빛을 가로막는 벽이었다. 주어진 하루를 어떻게 '의미'라는 빛으로 만드느냐 하는 것이 자신에게 달려 있음을 모르고, 신이 나를 행복으로 이끌어 줄 것이라고 확신하며, 또 어떤 누가 나타나 이끌어 줄 것으로 막연하게 기대하고 살아왔다. 사랑을 잃지 말라. 떠오르는 해처럼 새로운 마음으로 하루를 시작하고, 지는 해처럼 엄숙하고 아름다운 하루를 장식하라.

— 〈아들에게 주는 글〉에서

🌳 풍경은 사찰의 귀걸이—. 마음의 귀가 하도 밝아서 하늘의 소리 다 듣고서 '그래, 알았다'고 대답하는 소리—. '댕그랑— 댕그랑—' 오랜 명상으로 길들여진 여유 속에 넘침도 모자람도 없이 낭랑히 울리고 있다. 몇백년 묵은 고요의 한 끝에 달려 있다가 내는 소리일 듯싶다.

유현한 그 음향은 그 자체만의 소리가 아니다. 풍경과 산의 명상이 만나서, 풍경과 바람이 한순간에 만나서 내는 소리—. 이럴 때 대웅전의 부처는 한 번씩 미소를 지을지도 모른다.

— 〈풍경소리〉에서

**정목일(鄭木日)**

수필가. 1975년 『월간문학』 신인문학상 당선으로 문단에 등단. 1976년 『현대문학』 수필 추천완료. 한국문인협회 수필분과 회장 역임. 현재 창신대 문창과 겸임교수. 경남문학관장.

## 작가의 말

나의 글은 '명구'와는 거리가 멀다는 것을 먼저 말하고 싶다. 그래서 글을 내기를 꺼려 했다.

〈아들에게 주는 글〉은 삶의 성찰과 자각을 후대에게 들려주고픈 충동에서 쓴 글이다. 좀 교훈적인 면이 있지만 오늘에 대한 자각과 삶의 반성을 실어 체험적인 고백의 방식으로 들려줌으써 자식들의 삶에 깨달음을 주었으면 했다.

〈풍경소리〉는 단숨에 쓴 글이다. 편안히 마음에 가락을 타고 써내려 간 글이다. 여기에 사족을 붙여 설명하고 싶지 않다. 순간적으로 어렵지 않게 풀려나간 글이 의외로 오래 동안 마음 속으로 끙끙대며 쓴 글보다 좋은 평가를 받을 때가 있다. 〈풍경소리〉가 바로 이런 글이 아닌가 한다. 읽는 이가 잠시라도 마음이 편안하고 고요해졌다면 더 바랄 게 없다.

# 어두움의 찬미

## 정복문

 어두움이 없이 빛이 있을 수 없고 빛이 없는 곳에 어둠이 있지 않는다. 자연 질서가 이와 같이 빛과 어두움의 섭리 속에서 운행되어진다.

그러나 어둠과 빛의 일반적인 관념은 공존의 의미보다 이분법적 논리로 한 쪽은 좋게 다른 쪽은 나쁜 것인양 편견을 가지고 있다.

자연 환경적으로 보면 어둠은 밭이요 빛은 경영자다. 어둠은 실내요 빛은 창밖 즉 외부세계이다. 어둠은 생명체를 잉태시키고 빛은 양육을 맡는다. 어둠은 항상 머무는 주인이요 빛은 오고가는 길손이다. 어둠은 화선지요 빛은 그림을 그리는 도구이다. 철학자는 어둠을 통하여 진리를 찾고 신학자는 빛을 앙망하며 영생을 추구한다. 어둠은 화해요 용서의 주체로써 만물을 감싸 안아주고 빛은 행위를 노출시키고 통제를 한다. 어둠은 온갖 진리를 보배처럼 숨기고 빛은 광부처럼 캐어내려고 한다.

어둠은 사색과 명상을 통하여 철학을 만드는 결정체이며, 혁명과 같은 역동적인 힘을 축적하는 산실이다.

어둠은 이와 같이 긴긴 밤 밝음을 잉태하여 여명의 산고와 함께 찬란한 태양을 해산하는 것이다.

— 〈어두움의 찬미〉에서

### 정복문

한국문인협회, 한국수필가협회 회원. 해양문학가협회 이사. (사)남북사회복지실천운동본부 사무국장. 수필집 《동이 틀 때 날아라》, 《2월 30일》, 《믿으며 산다》 등이 있다.

## 작가의 말

인간이 느끼는 빛과 어둠의 표현은 빛은 좋은 것이요 어둠은 나쁜 것인양 생각하고 있다.

빛은 기쁨이요 찬란한 미래며 선한 모습과도 같은 것으로 어둠은 두려움과 공포 슬픔과 걱정, 악의 상징으로 여겨져 왔다. 그러나 내면의 세계를 들여다보면 어둠은 평안과 휴식을 제공하고 생명을 잉태하는 진한 사랑의 역사를 만든다.

인간의 고통과 부끄러움까지도 감싸주고 포용하는 것 또한 어둠만이 가질 수 있는 관대함이다.

# 잘려 나가는 머리카락의 인생 은유

## 정봉환

🌳 천원짜리 한 장을 내면 이발 번호권을 주는 이곳은 서대문 노인회가 직영하고 있는 이발소와 미용실이다. 이곳은 마음을 비우고 홍진에 묻은 때와 욕심을 버릴려고 하거나 버리고 있는 중이거나 자신이 버렸다고 믿는 노인들이 모이는 곳이다.

나는 처와 함께 매월 한 번씩 이곳에 와서 머리를 깎는다. 나도 지금 마음을 비우고 있고 묻은 때를 씻어 버리고 있는 중이다. 이곳에서 머리카락이 잘려 나가는 만큼 버려야 한다고 생각하고 있다. 그래서 버리고, 또 버려서 공(空)이 될 때까지 버려지면 그때 나는 이 이발소를 졸업하게 될 것이다.

— 〈이발〉에서

**정봉환(鄭奉煥)**

시인. 수필가. 한국문인협회 회원. 『수필문학』과 『한맥문학』 추천으로 문단에 등단. 한맥문학동인회 회장. 수필문학 추천작가회 이사.

## 작가의 말

　이발(理髮)은 머리를 깎는 것과 머리를 빗어 가지런히 하는 것과 머리를 꾸며 장식한다는 뜻이 된다. 그래서 누구나 깨끗한 용모를 갖기 원하고 이발에 신경을 쓴다. 그러나 이미 늙어 버린 나에게는 그와 같은 이발에 대한 관심은 떠난지 오래이며 다만 머리털을 자르는 단발(斷髮)일 뿐이다.

　서대문 노인회에서 직영하는 이 이발소에는 깎는 사람도 깎아주는 사람도 모두가 조각달만큼 남은 인생을 꾸려 가는 사람들이다. 다만 살아온 인생을 정리하고, 정돈하고, 욕심과 의욕을 체념하거나 버리고 있는 사람들이다. 머리털이 잘려 나가는 만큼 씻고, 버려서 저지른 모든 과오를 하얀 백지가 되도록까지 세탁하고자 하는 것일 뿐이다.

# 인간, 그 영원한 순수

정주환

🌳 청순한 모시 적삼에 맵시 고운 여인처럼 청순한 白菊, 갓 시집온 새댁이 볼을 붉히며 아미를 숙이고 있는 단심으로 고운 紅菊, 그래서 일찍이 옛 선비들은 매란국죽을 사군자에 넣어놓지 않았던가.

— 〈竹頌〉에서

🌳 호수처럼 맑은 가을밤, 거기에 흐느끼듯 서럽게 서럽게 박꽃 위에 내리는 달빛, 그 아래 윷놀이, 널뛰기, 강강술래는 온 고을의 제전이요, 인생 환희의 무도장이었다. 늘 안마당에서만 서성거렸던 최영감의 막내손녀도 그날 밤만은 옥색 고무신을 신고 나왔고, 서울 가서 신식 학교에 다니던 기와집 둘째딸 순이도 미끈한 몸매에 힐을 신고 총각들의 군침을 돌게 했다.

— 〈마음은 달이 되어〉에서

🌳 마음이 열린 자라야 진리의 소리를 들을 수 있고, 사랑이 있는 자라야 남의 목소리를 경청한다. 작은 꽃 한 송이에서 삶의 진실을 찾아야 하고 세월의 흐름 속에서 겸손을 배워야 한다.

— 〈별처럼 꽃처럼〉에서

**정주환**(鄭周煥)

수필가.『월간문학』신인문학상 당선으로 문단에 등단. 호남대학교 교수. 한국문인협회 이사 및 감사 역임. 현재『대한문학』발행인. 현대수필창작연구소 소장.

## 작가의 말

〈竹頌〉, 〈마음은 달이 되어〉, 〈별처럼 꽃처럼〉 등 세 편의 수필에서 뽑은 내용이다. 나는 논리적인 수필보다는 비논리적인 자연의 순수를 노래하고 싶다. 청순하면서도 전통적인 순수의 옛날로 돌아가고 싶다. 내 수필은 그런 순수의 마음을 노래한 것들이 대부분이다.

〈죽송〉 역시 국화를 통해서 전통적인 우리 여인네의 아름다움을 그려 보았다. 과거의 우리 연인들은 그렇게 아름다웠다. 미치도록 고왔다. 그 순수가 그랬고 그 몸가짐이 그렇게 고울 수가 없었다. 나는 지금도 그 옛 여인들을 생각하면 마음이 참 행복하다.

〈마음은 달이 되어〉도 마찬가지다. 그 옛날 우리들의 시대는 달빛의 시대였다. 달과 같이 살았고, 달과 같이 인생을 꿈꾸었다. 달빛이 내리는 날은 참으로 축제의 날이었다. 그렇게 달은 우리들을 환상으로 끌고 갔다. 밤늦게 귀가하는 밤도 달이 있는 날은 그렇게 행복할 수가 없었다. 교교히 달빛이 내리는 가운데 적막은 더욱 우리를 미치게 했다. 그런데 지금은 그 달을 볼 수가 없다. 참으로 아쉬운 일이다.

마지막 〈별처럼 꽃처럼〉은 내가 꿈꾸는 삶의 방향이다. 꽃과 같이 별과 같이 살자면 우선 겸손을 배워야 한다는 것을 뒤늦게 깨달은 나만의 좌우명이 되었다.

# 삶의 빛깔

조재은


🌳 사진에서 본 안면도의 석양은 바다와 하늘이 얼싸안은 채 영영 꺼지지 않을 불처럼 활활 타고 있었다. 바다와 해는 내게 어떤 색을 보여줄까. 삶의 점수를 얼마나 줄까. 그러나 내 삶의 평가지에 찬란한 색의 스펙트럼은 없었다. 저무는 해는 하늘과 바다에 무채색만을 흩뿌렸다. 사진에서 본 황홀한 일몰은 어디에도 없었다. 일몰의 서해에서 내 삶의 빛깔을 보았다. 기대와 착각의 환영(幻影)은 참담했다.

새벽, 갯바위에 앉아 석화를 따는 여인의 차가운 해풍에 시달린 거칠은 손, 생존을 위해 몇 십 년을 그렇게 버티어 왔을까. 주어진 삶을 묵묵히 버티어 온 어촌 아낙의 모습. 쉼 없이 움직이는 운명에 순종하는 손이 순간의 찬란한 일몰의 색조보다 아름다웠다.

— 〈삶의 빛깔〉에서

### 조재은

이화여대 독문과 졸업. 한국문인협회, 국제펜클럽 한국본부 회원. 『현대수필』 편집장. 『월간문학』 편집위원. 수필집 《하늘이 넓은 곳》, 《삶, 지금은 상영중》 등이 있다.

## 작가의 말

바다가 삶의 터전인 옛 바이킹들은 죽으면 시신을 작은 배에 실어 노을이 질 무렵 바다로 떠나보낸다. 죽은 이를 아끼던 사람들은 배가 멀어지는 것을 지켜보며 배가 마지막 이별을 할 즈음 화살에 불을 붙여 배를 향해 쏜다. 불화살이 배에 맞아 시신과 함께 타기 시작할 때, 불의 빛깔이 그 날의 붉은 노을과 비슷할수록 죽은 사람의 삶은 잘 살았다고 판단한다. 준엄하고 아름다운 삶의 평가다.

어떻게 살고 있느냐는 물음이 살에 박히고 삶에 대한 회의로 뼈가 쑤시던 때 바다의 노을이 보고 싶었다. 바다에 도착한 그 날의 노을이 지금까지 살아온 내 삶을 보여줄 것 같은 생각에 사로 잡혔다. 안면도로 떠났다. 그곳에 머무는 동안 하늘은 흐렸고, 흐린 하늘이 내 삶의 모습인양 절망할 때, 갯바위에서 석화를 따는 여인을 보았다. 겨울바람에 수건 한 장으로 얼굴을 감싸고 언 손을 움직이는 어촌 여인의 얼굴. 오직 생존을 위해 운명에 순종하는 그 얼굴을 보며 어떻게 살았느냐는 질문에, 어떻게 살아야 하는가에 대한 답을 얻었다.

# 태움과 비움의 역설

조정제


🌳 책을 태우면서 불을 쬐고 있노라면, 양지 바른 곳에서 햇빛을 즐기고 있는 고양이처럼 눈이 지그시 감겨지면서 포근함이 느껴진다. 책장 하나하나가 탈 때마다 그 속에 시름과 과거의 업보가 타 버리는 것 같다. 때론 그 불길 속에 내 몸도 타는 듯 무심(無心)과 무아(無我)의 경지에 빠지기도 한다.

— 〈책을 태우며〉에서


🌳 땅 100평을 더 탐내는 욕심을 잠재우고 나니 산과 자연을 모두 갖는 것 같다. 새들도, 온갖 종류의 나무며, 그리고 바람도 구름과 별들도, 하물며 주인 없는 허공도 내 차지다. 나는 부자다.

— 〈나는 부자다〉에서

### 조정제

수필가. 서울대학교 영문학과 졸업. 미국 KSU 경제학박사. 『수필문학』 추천으로 문단에 등단. 『문학공간』 신인상 소설부문 당선. 대한도시계획학회 회장, 해양수산부 장관 역임. 현재 국무총리실 정책평가위원장. 아프리카 어린이 돕는 모임 이사장. 저서 《좁은 땅 넓은 바다》, 《도시경영》 등이 있다.

## 작가의 말

첫 글은 『수필문학』 초회 추천작품이다. 전원주택에 살면서 겨울 철을 맞았다. 혹한에 벽난로 장작이 부족해서 한물간 책을 태우기 시작하면서 그 느낌을 적은 글이다. '나는 책을 태우며 나의 작은 지식도 태우고 작은 나(小我)도 태워 버리고 큰 나(大我)와 하나 되기를 염원하고 있다'고 이 글은 끝맺고 있다.

두 번째 글은 내가 사는 전원주택 바로 옆 산의 땅을 100평 정도 더 사서 원두막도 짓고 텃밭도 일구고 싶어 안달을 피웠다. 그러다 가 불곡산 정상에 올라서 넓은 대지 속에 내 작은집을 내려다보면 서 그 집착에서 벗어나고 대자연을 소유하는 기쁨을 노래해 본 글이다.

# 아버지의 체취(體臭) 그리고 조강지처(糟糠之妻)

## 최영종

🌳 나에게는 미완의 아버님의 육필이 있다. 老齡이셨지만 그리 急卒하실지 몰랐다. '내가 써 모은 이 詩文集을 얼른 퇴고해서 탈고시켜야 할 터인데……' 하고 자주 걱정하시다가 미완으로 놓아두고 끝내 永眠하셨다.

　오늘 이 원고를 매만지니 크고 작은 글씨들이 생전에 붓을 들고 계셨던 아버님 영상으로 되살아난다. 칸 밖으로 삐져 나온 七言 구절들이 때로는 嚴父로 때로는 慈父의 체취를 묻혀 내온다. 이제 효도와 어울려 두 가지 걱정이다. 하나는 출판을 해드려야 한다는 것이고, 다른 하나는 출판하면 이 육필들에서 묻어 나오는 아버님의 체취를 잃을 것만 같고, 이 많은 추억들이 깡그리 사라질까 해서다. 할 수 있다면 약품처리라도 해서 오래도록 간직하고 싶은 마음도 든다. 이래저래 쉬이 결단이 내려지지 않아 오늘도 주춤대고 있지만…….

— 〈未完의 肉筆〉에서

🌳 신에는 새 신, 헌 신이 있다. 새 신은 조심, 정성들여 신지만 헌 신은 발에 걸리기만 하면 신이 할 일은 다한 셈이다. 조강지처가 헌 신이 되지 않도록 사는 妙諦는 바로 남자도 여자 못지 않게 操身할 일이다.

— 〈신의 妙諦〉에서

**최영종(崔永宗)**

수필가, 포토칼럼니스트. 1974년 『한국문학』 추천으로 문단에 등단. 수필집 《이색 찻집》(1978), 《꼴뚜기 인생》(1981) 외 다수. 번역집 《바람의 파이터》(2004), 《창가의 돗도짱》(1986), 소설집 《不忠臣民》(2003), 사화집 《한 點으로 남으려고》(2004) 등이 있다.

## 작가의 말

　불후의 명문이나 명구를 쓰라는 편집자의 말에 내 깜냥엔 무척이나 고민했다. 글이란 글자들의 연결 아니 연속으로 보고 싶다. 더욱이 이것들의 연결이 바로 표현, 수사, 기교상의 참신한 名句로 이어지는 글이라니 짧으면서도 그 精髓를 가려내거나 골라내는 일이 쉬울 턱이 없다. 남들이 허접찮은 글이라 하건 안 하건 글 쓰기 올해로써 서른 해다.

　여기 내놓는 〈未完의 丒筆〉 역시 덜 다듬어진 것이나 다만 살아생전 朝夕으로 매만지시며 퇴고하시던 손때 묻은 아버님의 체취가 느껴지는 그 육필의 훈향마저 잃을 것만 같아 곧장 인쇄소로 못 달려가는 아들의 마음을 진솔하게 나타내려 시도해 보았다.

　또 하나 〈신의 妙諦〉는 얼마 전 남의 집 둘째로 살다간 쫓겨난 여인의 이야기를 듣고 신에 빗대어 생각해 보았다. 妙諦란 뛰어난 진리를 말하는 바로 조강지처가 아니면 처음엔 새 신처럼 아끼며 사랑의 불꽃을 튕기다가 열기가 가시면 생각나거나 정 없어 아쉬우면 찾아 끄시는 낡은 신발 꼴이 됨이 바로 조강지처를 울린 代價임이 분명하나 새 신이건 헌 신이건 신이란 보행할 때 발을 보호해 준다는 쓸모가 있듯이 부부 사이에도 인권은 있는 법이니 서로 操身하자고 강조해 보았다.

# 어머니 그리고 그리움

최원현


🌳 추억은 만들어지는 것이 아니라 그냥 담겨지는 것이 아닐까. 작은 가슴들 속에 담겨지는 더 작은 알맹이들이 훗날 커다란 아름다움들이 되어 있을 그 때엔 저들도 지금의 내가 느끼는 그런 부러움을 그리워하고 있을 테니 말이다. 살아가는 날, 모든 삶이 지나고 보면 다 추억이긴 하겠으나 유독 추억거리로 남는 것이 몇 가지 되지 않는 것도 추억이 만들어지는 것이 아닌 우리 기억의 그릇 속에 어떻게, 얼마큼 담겨졌느냐 하는 것이기 때문이다.

— 〈추억 담아내기〉에서


🌳 어머니는 늘 나의 마음 속 깊이에서 도란도란 흘러가는 물소리를 내었고, 대숲을 흔드는 바람소리를 내었고, 밤 마실 다녀오는 발걸음엔 달빛 그림자로 따라오기도 하며 나에게서 떠나질 않았다.

— 〈어머니의 눈〉에서


🌳 아픔이건 슬픔이건 추억은 늘 소중하고 아름답다고들 말한다. 그것은 그 추억이 어떤 종류의 것이건 나의 것이기 때문이다.

저만치 가을이 오고 있다. 그러나 마음이 춥지 않은 것은 화롯불 같은 따스함으로 꺼지지 않는 할머니의 사랑이 내게 가득하기 때문일 것 같다.

— 〈겨울 사모곡〉에서

**최원현**

수필가. 국제펜클럽 한국본부, 한국문인협회, 수필문우회 회원. 강남문인협회 상임이사. 『한국수필』, 『수필세계』 편집위원. 허균문학상, 서울문예상, 한국수필문학상 수상. 수필집 《날마다 좋은 날》, 《살아 있음은 눈부신 아름다움입니다》, 《오렌지색 모자를 쓴 도시》, 《숨어 있는 향기》, 《서서 흐르는 강》 등이 있다.

## 작가의 말

　나의 수필 속에서 어머니는 늘 그리움이다. 하기야 어머니는 누구에게나 마음의 고향이기에 나이 들어갈수록 더욱 크게 마음 속에 자리하기 마련이다. 그러나 나에게 어머니는 더욱 특별한 존재이다. 내게 어머니의 기억은 거의 없다. 아버지의 기억은 더욱 없다. 나의 삶 속에서 두 분은 그렇게 늘 그리움일 뿐이었다.

　내 문학의 바탕색은 어머니 곧 그리움의 색이었다. 매일의 기도처럼 그렇게 내 삶 속에 살고 있었다. 그렇고 보면 부모님은 살아서는 나와 별로 같이 하지 못하셨지만 내 문학을 통해서는 아주 오래도록 살아오신 셈이다.

　그 어머니 아버지의 실체를 사실은 외할머니가 대신하였다. 아니다. 외할머니는 어머니의 어머니이면서 내게는 어머니와 아버지를 어우르는 더 큰 의미의 어머니였다. 내게 어린 날의 사랑은 당연 할머니의 사랑이었다. 그렇기에 그리움이 구체화된 형상으로 나타난 것도 기실 외할머니였을 것이다. 그 할머니로 하여 고향이, 어린 날이, 사랑이 존재했다. 외할머니로 하여 평안과 기쁨과 위로를 그리고 슬픔이나 아픔이나 고통까지도 감지했다. 내 유일한 실체의 거점이었다. 그런 할머니도 가셨다. 그러나 나는 여전히 그 분들의 사랑 속에서 살고 있다. 아니 그 분들은 더욱 큰 그리움이란 이름의 사랑으로 내 가슴 속에 살아 있다. 그토록 어린 내가 삭막한 삶의 광장에서 이만큼이나마 추위를 이기고 바람에 버텨낼 수 있는 힘도 바로 그 그리움에서 나오는 사랑이었다. 그래서일까. 이제 내 아이들이 내 어머니 아버지가 사신만큼 세상을 살아 버린 이 때에도 나는 아직도 어른이 되지 못 하는 내 그리움의 나이테를 세고 있다.

　추억—어머니—할머니—그리움, 그것은 내 삶, 내 문학을 있게 한 햇볕 같은 따사로움이다.

# 찔레꽃 내음 나는 삶

최은정

🌳　五月의 들에 나서면 찔레꽃 향기가 나를 불러 세운다. 말할 수 없는 그리움처럼 그 향기가 가슴을 파고든다. 찔레꽃 향기는 오목 가슴 밑에 숨어 있는 나의 사랑 샘을 출렁거리게 한다.

— 〈민들레의 사념〉에서

🌳　수필은 느낌과 깨달음 사이에 놓인 삶의 고백이라 믿는다. 수필은 수많은 인생들을 엮어서 내놓는 명상의 산책이다. 수필은 진실이고 말장난이 아니다. 그래서 나는 수필의 붓끝을 놓지 못한다.

— 〈나의 문학 명상의 산책길〉에서

### 최은정

1989년 『한국수필』 추천으로 문단에 등단. 한국문인협회, 국제펜클럽 한국본부 회원. 광주문인협회 부회장. 광주여성문학 동인 '시누대' 회장. 무등수필문학회 회장. 광주문학상, 한국수필문학상 등 수상. 수필집 《황금 연못》, 《황금 언덕》 등이 있다.

## 작가의 말

　앞의 발췌문은 〈민들레의 사념〉 중의 한 부분이다.

　지금 나는 꽃보다 더 붉은 단풍의 계절 이순의 중반에 서 있다. 인생 최대의 비극은 껍질은 늙으나 속마음이 늙지 않는데 있지 않을까 한다. 이 나이에 나의 정서의 샘이 마르지 않고, 사색의 창이 흐리지 않기를 바란다. 그리하여 봄이 다 가버린 겨울에 핀 장미가 더 아름답듯 할머니가 아닌 여자이고 싶다. 이번 五月에도 찔레꽃 향기는 나의 오목 가슴 밑에 숨어 있는 사랑샘을 흔들었다.

　뒤의 발췌문은 〈나의 문학 명상의 산책길〉 중의 마지막 부분이다.

　수필이 느낌과 깨달음 사이에 놓인 삶의 고백이라고 믿는다. 그래서 삶 또한 수필과 같이 살아야 하지 않나 생각한다. 어제에 비해서 오늘 더 현명해진 사람은 느끼고 깨달으며 새롭게 태어나기 때문이다. 그 깨달음이 나의 붓끝을 이끈다.

# 자연 속에 느끼는 환희

최홍길

🌳 해지기 전의 산은 적막하다. 간간이 들리는 산새들의 지저귐, 장끼와 까투리의 희롱하는 소리, 미미한 바람소리. 우리가 낮 시간에 도시의 한복판에서, 사무실에서 이래저래 내뱉어 놓은 어지러운 말들이, 사람의 소리가 이곳에는 없다. 아예 없다. 비교적 빠르게 등산하는 내 이마에 산들바람이 스치면 발걸음은 더 가벼워진다. 나도 자연의 일부임을 깨닫는 시간이다. 아니 모두가 다 자연(自然)이다.

산의 정상에 올라 아래를 굽어 살피면 동네의 아기자기한 살림집들이 보이고, 집으로 향하는 차들의 행렬도 아련히 보인다. 이곳에서 숲의 향기를 깊이 들이마시고 조금씩 내뱉는 복식호흡을 할 때, 밀려오는 상쾌함은 형언하기 어려울 정도다. 하루 동안의 피로가 말끔히 가시고, 내일을 위한 희망에 부풀 때가 바로 이 무렵이다. 어찌 이것뿐이랴. 생에 대한 환희가 밀물처럼 엄습해 와 원수마저 사랑하고픈 마음이 드는 것도 이때다.

— 〈등산 그리고 행복〉에서

**최홍길(崔洪吉)**

1966년 전남 신안군 자은도 출생. 서울 선정중을 거쳐 현재는 선정고 교사. 월간 『한맥문학』 신인상 수필 당선, 월간 『문예사조』 신인상 소설 당선으로 문단에 등단. 2004년 3월 창작집 《당신은 꽃보다 아름다운가》를 펴냄.

## 작가의 말

　나는 요즘 각종 나무들이 내뿜는 향인 '피톤치드'의 매력에 사로 잡혔다. 사람의 몸에 흡수되면 피부를 자극해서 신체의 활성을 높이고 피를 잘 돌게 하며 심리가 안정되는 등의 작용을 하는데, 이 효과를 톡톡히 보려면 산 중턱이 좋고 초여름부터 초가을까지 일사량의 많으며 온도와 습도가 높은 오전 10시~12시까지가 적당하다고 한다. 특히, 소나무·잣나무·편백나무 등은 여느 나무보다 더 많은 피톤치드를 발산한다는 것이다.

　나는 학교 뒤편의, 집 뒤에 자리한 산을 오후 늦은 시각에 가끔씩 오른다. 피톤치드 향이 그리워서다. 어지러운 말들이 난무하는 속세를 잠시 벗어나 자연의 일원인 인간이 어떻게 살아가야 함을 체득하는 이 시간은 나에게 있어서 종교 행위보다 더 거룩하다. 산의 정상에서 바라보는 인간세계는 그래서 더 정겨운지도 모른다. 나 자신을 낮추고 항상 남을 먼저 생각하는 삶을 살아야 함을 각인하는 이 시간은 내 인생의 지표가 설정되기도 한다.

　'빨리빨리'를 지향하고 '앞으로 앞으로'만 향하는 현대인들에게 마음의 안식처가 될 만한 휴식공간은 산이고, 취미생활로는 등산이 제격이겠기에 적극적으로 권하고 싶다.

# 거듭나기와 상상 속의 불

탁현수

🌳 동료 벌레들까지 짓밟고 뭉개면서 사력을 다해 기어 오른 목적지엔 결국 허망한 허공뿐이었다. 많은 시행착오와 절망 속에서 깨달은 것은 그 허공보다 더 높은 하늘 높이 오르기 위해서는 처절한 투쟁이 아니라 부드럽고 자유롭게 날 수 있는 나비가 되어야만 한다는 것이었다. 나비가 되기 위해서는 오히려 그 투쟁의 대열에서 멀찍이 물러나 앉아 최대한 자신을 낮추고 피나는 노력으로 자신의 몸에서 실을 뽑아 고치를 만든 다음 겸손하게 은둔하며 인고의 세월을 보내야 한다. 그런 벌레만이 드디어 어느 자리에서건 자유로이 날 수 있는 나비가 될 수 있다.

— 〈자리〉에서

🌳 활활 타오르는 불은, 불꽃이라고도 일컬을 만큼 화려한 빛이지만 가까이 다가가면 상처 중에서도 가장 무서운 화상을 입히고 만다. 그러나 그런 불꽃이 잦아들어 새까맣고 깜깜한 재로 변했을 때는 귀중한 자양분이 되어 새로운 생명을 탄생시킨다. 밤새, 해산의 고통에 시달린 어두움의 배를 가르고 새벽이 열리는 것처럼 말이다.

— 〈빛과 어두움〉에서

**탁현수**

광주문인협회, 한국문인협회 회원. 『대한문학』 편집장. 광산예술인협회 사무국장. 수필과 비평 문학상 수상. 문화관광부 시행 우리 문화 한아름교육 강사. 「중앙일보」 제24회 독서감상문 당선. 국민일보 칼럼연재(2000년).

## 작가의 말

　요즈음 사회는 자리다툼의 격투장이라고 할 만큼 치열하다.

　사회 제도가 그렇고 어른들이 그러다 보니 손잡고 마음껏 뛰어놀아야 할 어린 학생들마저 가장 가까운 친구끼리도 경쟁의 대열에 서야 한다. 참으로 슬픈 일이다.

　그러나 억지로 남을 짓밟아 밀어내고 차지하는 것은 진정한 자기 자리가 아니라는 생각이다.  탐나는 자리에 앉으려면 먼저 자신을 그 자리에 꼭 맞는 사람으로 갈고 닦아 거듭나야 한다. 인간은 물론 모든 만물은 자신과 제일 어울리는 자리에 놓여 있을 때 가장 아름답다. 그래서 〈자리〉란 수필을 써보았다.

　시골 농가에서 늘 불을 피우고 살다 보니 불에서 배우는 것이 많다. 인생, 정열, 사랑, 온기, 희생, 소멸 등, 불은 많은 생각을 가져다준다. 사람에 따라 인생의 여정이 다르듯이 불도 생목(生木)과 바짝 마른 장작을 태울 때, 태우는 나무의 종류에 따라 타는 모습도 불의 색깔도 모두 다르다. 얼기설기 의지하여 활활 타오르는 모습을 보면 영락없이 함께 어우러져 살아가는 보기 좋은 인간의 모습이다.

　그런 불도 영원할 수는 없다. 온기도 없이 까만 재만 남았을 때의 모습은 허무 그 자체이다. 그러나 온몸을 사르며 열정적으로 살다 남긴 재는 기름진 토양이 되어 새 생명의 양분이 된다. 그런 발상에서 〈빛과 어두움〉을 써보았다.

　언젠가 떠나는 날, 후세에 독이 되는 양분을 남기지 않으려면 앞동산의 반듯하고 건장한 일송정은 못될망정 후미진 야산을 지키는 굽은 소나무라도 되려고 노력하며 살 일이다.

# 우주혼 그리고 의식의 흐름

하길남

🌳 나의 작은 의미가 우주에 미치는 것은 생명체들의 오묘한 융화적 질서에 의한 거점으로 조정되기 때문이리라. 그래서 '죄와 벌'은 전자파나 기의 역류 현상으로써, 이른바 우주혼의 상생적 질서가 파괴되는 자기 업보의 향방이 될 것이다. 말하자면 형이상학적, 정신 생태계의 자기 괴사가 될 것이다. 그것이 바로 '사망의 도'가 된다 하겠다.

— 〈수첩 이야기〉에서

🌳 황혼에 만난 여승, 그 애잔한 회한의 이슬을 머금으면 어느 길목에 디룽댈 은은한 여백, 너는 인간, 그 소원의 끝을 물고 내리는 한바탕 여운의 빗물이다. 축가의 후렴, 홍해의 무지개 꽃 같은 호젓한 애상의 나래다.

— 〈황혼〉에서

**하길남**

수필가, 시인, 문학평론가. 『현대문학』 및 『현대시학』 추천으로 문단에 등단. 경남대 정년퇴임, 동 교육원 전담교수. 한국문학비평가협회 이사. 철학적 인간학회, 한국수필가협회, 한국수필작가회, 한국수필사 이사. 한국수필문학 대상, 월간 수필문학 대상, 경상남도 문화상, 마산시 문화상 등 수상. 시집, 수필집, 문학연구서 등 10권 펴냄.

## 작가의 말

생명체(온 생명)는 하나로 그 속에 각각의 생명 즉, 개체가 무리 지어 생태계는 늘 깨어 있지만 우리는 살아가면서 이 진리를 잊고 지낸다. 내가 있기 때문에 네가 있고 너와 내가 있는 까닭에 존재 일반은 있게 되는데, 지금 역사는 피의 목욕탕이요 사람은 인간의 피를 빨아먹는 아귀로 변해 버렸으니 사람을 위해 지옥을 만든 것은 하늘의 지극한 배려라 하겠다.

나도 수필에서 수식어를 쓰지 않는 것을 원칙으로 하고 있다. 진솔이나 순수에 희롱적 덕칠이 되기 쉬운가 하면 그런 때가 끼기 십상이고 짐이나 누가 될 위험이 없지 않기 때문이다. 그러나 그것이 원칙일지라도 진리는 아니다. 수필은 다양해야 한다. 시적 수필, 소설적 수필, 희곡적 수필 등등 그래서 시적 수필이랄까, 의식의 흐름과 같은 초현실주의적 기법도 차용해 보는 것이다.

퓨전 수필이 등장하고 장르의 해체에까지 이르고 있는 마당에, 어떤 절대적 규칙이란 있을 수 없는 것이 아닌가. 포스트 모던시대에 절대가치란 있을 수 없는 것이니 말이다. 세상은 이미 해체되고 파편화 된 것이다. 시에서는 이러한 실험이 행해지고 있는데, 오직 수필만이 고고한 자세로 유구무언이니 사실상 너무 시대에 뒤떨어진 셈이라 하겠다. 앞으로 수필계에도 실험적 작업이 더 한층 활발하게 이루어질 것을 기대해 본다.

# 쌀밥과 같은 인상, 그리고 꿈의 신비경

하재준

🌳 "저의 첫 인상을 어떻게 보셨지요."

"쌀밥과 같은 인상으로 보였어요."

우리가 먹는 밥은 별미가 아무리 맛 있다 해도 주식이 될 수 없지요. 처음 먹는 그 순간은 이렇게 맛 있는 밥을 늘 먹었으면 좋겠다고 어기지만 두세 끼니만 계속 먹으면 곧 질리지요. 그러나 쌀밥은 늘 먹어도 또 먹고 싶고, 씹으면 씹을수록 구수한 맛까지 느껴 평생 먹어도 전혀 질린 바 없는 밥이랍니다.

— 〈인정이 스치는 그 얼굴〉에서

🌳 만일 나에게 꿈이 없다면 무슨 재미로 살까. 그리고 무엇을 위해 살까. 꿈이 지니는 신비경, 비록 현실화 될 수 없다 할지라도 그 꿈의 세계를 동경하며 살고픈 것이 인생인 듯하다.

현실이 불행하기에 또는 만족스럽지 못하기에 눈물로 한을 달래야만 하는 자가 있기에 꿈이 존재하는 것이다. 눈물을 삼키며 기쁨을 찾으려는 것이 꿈이 아닐까.

— 〈비 갠 5월의 아침〉에서

**하재준**

수필가. 1986년 『한국수필』 추천으로 문단에 등단. 고등학교 교사와 백제예술대학 문예창작과 강사 역임. 한국문인협회, 국제펜클럽 한국본부 회원. 한국수필가협회 편집위원 겸 이사. 한국미래문학연구원 부원장. 고등학교 작문교과서에 〈코스모스〉 수록.

## 작가의 말

　첫 번째 발췌한 '쌀밥과 같은 인상'은 〈인정이 스치는 그 얼굴〉이란 수필의 중간 부분에 실려 있는데, 나의 총각시절 맞선을 보던 어느 날이었다. 별로 예쁜 데라고는 찾아 볼 수 없는데도 옷차림 하나하나에서부터 품위 있는 언어에 이르기까지 그윽한 정신적 향기가 풍겨 오고 있었다. 그러기에 얼굴만으로는 그녀를 평가할 수 없다고 여기던 차에 그녀가 자기의 첫 인상을 묻기에 대답한 말이다.

　그리고 '꿈의 신비경'은 〈비 갠 5월의 아침〉의 끝 부분인데 꿈 많은 어린 시절을 회상해 보면서 썼다. 50년대 중반부터 20여 년간 대학원을 졸업하기까지 꿈을 안고 살아온 나의 삶의 과정이다. 꿈이 있었기에 내가 존재했고 모진 고난도 극복할 수 있었다. 설사 지난 날의 꿈이 헛되어 사라졌을지라도 뼈가 저리도록 이룩해 보려는 나의 삶이 얼마나 값지고 보람된 일인가. 오늘도 못다 이룬 나의 꿈을 위하여 살고 있다.

# 새롭게 태어나고자 하는 의지

한상렬

🌳 머지 않아 여름도 가을에 등을 밀려 날 것이다. 그러면 언제 그랬느냐는 듯 선풍기에 대한 사랑도 한 동안 잊어버릴 일이다. 그렇다. 가을이 되어 선풍기 신세를 지지 않아도 될 성싶은 계절이 되면 그땐 어찌하랴.

선풍기를 닦는다. 기름칠을 하고 옷을 입혀 새해 여름에도 그 장엄한 여름을 맞기 위해서. 행여 뒷방 신세나 대물림을 당하는 일이 없게 하기 위해서라도 열심히 닦고 조여야 할 일이다.

— 〈선풍기〉에서

🌳 베드로는 탁월한 낚시꾼이었다. 그는 인간을 낚는 보다 차원 높은 낚시꾼이었다. 낚아야 할 대상이 사랑일 때도 있다. 배우자나 연인 같은 인간 낚음이 아니다. 그의 낚시는 영원한 인류의 사랑이다. 구원을 위한 낚시다. 진리를 얻기 위한 낚시였다. 결국 행위 자체에 목적이 있기보다는 '무엇을 위한 것이었느냐' 에 해답이 있는 건 아닐까 싶다.

— 〈생명연습〉에서

**한상렬**

문학평론가, 수필가. 현대수필 창작아카데미, 제물포수필문학회 대표. 국제펜클럽 인천부회장. 수필집 《손해보며 사는 사람》, 문학평론집 《디지털 시대, 수필문학의 패러다임》 등 저서 50여권.

## 작가의 말

　존재의 문제에 대한 탐구는 구원한 인간의 지향점이다. 앞의 〈선풍기〉의 결미 부분은 세월의 변화에 따라 차츰 관심의 자리에서 밀려나는 선풍기를 패러디하여 대상과 인간의 대우를 통해 삶의 문제를 상징적으로 보여주고자 한 작품이다. 지금은 늙고 추레한 몰골이지만, 그래도 한때는 그에게도 영화가 있었듯, 연륜의 때만큼 관심에서 밀려나는 처연한 슬픔을 딛고 다시금 도약하고자 하는 소망을 피력한 글이다.

　여기 선풍기는 실상 작가 자신의 모습을 패러디한 것으로 새로이 닦고 조이는 과정을 통해 현대화의 과정 속에 새로운 패러다임이 난무하는 가운데에도 새롭게 태어나고자 하는 의지를 우회적으로 표현해 본 작품이다.

　〈생명연습〉도 이와 같은 맥락에 놓여 있다. 이 작품의 결미 부분인 인용문은 낚시를 통해 생명을 낚고자 하는 보편적 인간 삶의 모습에 천착해 본 작품이다. 인간을 낚기 위한 베드로의 행위와 문학을 통한 삶의 낚시를 조응시켜, 작가 자신을 성찰하는 자기 관조를 보인 대목이다.

# 자연의 신비와 감동

한석근

🌳 대자연이 연출하는 4중주에 매료되어 한동안 환상에 빠져든다.
　수직으로 떨어지는 비폭(飛瀑), 자지러지는 선련(蟬聯), 산새들의 청명(淸鳴), 노송을 스치는 송뢰(松籟)는 봉래산의 화음이며 조선의 음악이다.

— 〈구룡연 비경〉에서

🌳 어느 사이 활화산처럼 불타던 석양은 저물고 엷은 먹물이 화선지에 번지듯 어둠이 내린다. 이맘때면 언제나 산책길에 나서는 나그네같이 일렬종대로 날으는 물오리떼의 군무(群舞)가 장관을 이룬다. 순간 나는 마음의 심연으로부터 내가 자란 해촌을 떠올리며 안식에 빠져든다.

— 〈南陽里 노을녘〉에서

### 한석근

시인. 수필가. 『월간문학』, 『시대문학』 신인작품상 수상으로 문단에 등단. 대표에세이문학 회장. 경남수필문학회 회장. 처용수필문학 회장 역임. 국제펜클럽 한국본부 울산위원회 부회장. 한국문인협회 회원. 한국수필가협회 이사.

## 작가의 말

앞의 발췌문은 2000년 여름 경남문인협회에서 금강산 문학기행에서 쓴 작품이다.

그동안 TV화면, 신문, 책자를 통해 보아온 여름 봉래산을 직접 올라보니 그 상쾌한 감흥은 이루 말할 수 없었다. 높고 험한 기암과 천태만상의 천수백화들이 어우러진 산악은 이루 글로써 다 표현할 수가 없을 만큼 점입가경이었다.

고교시절에 읽었던 정비석의 〈산정무한〉을 떠올리며 세궁역진한 몸을 추스르며 정상에 오르니 정몽주가 읊었던 봉래산 제일봉의 낙락장송이 구룡대 그곳 바위 틈에 풍우에 시달리며 열간(捩幹)으로 자라 있었다. 이 소나무 등걸에 지친 몸을 기대고서 한동안 수액이 흐르는 생명의 소리를 들으며 감탄하여 쓴 봉래산 기행수필이다.

두 번째 쓴 발췌문은 〈南陽里 노을녘〉이란 수필의 중간부분에 있는 대목인데, 울릉도 가을을 맛보려고 여행갔다 쓴 작품이다. 도동에서 갤로퍼 택시를 타고 나리분지에 갔다 돌아오는 길에 남양리의 해변 높은 언덕에서 황혼을 맞았다. 서녘 하늘에 드리운 황혼이 너무 아름다워서 즉흥적으로 쓴 글이다.

내가 태어나서 자란 곳도 바닷가이기에 그 날의 남양리에서 바라본 노을은 너무 감동적이었다. 황혼 속에 먼 바다에서 오징어잡이 배들이 밝히는 불빛이며, 검푸른 바다의 출렁임, 바다새들이 둥지로 무리지어 날아가는 장면들은 한 폭의 그림이었다. 활화산처럼 타오르듯 붉은 황혼은 서서히 어둠 속으로 몰락하고 먹물처럼 엷게 번지는 어둠 속에 실낱 같은 초생달이 다시 서녘 하늘을 수놓고 있던 장면은 놓칠 수 없는 그림이었고, 시적인 감흥을 불러 일으켰다. 아마 이 순간의 광경은 30~40분의 시간 속에서 이루어진, 보면서 느낀 감상문이다.

# 사물의 실존과 생명의 근원성

## 한영자

존재의 의미는 실로 깊고 오묘하다. 대상과의 만남이 있을 때 시각적 관조로 번진다. 처음엔 직관이다가 사색의 물결화로 일렁인다. 이때 좀더 사물 속으로 관심의 초점을 쏟는다. 마음이 활짝 열리면 탐색에서 탐미로 또 심미로움에 이를 수 있다.

— 〈실존의 고향을 찾아서〉에서

바다의 생태는 인간의 생리와 흡사하다. 바다는 파도라는 아가미로 규칙적인 호흡을 해야 살고, 인간은 코라는 심폐기관으로 숨을 규칙적으로 쉬지 않으면 죽는, 생명의 근원적 본능이 그러하다. 또 한편 인간과 바다의 관계는 묘하다. 항상 존재 공통분모 위에서 시시각각 변화의 분자놀음, 빼고 더하고의 균형이 유지될 때, 비로소 공존의 생명이 함께 살 수 있으니……

— 〈너울네 너울네 나네〉에서

**한영자(韓榮子)**

전문의. 수필가. 1982년 『한국수필』 추천으로 문단에 등단. 영호남수필문학회 총회장과 부산문협 부회장 역임. 현재 부산여성문학회 상임고문. 한영자가정의학과의원 원장. 동의대학교 국문학 박사 수료.

## 작가의 말

앞의 발췌문은 〈실존의 고향을 찾아서〉란 수필의 맨 앞 부분이다. 나의 수필 주제의식 방향은 은비로운 생의 진리와 그 향취에 있다. 인생과 자연의 시종과 삶의 존재의미가 무엇이며, 죽음의 세계는 어디인가, 하는 근원성에 초점을 두고 수필을 썼다. 이에 따라 주제의 형상화를 이 작품에서는 조경목과 생목으로 대칭적 관계로 놓고 외경과 내영적 심층구조의 존재를 살펴 보았다. 즉 내면의식에 마음의 눈을 맞추고 투시하려는 의도가 요구된다. 이 같은 사물 투영성은 보이지 않는 실체인 신적 존재에 닿아 총괄적 본체의식을 객관적으로 발굴하게 되는 것이다.

그리고 다음의 발췌문은 〈너울네 너울네 나네〉에서의 중간 부분이다. '너울네 나네'는 우리말 고어에 의한 풀이로 보면 '은어 새끼 떼가 입맞추는 모습 같이 아름다운'이란 뜻이다. 바다는 신이 내린 축복이며 신의 사랑인 인간과 생명의 공존성의 존재이다. 고로 이 둘은 생리적 본능이 비슷한 바다의 아가미 파도와 인간의 호흡계인 코와의 동일성을 비유적 기교로 표현하였다.

또한 바다와 인간의 생태적 묘미를 존재 공통분모와 분자놀음 뺄셈 덧셈의 형평성으로 구체화 했다. 결국 바다와 인간의 무공해 신성성을 깨우쳐, 옛 바다의 '너울네 나네'의 그리움을 주제적 은유로 승화해 보고자 했다.

# 꽃을 보는 감동 그리고 예술혼

허정자

🌳 흐드러지게 피어 있는 국화. 행복에의 향념(向念)처럼 무리지어 피어 있는 국화, 국화, 국화. 새하얗고 붉은 꽃송이들 사이사이로 징검다리처럼 듬성듬성 놓여진 돌길을 빼고는 집 전체가 국화밭이었다. 우수를 머금은 노오란 꽃잎. 이제 막 벙그는 보랏빛 꽃송이, 갖가지 빛깔의 국화가 주는 감동으로 한동안 우리는 그렇게 서 있었다.

— 〈시인의 노래〉에서

🌳 왜 쓰느냐는 물음은 왜 사느냐는 물음과 같다는 박경리 씨. 살아 있는 모든 것들을 사랑하는 마음과 섬세한 애정이 문학의 본바탕에 잠재되어 있다. 문학이란 고달픈 작업이긴 해도 해방된 영혼의 표현이라고 끝을 맺었다. 고통의 삶을 훌륭한 작품으로 승화시킨 내면의 힘, 그것이 바로 끼가 아닐까. 끝없는 열정의 결정체라고 할 수 있는 끼란 예술영역에서 더욱 빛이 나는 것 같다.

— 〈끼 있는 여자〉에서

**허정자**

『한국수필』 추천으로 문단에 등단. 신곡문학상, 한국수필문학상 수상. 한국수필작가회 회장. 영호남수필문학회 대구 · 경북회장. 수필집 《강물에 비친 얼굴》, 《작가의 방》 등이 있다.

## 작가의 말

　앞의 글은 〈시인의 노래〉 일부분이다. 1960년대 동국대학교 국문학과 시절, 미당 서정주 교수님댁을 처음 방문하면서 느낌을 쓴 글이다. 깊은 가을날 공덕동의 한옥 대문을 들어서며 집 전체가 국화밭 같았던 그때의 가슴 뭉클한 감동을 그리려고 했다. 집 가득히 국화를 심어 아침 저녁 국화꽃을 바라보시며 〈국화 옆에서〉와 같은 명시를 남길 수 있었던 건 아닐까.

　뒤의 글은 수필 〈끼 있는 여자〉 뒷부분이다. 소설가 박경리 씨의 끼에 대한 생각을 담은 글이다. 만 25년에 걸쳐 대하소설 《토지》를 쓴 그 힘, 그것이 바로 끼가 아닐까 생각했기 때문이었다. 고통의 삶을 문학으로 승화시킨 작가의 저력을 그려보고 싶었다.

# 인연의 세월 그리고 오늘의 나

## 허학수

🌳 첫 아이가 겨우 걸음마를 시작할 무렵, 왕십리 중앙시장에서의 과일 장사 1년은 한 많고 쓰라린 피눈물의 범벅이었습니다. 오빠! 오빠는 분명히 제 인생의 전부였습니다. 어떤 때는 오빠의 얼굴을 그렸다가 다시 찢기도 했지만, 그럴수록 되살아나는 그리움은 나만이 간직한 상처진 운명이었습니다.

어느 날은 저를 버리고 떠나간 사람이라고 원망도 많이 했습니다. 그렇지만 죽기 전에 단 한 번이라도 만나기 위하여 내년에는 오빠의 고향으로 꼭 찾아 나서려고 했습니다. 인간이면 누구나 희비애락의 길을 걷고 있지만, 저의 지난 날은 너무도 비참하고 불운하여 어찌 말로 다 표현하겠습니까. 이제 오빠를 만나서 우리들의 사랑 이야기를 하고 있다는 것이 제 인생의 마지막 행복이라고 믿어집니다.

— 〈그 사람 만난 이후〉에서

🌳 이제 한 세대가 훨씬 지났다. 지금 나는 코스모스 행렬을 부비고 조용히 입맞춤을 해본다. 문득 약관의 그날, 도망가듯 서울로 달아나 버린 그때 그 모습이 눈앞을 스쳐간다. 을지로 입구에서 손수건을 내밀고, 경인선 구내에서 목청을 돋우던 학창 시절이 엊그제 같다.

내가 앉은 이 자리! 인내와 역경으로 다져진 고달픈 여정이었다고 할까. 교장의 의자 역시 순간이라고 보면, 으스대며 뽐내거나 자랑할 자리는 결코 아니다.

— 〈정말, 힘든 이 자리〉에서

**허학수(許學秀)**

수필가. 1940년 경남 산청 출생. 1989년 『수필문학』 추천으로 문단에 등단. 중등 교장 정년 퇴임. 황조근정 훈장, 한국수필문학상 수상. 한국문인협회 회원. 한국수필문학가협회 이사. 수필집 《짧은 만남 긴 이별》, 《사랑과 미움의 세월》 등이 있다.

## 작가의 말

우리는 서른 두 해 만에 다시 만났다. 그 동안 밤잠을 설치면서 눈물로 그린 세월이었다. 회상하면, 그 사람이 열 여섯 살 단발 머리였을 때, 나는 스물 한 살이었다. 서울의 생활이 채 여물기도 전에 오빠와 동생으로 인연을 맺었었다. 오매 불망 기다리며 소식 찾는 날이 어언 30여 년, 때로는 사랑과 그리움이 오해와 원망으로 내닫는 순간도 있었다.

아마도 이승과 저승은 경계가 뚜렷한가 보다. 하늘 아래 살아 있다면 분명히 만날 수 있다는 신념을 잃지 않았다. 아니나 다를까. 묻고 또 묻고, 편지 쓰고 전화하고, 다시 전화한 끝에 떨리는 그 목소리를 확인했던 것이다.

세상에 어느 누군들 절절한 연정과 애타는 그리움이 없을까 보냐. 우리는 조심조심하면서 얼굴을 마주했던 것이다. 살아온 지난날을 샅샅이 풀어헤쳤다. 이제 이순의 고개에 오른 그 여인은 한 남자의 여자가 되었다. 짧은 만남 긴 이별! 머무르는 희열보다 헤어지는 서러움이 서로의 가정과 행복을 비는 순간이라고 믿었다. 그리워 하면서도 만나지 못하는 괴로움, 그래서 용기를 내어 〈그 사람 만난 이후〉를 쓰게 되었다.

존재의 가치는 남이 나를 인식하는 것이다. 순간을 두고라도 내가 점유한 이 자리는 영원 불변하는 것은 아니다. 색즉시공이고 공즉시색은 천리임에 틀림없다.

나는 5남 5녀의 장남이다. 한국 전쟁 때에 총알 속에서 한 해를 피난하였다. 4.19와 5.16을 서울에서 겪었다. 말은 제주도로 사람은 서울로라는 속담을 몸소 실천하였다. 종로 바닥을 헤집으면서 행상을 하였고, 남대문 시장의 수제비와 강냉이죽도 맛있게 먹었다. 그러다가도 한 끼 두 끼 굶는 것은 예사였지만, 그래도 그 시절이 지금의 나를 여기 머물게 하였다.

이리저리 생각하면 자격증 덕택으로 오늘의 이 자리를 누린다고 할까. 힘들었지만 남보다 일찍 한양 수돗물을 마셨다는 게 자랑이고 대견하다. 새삼스럽지만 교장은 아무나 하지 못한다. 교직이란 남몰래 숨겨진 비밀이 많다. 누가 이 세상을 이렇게 만들었을까.

가을이 꼬리를 숨기는 오후, 코스모스 행렬에 묻혀 지난날을 회상해 보며 〈정말 힘든 이 자리〉를 써보았다.

# 신호등의 교훈과 내 인생 가꾸기

홍미숙


🌳 어느 새 빨간 신호등이 파란 빛으로 변한다. 희망의 빛이다. 사람들도 반가운 듯 발걸음을 재촉한다. 빨간 신호등이 없으면 파란 신호등도 빛을 발하지 못할 것이다. 고마운 마음도 갖지 못하고 살아갈지도 모른다. 슬픔이 있기에 기쁨의 맛을 느낄 수 있는 것과 같은 것이다. 신호등은 인생의 의미를 느끼게 해 준다. 곳곳에서 나를 지켜주고 있는 신호등들이 고맙다. 나도 누군가를 지켜주는 신호등이고 싶다.

— 〈신호등〉에서


🌳 봄이 되니 봄 동산을 만드느라 자연이 바쁘게 공사 중이고, 거리 곳곳에서는 건축물들의 공사가 한창이다. 내 인생도 공사 중인 것은 마찬가지다. 완공이 어려워서 그렇지 어머니 뱃속을 나온 후부터 나를 만들어 가는 공사가 시작되었다고 본다. 어쩌면 어머니의 뱃속에 터를 잡기 전부터 나의 공사가 시작되었을지도 모른다. 나를 제대로 만들기 위해 어머니는 좋은 글 읽고, 좋은 말을 새겨 들으며, 좋은 생각을 가지고 나의 탄생을 위하여 노력하셨을 테니까…….

— 〈나는 지금 공사 중이다〉에서

**홍미숙**

수필가. 1995년 『창작수필』 추천으로 문단에 등단. 수필집 《그린벨트 안의 여자》《추억이 그리운 날에는 기차를 타고 싶다》, 《마중 나온 행복》 등이 있다. 현재 국제펜클럽 한국본부, 한국문인협회 회원.

## 작가의 말

앞의 글은 〈신호등〉이란 수필의 맨 뒷부분이다. 신호등 앞에서 나는 조급해 하지 않는다. 빨간 불이면 곧 파란 불이 켜질 것이기 때문이다. 신호등을 늘 대하면서 내 인생과 곧잘 비유를 하곤 했다. 그러다 이 작품을 쓰게 된 것이다. 인생에 있어서도 빨간 불이 켜졌다고 억울해 할 일만도 아님을 신호등에게서 배웠다. 열심히 살다 보면 희망의 빛인 파란 불이 꼭 켜질 것이기 때문이다.

그리고 뒤의 글은 〈나는 지금 공사 중이다〉란 수필의 가운데 부분이다. 봄 동산을 아름답게 만들어 가는 자연을 보면서 나를 만드는 공사는 잘 되어 가고 있나 돌아보게 되었다. 건축물만 공사를 하는 게 아니고 자연을 비롯한 인간도 항상 공사 중임을 재확인하는 계기가 되었다.

시 · 수필 180인선

# 나의 作品 나의 名句

·

편저자 / 이유식
기획·편집 / 청다한민족문학연구소
펴낸이 / 김재엽
펴낸곳 / **한누리미디어**

·

100-845, 서울시 중구 을지로 2가 148-73
신화빌딩 401호
전화 / (02)2278-4513, 2268-4514
Fax / (02)2268-4524

·

등록 / 제16-467호(1993. 11. 4)

·

초판발행일 / 2005년 3월 1일

·

© 2005 이유식 Printed in KOREA

·

값 15,000원

·

E-mail/hannury2003@hanmail.net

·

※잘못된 책은 바꿔드립니다.

·

ISBN 89-7969-261-7  03810